AF272914

Die Ortschaft Hehlrath geht auf die Ritter von Helrode zurück, der Helroder Stammvater der Ritterschaft war **Gerardus de Helrode** *ca. 1175/1180 OO Margaretha *ca. 1175/1180, Schöffe, erstmals genannt in einer Urkunde vom 22. November 1219, gestorben an einem 11.02. nach 1234 („11. Februar obiit Gerardus de Helrode, qui dedit ecclesie annuatim denaios de prato, quod dicitur Tilendris iuxta Haren"). Dieser Sterbeeintrag im „Totenbuch" des Aachener Marienstifts gibt das Datum vom 11. Februar an, aber nicht das Sterbejahr, da es sich hier um „Anniversarien-Stiftungen" handelte, wofür die betroffenen Familien in der Regel mit einer Landschenkung oder in barer Münze zahlten. Ein Sohn wird auch als Schöffe zu Aachen genannt, Conradus de Helrode *ca.1200/1205 OO Claricia *ca. 1205, Schöffe, gen. 1234 – 1252 (+ 14.04. vor 1252: „obiit Conradus de Helrode"), Claricia uxor [Claricia, seine Frau] (+ 13.11.1252). Auch ein Enkel des Gerardus bekleidete das Schöffenamt, Rutcherius de Helrode *ca.1225/30, Schöffe 1279/1280 (+ 2. April 1280: „obiit Rutcherius scabinus, pro quo habemus 12 denarios de quadam domo in Coloniensi platea"). Rutcherius schenkt der Kommende Siersdorf am 4. Dezember 1279 die Güter in Freialdenhoven und Kintzwilre mit allem Zubehör. Ihre Vorgänger stammten aus Boortmeerbeek in Flandrisch Brabant, lebten dort auf einer alten Burg, gen. Hof ter H(G)oye. Zwei Ridders van Helrode, Deyso und Ioannis, sind als Gäste und Zeugen der Hochzeit des Herzogs Florent (1214) genannt. Ihr Geschlecht hatte in der Mitte des 12. Jahrhunderts ruhmvoll am blutigen „Oorlog de Grimbergen" – am Krieg zu Grimbergen – teilgenommen.

Duck dich!

Ritterepos

Heinz-Theo Frings

© 2024 Heinz-Theo Frings

Herstellung und Verlag:

BoD – Books on Demand, Norderstedt

ISBN: 9783759769183

1   Lärm in der Nacht

Da wachte er auf, heftig atmend und aus tiefem Schlaf wie aus hundert Nächten Gefangenschaft. Geräusche hatte er im Traum gehört als Steinschläge und Donner; nun, nervlich zerrüttet aus dem Tiefschlaf gerissen, verstand er zuerst einmal nichts. Woher kamen diese wuchtigen Hammerschläge, wo befand er sich überhaupt, und vor allem wusste er im Moment nicht mehr genau, wer er denn war. Ich bin, ich denke, ich leide. Aber wie, was und warum blieb ihm zuerst einmal unklar. Jetzt hörte er Genaueres heraus, er vernahm ein irres Kuhgebrüll, lautes Pferdewiehern und hektische Männerrufe, dazwischen diese unregelmäßigen Hammerschläge und zwischendurch ein schwaches menschliches Wimmern. Nicht das einer Frau oder eines Kindes, sondern das hohe Jammern eines verzweifelten Mannes, der mit Sprachfetzen etwas daher stotterte, was Gerardus aus dieser Entfernung nicht verstehen konnte. Er sprang nun aus dem Bett und fand Halt am Türrahmen, dann wusste er, wo er war und woher dieser gewaltvolle Wirrwarr kam. Er näherte sich seiner Fassung und der Tür, die er durchschritt, um zum Kuhstall zu gehen. Dazu musste man allerdings auf dieser Burg seines Verbündeten Konrad von Köttingen das Haupthaus verlassen und über den Hof zu den Stallungen wechseln. Er hatte sich am Abend, als er auf Burg Angeltorp angekommen war, nicht ganz ausgezogen, sodass er jetzt im Hemdrock und in langer Hose, auf Holzschuhen, den Kuhstall betrat. Dort fand er eine Szene wie von Gauklern gespielt vor. Zuschauer waren Frauen und

Kinder, so Amanda, die Frau seines Verbündeten Konrad von Köttingen, an die sich alle drei Kinder drückten, Tassilo, Gisela und die kleine Kunigunde; die Wirtschafterinnen und Köchinnen und die Mägde bildeten ein bewegtes Knäuel, und sie staunten, hielten erschreckt in verschiedener Weise die Hände vor ihr Gesicht, aber zwischen diesem unterdrückten Furcht- und Schreckensstöhnen hörte man tatsächlich auch ein gehemmtes Glucksen und Kichern. Die Mägde hingen mit den Zöpfen aneinander, hielten sich an den Ober- und Unterarmen und kamen aus diesem Verhalten groben Zerrens und Drückens nicht mehr heraus. Gerhard von Helrode nahm eine der Mägde, eine wildgesichtige Brünette, fest beim Oberarm und zog sie aus dem Knäuel heraus und verlangte Antwort. Die Antwort war knapp und unvollständig, aber dennoch klar: „Der Randulf hätt enn Koh – " So klang es aus ihrem dörflichen Mund und ihre wasserblauen Augen blitzten dabei schelmisch und unverschämt, und plötzlich drehte sie sich mit dem Oberkörper zur hölzernen Wand und bebte am Oberkörper heftig bewegt durch verhohlenes Lachen.

Davon hatte Gerhard schon gehört, davon hatte Konrad ihm erzählt. Mit welchem Wort denn könnte man das bezeichnen, was da geschehen war? Und was genau war denn überhaupt geschehen? Da wohnte in der Nähe der Burg dieser verwirrte Junggeselle, der sich in unregelmäßigen Abständen nachts über Vieh hermachte, und der Medicus hatte Konrad erklärt, dass die Griechen Menschen mit solchen Veranlagungen Sodomisten nannten. Heute Nacht war es wieder soweit gewesen und er hatte die Kühe aufgemischt, die brüllten, als wenn sie gestohlen würden, und machten dadurch die Pferde verrückt, was die Stallknechte aus den Betten trieb, die bewaffnet mit Mistgabeln und Schmiedehämmern in den Stall eingedrungen waren, weil sie dachten, Vieh werde geraubt. Im Grunde genommen war auch etwas entwendet worden, nämlich neben der friedlichen Nachtruhe auch die Sicherheit der Menschen, das Zutrauen der Kinder und die Friedlichkeit des Burgherrn. Denn der war natürlich auch rasch schon eingetroffen und fluchte laut und unverständlich vor sich hin. Sie hatten Randulf in einen Schweinestall gesperrt und nagelten einen Bretterverschlag als Käfig davor. Den Met, den er in einem Krug beigehabt hatte, spritzten sie ihm ins Gesicht und sie beschimpften ihn mit rüden Worten ohne Rücksicht auf die Ohren und Herzen der Kinder. Einer der Knechte fragte ihn, ob er denn der Kuh etwas abgegeben hätte vom Met. Knechte schüttelten sich vor Lachen. Hein hatte man zum Büttel geschickt, der am anderen Ende von Angeltorp neben dem Abdecker wohnte, was aber nur ein paar Minuten entfernt war. Hier kannte jeder jeden, und jeder wusste alles über jeden, und alles, was man über jeden wusste, teilte man mit jedem beliebig, so, wie es sich halt ergab. Alles wartete also auf den Büttel. Randulfs Jammern in seinem Käfig wurde ruhiger und regelmäßiger. Manch einer fragte sich, wieso in ihrem so schönen Burgflecken mit dem latinisierten himmlischen Namen so etwas überhaupt möglich war. Aber sie wussten, dass es anderswo, in Kintzwilre oder Helrode, wo ihre Verwandten wohnten, auch nicht anders sein würde. So sinnierte jedenfalls Gerhard von Helrode im Jahre 1219, als er diese Szene erlebt hatte. Hatte es auch damit zu tun, dass unter dem Schutz von Rittern, die es in diesen Orten nicht sehr häufig gab, die Bevölkerung sich noch sicher fühlen konnte und deswegen nun begann, sich Freiheiten zu nehmen, die ihnen weder unter weltlichem noch moralischem Gesetz zustanden? So konnte man es auch sehen. Ritter seines Geschlechts, das ja aus Brabant stammte, waren im Aachener Gericht als Schöffen tätig und er wusste aus vielen Prozessen nur zu gut, dass diese Sicherheit trügerisch war, dass der Einfluss der Ritter abnahm und dass einige der Edlen sich auf Abwege zu begeben im Begriff waren. Einen nannte man schon „Raubtasche" mit Zunamen. Sie mussten sich wegen Land und Besitz, dessen sie sich durch Lehens- und Pfändungsverträge nicht mehr sicher sein konnten, in zunehmendem Maße auseinandersetzen – und sollten dann auch noch die Bevölkerung schützen? Religiös kamen wirre Gedanken auf, die Spanier und Engländer kämpften außerhalb ihrer Territorien und zeigten unverblümt, dass sie Macht bis tief ins Frankenreich hinein verlangten, und die erhabene Ritterschaft vergnügte sich auf Turnieren und Festen wie die Granden. Das konnte nicht mehr lange gutgehen, das sah er genau.

Und gerade darüber hatte er am Abend vorher nach seiner Ankunft auf Burg Angeltorp mit seinem Verbündeten Konrad gesprochen. Sie wollten neue Verträge mit Ezzo, dem Ritter von Kintzwilre, und dem ländlichen Adel an der Inde schließen; die Burg Berge op der Inde gehörte der Familie Konrads eh schon zu einem Teil wegen verbriefter Rechte, aber sein Sohn Emond würde sie vielleicht verpfänden müssen, wenn die wirtschaftliche Entwicklung so weiter fortschreiten würde. Bovenberg und Palandt sollten angesprochen werden. Vor allem dieser Palandt aus dem Linnicher Breidenbend war so vermögend und einflussreich, dass er eine Burg nach der anderen durch Erbe, Heirat, Kauf oder Pfandschaft an sich zog. Den musste man für sich gewinnen mit der Gefahr, sich durch ihn breitschlagen zu lassen wie ein heißes Stück Eisen vom kräftigen Schmied, um für ihn zu kämpfen. Konrad hatte ihm wie beiläufig erzählt, dass Gottfried von Palandt sich für die Berger Burg interessiert hat und dass seine Frau Anna, die wie die Palandts auch aus Brabant stammt, von Breidenbend angereist sei, um sie zu besichtigen. Sie, die Burg, diese herrliche Donjon-Burg in den Maßen des goldenen Schnitts gebaut und nach französischem Muster mit vier Treppentürmen versehen, zeigt aber nun nach über hundert Jahren schon einige Renovierungsbedürftigkeiten. Die Baracken der Burgenbauhütte sind zehn Jahre zuvor aber endgültig von Berge op der Inde und von Bovenberg verschwunden, wo sie auch eine der neuartigen Burgen gebaut haben. In 40 Jahren waren drei Burgen im selben Stil mit vier Türmen entstanden: Bovenberg mitten im Wald zuerst, dann Berge op der Inde auf einem vorher schon mit einer Mottenfluchtburg besetzten Hügel und zuletzt die Schwarzenburg in Dorff, wo sie auf die Türme keine Dächer errichteten, sondern Mauerkränze wie bei Wachtürmen setzten. Weithin und von weither konnte man diese Türme sehen, von der Inde schaute man gleich auf zwei Burgen, die eine weiter entfernt aber auf höherem Berg, und man staunte ob dieser Bollwerke trutzender Macht. Einzig und alleine geblieben war die Kalkbrennerei mit den gemauerten Öfen am Kalkbergwerk genau in der Mitte zwischen diesen drei Burgen, von wo aus man den gebrannten Kalk in Quaderform zu den Burgen hingebracht hatte. Kalk brauchte man für den Mörtel, und weit und breit entstanden nun kleinere Burghäuser und Meierhöfe aus Bruchstein, den man vom riesigen Steinbruch nahe Gression herholte, wo einst ein Römerlager bis Kintzwilre hin reichte. Von Generation zu Generation hatte man sich dies erzählt. Da die Kalkgrubenarbeiter immer weiß wie von Mehl bepudert waren, nannte man sie von alters her Killewittchen, in der alten Sprache der hiesigen Volksgruppen hieß das wohl kleine Höhlenweißlinge, und da sie meist zugunsten ihrer manchmal auch unterirdischen Arbeit kleinwüchsig waren, sah man in ihnen ein Zwergengeschlecht. Der Ort, der aufgrund des Kalkabbaus entstanden war, hieß Hetzenich, weil dies die Devise war, um die Schwerstarbeit einige Jahre zu überstehen. Dass man bei der Arbeit sich nicht abhetzen sollte, änderte nichts an der Tatsache, dass diese weißen Grubenarbeiter aufgrund eines starken Dauerhustens nicht sehr alt wurden. Und da der Rat wohlgemeinter Entschleunigung an der Dorfbevölkerung vorbei ging, nannte man den Ort schon bald, nachdem er durch Rodung erweitert worden war, Hastenrode. Man hastete von Tätigkeit zu Tätigkeit, ohne genügend zur Ruhe zu kommen. Wobei aber offen blieb, ob der Wortbestandteil „rode" nicht doch, wie bei manchen Orten am Niederrhein, wo es nie einen Wald gegeben hatte, eher vom altsächsischen Wort „road" stammte, wovon das Worte „route" sich ableitete und welches später durch das niederdeutsche Wort „straat" verdrängt wurde. Dann gäbe es noch einen größeren Sinn: Hastenrath als das Dorf, in dem man sich wegen der Kalkgewinnung eilend eine Straße hinauf und hinunter bewegt. In der Tat ist Hastenrath ein Straßendorf.

Der Enkel des Burgenbaumeisters, der Bovenberg begonnen hatte und Nothberg entworfen hat, zog zehn Jahre zuvor mit 45 Männern ab. Sie hatten in Nothberg gewohnt und gelebt, da es dort ein Gasthaus und gute Ver-
pflegung gab. Die Baracken der Bauhütte waren zwischen
der Burg und dem nahegelegenen Fluss, De Indt, gelegen; dieser kleine Fluss, der bei Hochwasser zu einem
reißenden Strom werden konnte, führte stets genügend
viel Wasser, das sie zum Bauen und zum Anrühren ihres
Spezialmörtels nehmen konnten und durften. Der braune
Bruchstein musste aus diesem nicht weit entfernt liegenden Gression angeliefert werden. Dort war ein uralter
Steinbruch, von dem schon die Römer, wie sein Opa erzählt hatte, ihren Stein bekamen, als sie in weiterer Entfernung das Lager Aduatuca auf dem Hohen Stein bei
Ascvilare und dem Hohen Berg bei Helrode ausbauten.
Zur Zeit Karls des Großen entstand auch ein kleiner Kö-
nigsgutshof in Ascvilare auf den Fundamenten eines Dor-
flagers der Eburonen. Zusammen mit den Steinfuhren
wurde auch immer gemahlener Trass mitgeliefert. Dieses
aus Schiefergestein gemahlene Trassmehl wurde dem
Mörtel beigemischt. Baumeister Prickartus schwor darauf,
und er kannte ein weiteres Geheimrezept, das sogar auf
die Römer zurückging, die in ihren Beton nicht nur Lösch-
kalk, sondern zu ca. zwanzig Prozent Brandkalk ein-
mischten, der eine aktive Verbindung mit den anderen
Substanzen einging, sodass er haltbarer wurde und auch
noch nach Jahren Schäden durch witterungsbedingte
Risse im Mörtel ausgleichen konnte, indem er mit eindrin-
gendem Wasser so reagierte, dass er auskristallisierte
und so Ritzen verschloss. Auf einen Liter gab er 150

Gramm Trass, wozu er sich von einem Böttcher einen Maßkrug aus Holz hatte bauen lassen, dann erst wurde der Kiessand eingerührt. Den Stein für Bovenberg und Dorff musste man allerdings etwas später aus einem weiter entfernten Steinbruch bei Schwarzenbroich holen. Dem Namen entsprechend dunkler war dieser braune Stein, dunkel wie die weitere Geschichte Bovenbergs sein sollte.

Ihm selbst, dem Gerardus von Helrode, 170 cm groß, braune Haare mit dem Scheitel links, blaue Augen und nunmehr 35 Jahre alt, hatte sein Knappe aus Helrode auf dem letzten Kreuzzug in einem blutigen Kampf das Leben gerettet, und bei der Adligen Margarethe von Horres, die in einer großen Hofgärtnerei der Belger lebte, durfte er von seinen Nöten genesen. Es war eine unvergessliche Begegnung, die seiner Gesundung diente. Wenn er daran dachte, kamen all diese Gedanken hoch, deren Schwere er erst auf den Kreuzzügen hatte kennen gelernt, obwohl er ja schon vorher, vor der Schwertleite davon gehört hatte, was es nicht alles an Verfehlungen gab. Wozu ließen sich vor allem Männer hinreißen! Die Schwertleite war eine aufwändige Zeremonie, die alle Ritter erlebt hatten als eine umfassende Verpflichtung zur Redlichkeit. Aber auch unter Rittern hatte es Skandale gegeben. Aber seine Zeit bei Magga, so nannten ihre Freunde sie, war Balsam auf seiner Seele, der ihn noch lange erfrischte.

Die Reaktionen auf Sodomie, wie man in dieser Zeit auch den Geschlechtsverkehr unter Männern nannte, waren auf den Kreuzzügen sehr heftig gewesen, denn die für verirrt gehaltenen Männer, die es mit anderen Männern getrieben hatten, wurden entblößt und in gebückter Haltung mit den Köpfen und Hälsen zueinander gewendet aneinandergebunden und mit Haselgerten windelweich geprügelt, dass sie sich vierzehn Tage lang nicht mehr setzen konnten. Wer erwischt wurde wie an diesem Tag, wie er es mit einem Tier getrieben hatte, wurde in einem Käfig oder Stall als Tier gehalten, mit Heu gefüttert und später vor einen Ochsenkarren gespannt. Er selbst wollte dies ja auf der Engelsburg verhindert haben, aber der Ritter Kunibert, der die Gerichtsamkeit ausübte, kannte kein Pardon, obwohl Randulf doch kein Ritter, ja überhaupt kein Adliger war, und er initiierte ein Fanal. Weil er mit der noch jungen Tochter vom Herrn der Burg zusammen sein wollte und ihr deswegen permanent nachstellte, ja weil er dem Burgherrn imponieren wollte, ließ er den armen Hilfsknecht, den sie morgens im Stall aufgegriffen hatten, vor einen solchen Karren spannen, der mit Heu beladen war, und trieb ihn durch das Dorf. Höhnisch bespuckten diesen einige Männer, die des Weges kamen; die Frauen verkrochen sich aber vorsorglich, als sie den nahenden Lärm hörten, schnell im Haus, weil sie dies alles ziemlich entsetzlich fanden, sowohl die Tat selbst als auch deren Ahndung, ja dieses ganze grässliche Männergehabe.

Manchmal wurden solche armen Delinquenten Wochen lang heftig unter Druck gesetzt; ständig drohte man ihnen mit den Nachstellungen des Satans, der sie mitnehmen wolle; manchmal werden dem Übeltäter vom Schmied Pferdehufeisen mit Draht an die Füße gequetscht, bedroht wurde er nicht nur vom Henkersknecht mit Kastration und Mord, und vom Büttel und seinen Gehilfen wurden solche armen Tröpfe oft auf nimmer Wiedersehen

13

verjagt. Gerhard konnte solche krassen Strafen in diesem Fall verhindern, indem er zusammen mit seinem Verbündeten Konrad vor den Kunibert getreten war und ausgerufen hatte: „Randulf ist nicht Herr seiner Sinne und von schwachem Verstand!" So beantragte man zur Ritterzeit mildernde Umstände. Gerhard und Konrad waren unverbrüchliche Freunde im Sinne der Gerechtigkeit, wenn sie auch äußerlich sehr unterschiedlich aussahen, denn Konrad von Köttingen und Angeltorp hatte braune Augen, rotblondes Haar und er war 180 cm groß.

Am Brunnen von Angeltorp kam es mittags zu einem Gespräch unter drei Frauen des Ortes, das dieses Ereignis zum Gegenstand hatte.

Helene: „Dem Kerl ist wieder einmal der Samen zu Kopf gestiegen. Ob man solchen Männern keine andere Gelegenheit bieten kann, sich auszuleben? Freudenhäuser gibt es doch hier genug in der Gegend."

Doris: „Die bräuchten doch nur nach Limburg rüber! Ich kenne eine, die lebt besser als wir drei zusammen. Die lebt ja die meiste Zeit auch im Bordeel, wo sie es da in den kleinen Bretterbuden bei Sittard täglich treiben. Da reiten viele aus unserer Gegend hin."

Silvia: „Kenge nee, der ärme Deuvel, der hat ke Peod und der lebt nur vom Beddele. Jeden Taach trinkt der morjens schon Schnaps. Ich glöuv, der kann normaler Wies övvohaup net."

Helene: „Die hohen Herren von Randerath oder hier von Angeltorp, die sollten sich mal um solche Männer kümmern. Die prahlen mit ihrem Ritterschlag und unternehmen nichts. Hauptsache ist, der Geldbeutel ist prall gefüllt!"

Doris: „Der Wilhelm von Aldenhoven, der schickt seine Töchter ins Kloster Burtscheid und stiftet eine Jahresrente von 18 Malter Roggen aus seinem Hof in Bourheim. In seinem Siegel finden sich drei Seeblätter von Seerosen. Die stehen für seine drei Töchter, die er auf diesem Weg versorgt hat und vor allem vor den Männern weggeschlossen hat. Er muss sie nun nicht mehr ausstatten und mit hoher Mitgift verheiraten. Das Gut vom Alten Hof ist jetzt für seinen Sohn allein."

Silvia: „Vüo do weitere Nachwuchs sörsch deo at selevs! Die nenne sich Ministeriale, Edelfreie oder Jetreue on Rittere, dann senn et och Schöffe en Oche on se senn all glisch: Se suffe sich dürch de Borje on Schlössjere! On wat die et naats donn, ess jo suwiesu kloar! Ob dat der Arnold van Gymnich, der Hermann Vogt von Jülich, der Winand von Gürzenich oder der Winemar Frambach von Birgel ess. Och die Heere Walter von Irmrode, Peter von Walde, Heinrich Buff – alle Frauen lachten auf – oder Reiner von Rotheim komme emme, wenn et jet zo fiere jitt. On dann blieve die drei Daach!"

Helene: „Und neuerdings nennen sie sich nach den neuen Ämtern, die Graf Wilhelm III. eingeführt hat. Das sind so eitle Titel wie Dietrich Schinmann von Aldenhoven als Truchsess oder „dapifer", Nyt von Birgel als Marschall, Heinrich von Froitzheim als Schenk oder „pincerna", und dann noch der Gerhard von dem Bongart als Kämmerer."

Doris: „Die Herren Werner von Weisweiler, Winrich von Kintzwilre, Everhard von Disternich, Wilhelm von Frenz, Amilius und sein Sohn Johannes von Aue und Gottfried Ulenbusch sind stinksauer, dass sie keines dieser Ämter übertragen bekommen haben."

Silvia: „Der ieschte Marschall in Jülich woa Jottfried. Demm kenn isch joot! Deo stammdene van Kelz bei Vettwieß. Deo woa Schiedsrichter zesamme met Christian Schenk van Nideggen on Reinhard van Drove. On als minge Mann füe drei Johr fönef Moont opp Handelsreeß woa, do woar deo fass jede Naach bei misch. On frooch net, wat hasste wat kannste!"

Helene: „Guckt mal, was für ein Zufall, da kommt unser gelehrter Herr Andermahr aus Bergheim. Den guten Heinz fragen wir jetzt mal!"

Doris: „Meister Andermahr, warum nennen sich die Ministerialen denn jetzt Ritter?"

Heinz Andermahr war Adelsfachmann in Jülich und er beschrieb es so: „Die Ministerialen waren ursprünglich unfreie Leute in Diensten des Adels und der kirchlichen Korporationen. Sie unterstanden einer Sondergerichtsbarkeit: dem Dienst- oder Ministerialrecht. In unserer Region haben sich das Dienstrecht der Grafen von Are von 1154 und das ältere Kölner Dienstrecht aus der Mitte des 13. Jahrhunderts erhalten. Mit dem Aufstieg der Ministerialen in den Ritterstand" – jetzt guckte er die drei Frauen in der Mittagssonne mit ihrem schwarzglänzenden, rotprangenden und blondleuchtenden Haar genau an, und erklärte ihnen, dass jetzt nur noch die einzelnen Landgerichte zuständig seien für Streitereien und Auseinandersetzungen und dass die Ritter sich nun um Freiheitsrechte wie die alten Freien bemühen würden. Dabei komme es zu großen Schwierigkeiten, da die Ritter meinten, die Lehen könnten sie nun vererben und müssten nicht mehr alles vom Zehnten nach Jülich abführen. Sie würden jetzt auch ohne Kenntnis des Grafen mit anderen Rittern verhandeln und Verträge abschließen und sie fühlten sich jetzt auch nicht mehr in ihrer Heiratsfähigkeit beschränkt und würden deswegen sich jetzt auch mit Ehepartnern aus edelfreien Adelshäusern vermählen. Wie die Altfreien würden sie sich deswegen auch jetzt Ritter oder „milites" nennen."

Silvia: „Deo Reinhard von Drove on deo Jottfried von Kelz nenne sich neuerdings hochnäsisch „vrunt und raet" vom Markgrafen. Vrüngde iss kloar, Freunde send die doch all ongenee, evve „Vrüngde enn do Nuut jonn mäh hondert opp e Luut!" Hoffentlich wesse die dat och! Evve wiesu nenne die sich jetz „Räte"?"

Heinz Andermahr erklärt ihnen, dass die beiden in der Urkunde: „duos de consiliaris comitis" heißen, also „zwei aus dem Ritterrat". Der Markgraf habe den Rat gegründet, weil er nicht mehr alleine entscheiden könne, wie sich die Rechte entwickeln sollten. Dazu habe er die Ritter Heinrich von Virneburg, Hermann genannt Müllenark von der Thoneberg, Gerlacus und seinen Vater Gerhard de Dollendorp, Wilhelm Schendehof, Adolf de Bleidenstein und Godescalcus de Selincheim in den Rat berufen. Später seien noch dazugekommen euer Gerhard von Angeltorp, Adam von Ederen, Winand von Heimbach und von der Harfer Mühle. Allerdings spricht der Margraf nun auch vom engeren und vom weiteren Rat. Darüber habe sich Raboiden van Kijntwijllre sehr echofiert, weil der Landesherr ihn und einige andere damit abgeschoben habe. Nur der engere Rat durfte bzw. musste sich immer in der Nähe des Herrschers aufhalten. Der weitere Rat wurde nur zu bestimmten Anlässen zusammengerufen.

Helene: „Unsere Angeltorper sind ja immer dabei. Ich bin mal gespannt, was aus dem jüngsten, dem Edmund wird. Das ist doch jetzt schon ein Baum von einem Kerl und manchmal ein richtiger Raufuß! Neben dem Frambach von Birgel, den Palandts und derer von dem Bongart werden die Angeltorper eines der wichtigsten Adelgeschlechter werden."

Doris: „Die anderen Kinder und Enkel sind auch nicht ohne! Günter, Rether, Gottfried, Reinhard und Gerhard wissen schon, was sie wollen!"

Silvia: „Die wolle op jeden Vall dat eene, on dat senn drei Denge: Völl ze esse, joot zo drenke on schönn Vraue! Wenn die dann och noch risch senn, dann wör et besongisch joot!"

Die Frage, über die die Historiker damals arbeiteten, wurde durchaus kontrovers beantwortet. Heinz Andermahr sah deutlich, dass die Begriffe Edelfreier – Ministerialer – Ritter – Freiherr – Adliger sich ablösten, Heinrich Theodor Severinus hegte eher die Ansicht, dass die Begriffe zwar nacheinander entstanden waren, dass sie aber in der Hochzeit des Rittertums durchaus gleichzeitig gebraucht wurden – auch, um sich permanent gegenseitig zu übertrumpfen. Man musste doch nur ein Erz- davorsetzen, dann war der Truchsess plötzlich der Erztruchsess des Erzbischofs. Es war wie in einem Spiel. Der Erzritter ist darin eine weiterentwickelte berittene gepanzerte Kampfklasse. Mit einer Einschränkung: In der grauenvollen blutigen Realität eines Kreuzzuges kämpfen alle, wenn sie denn in diesem Schlamassel drinstecken, im Sekundentakt um ihr Leben. Allen schwinden die Kräfte gleich schnell, allen bleibt gleich plötzlich der Atem weg, und wenn sie dann auf dem Schlachtfeld liegen wie Überreste nach einem Ursturm, dann sind alle gleicher Maßen erbärmlich anzusehen. Allerdings – so dachte Gerardus mit seinem unversiegbaren Helroder Humor nach einer diesbezüglichen Debatte mit Heinz Andermahr – sind einige davon wohl Erztote.

2 Leben lernen

Während er so daher ging, kam Gerhard zum Kotzbach, der in einiger Entfernung an Angeltorp vorbeifloss. Dieses wilde Bächlein kotzte vor sich hin, das heißt, er floss wild und unregelmäßig mit großem Gefälle durch sein Bett. Dort sah er sie wieder sitzen, genau wie neulich, als er sie nur von Weitem beobachtet, sich aber nicht zu ihr hin getraut hatte. Aber diesmal war sie nicht alleine und er wagte sich näher. Nachdem sie die Bleichwäsche gewalkt und auf dem Gras ausgebreitet hatte, hatte sie sich wieder ausgezogen und wie immer dann ihr Sommerkleid und ihre Untertücher gewaschen, die nun in einem Baum zum Trocknen hingen. Gänzlich nackt saß sie auf dem breiten flachen Stein im Wasser, sodass ihre Scham wasserumspielt halb verdeckt war. Ihre fülligen Brüste hingen wie pralle Reben im Sonnenlicht. Das Gesicht hielt sie in die Wärme der Luft. Diese kleinwüchsige Magd mit den Sommersprossen auf der Nase stand hinter ihr und löste ihr die Haare, und er erkannte, dass die Nackte die brünette Magd war, die ihn vorher so treffend knapp über Randulfs Eskapade informiert hatte. Wer auch sonst würde sich trauen, sich so frank und frei an und in den Bach zu setzen, selbst dann, wenn sie wie neulich alleine war. Als er niesen musste, wurde er bemerkt, und die Kleine nahm ein getrocknetes Laken und legte es um den Körper der Brünetten. Nun musste er zu ihnen hin, denn es wäre eines Mannes nicht ganz würdig gewesen, wie ein beschämter Junge abzudrehen. Er wollte auch wissen, wie dieses mutige Weib hieß.

Als er zu ihnen kam, entfernte sich die Kleine in Richtung Wäsche und begann zu prüfen, was schon trocken war. Ihr rotes Haar glänzte abendlich in der Sonne. Mit schief angelegtem Kopf lächelte die brünette Frau vorsichtig berechnend, denn es war ein Ritter, der da vor ihr stand und sie fragte, wie sie denn heiße. Fastrada war ihr Name. Ihr offenes Haar war schlangenwirr – wie seine ungeordneten Gedanken – bizarr verschlungen. Als die Kleinwüchsige rief, dass die Wäsche trocken sei, wendete er sich eilend von ihr ab und verließ sie mit den Worten „Bis später!" – und er wusste selbst nicht, was das diesbezüglich bedeutete.

Auf dem Weg zum Abendessen besann er sich. Warum war er eigentlich zum Verbündeten gekommen? Konrad von Köttingen zu Angeltorp war mächtig und ein Vetter von Harald von Haaren. Der wiederum besaß und pflegte einen Wald, der an seinen eigenen bei Helrode grenzte. Die natürliche Grenze war der für alle da oben auf dem Hohen Berg so wichtige Merzbach, aus dem, wie man immer noch erzählte, die Römer sich schon bedient hatten, bevor sie Aduatuca verloren und nachdem sie es wieder erobert hatten. Zuhause auf seiner Burg in Helrode gab es einen Kellergang, der einen Ausweg hatte zum Hohen Berg hin, damit die Steingrubenarbeiter, als sie von den Steinen der ehemaligen Römerfestung ihre „Hähle Boresch", wie es zuhause hieß, bauten, in dem Fall fliehen konnten, dass sie wieder angegriffen wurden. Denn von Merzbrück her kamen immer wieder schon einmal Aachener Ritter, so zum Beispiel diese „Raubtasche" mit seinem wilden Haufen unwürdiger Halbritter, um sie zu überfallen. In diesem Gang gab es eine Seitenkammer und darin stand eine alte Truhe aus der Zeit Karls des Großen. Darin lagen Schriften und schlummerte ein Kodex, die von der Vergangenheit des Hohen Berges erzählten. Der Kodex, das wusste er von seinem Opa, war in dem neuen Schrifttyp der Karolingischen Minuskel verfasst und erzählte eine Geschichte, die Johannes Diaconus, der Musiker und Priester, der aus Helrode stammte und alte Menschen dort befragt hatte, einst zusammentrug. Da dieser Geistliche der Sohn des Schinders war, der am Süd-Ost-Rand des Ortes wohnte, wo der älteste Teil von Helrode lag, den man die Velau nannte, hatte er alles aufgeschrieben, was die Menschen dort sich Jahrhunderte lang erzählt hatten, damit sein Vater, Cornelius der Weber, der auch als Totengräber seinen Dienst versah, diese unglaublichen Erzählungen nicht mit ins Grab nahm. Es war die Geschichte von Ambiorix und den Eburonen, die bitter dafür bezahlen mussten, dass sie ein einziges Mal in ihrem Dasein schlauer, besser gesagt hinterhältiger, und stärker, besser gesagt wendiger gewesen waren als die überhaupt nicht kampfbereiten Römer mit dem ganzen sperrigen Tross bei ihrem improvisierten Abzug aus dem schlecht hergerichteten Winterlager. Aus dem kleinen Eburonenlager mit Wachturm, das diese vermutlich keltische Gruppe auf dem Hohen Berg einst erbaute, hatten die Römer nach der Eroberung dieser Stätte sehr flüchtig ein großes Lager entwickelt, dessen Südwesttor einen Turm zeigte, von dem aus man über Helrode, wie Johannes Diaconus es schrieb, nach Juliacum schauen konnte, und ein natürlicher Hügelabhang schützte das Lager, auf dem rasch und ohne große Sorgfalt eine Murus gallicus aus Holzelementen, aufgefüllt mit Steinen, errichtet worden war. Weiter nach Ascvilare hin, das sich direkt am Fluss de Indt befand, wo das Hauptlager auf dem „Hohen Stein" lag, schützten ein hohes Steinmassiv als Schildmauer diese breite Flanke. Dort hatten sich die Fußtruppen befunden. Der Diakon beschrieb das so genau, als hätte er – des Lateinischen mächtig, das er im Kölner Domstift bei den Dominikanern gelernt hatte – eine alte lateinische Quelle gelesen, ja als hätte Cäsar selbst erzählt, wie er dann zurück kam und das Lager wiedererobern musste und beschlossen hatte, die Eburonen mit Stumpf und Stiel auszurotten, was ihm aber nicht gelungen war, denn einige flohen in die Ardennen und gründeten den Vorläufer des Ortes Monschau, das Dorf eines verschlossen-verschwiegenen Völkchens, und andere flohen in die Sümpfe Richtung Korschenbroich, wo sie sich in den Weilern versteckten. Vor allem Ambiorix selbst schaffte es, der Rache des Cäsar zu entkommen. Eine kleine Gruppe kluger verwandter Eburonen war gleich unterhalb des Hohen Berges in Helrode untergetaucht. Der Vater von Johannes Diaconus war ein Nachkomme einer späten Gruppe dieser eigenwilligen Eburonen und sprach noch deren Dialekt. Johannes Diaconus schrieb zum Namen Ascvilare, er finde es bemerkenswert, dass der gleiche Klang des römischen Wortes Villa und des Keltische Wort Vilar für ein Einzelhaus an einem Gewässer davon ausgehen lassen könnte, dass der Namen Ascvilare Ansiedlung im Eschenwald bedeute, dabei wusste er durch die Aufzeichnungen der Erzählungen seines Vaters, dass das zugrundeliegende keltische Wort asc für Sumpf und feuchte Wiese stand und vilar für ein einzelnes großes Gehöft, das an einem fließenden Wasser liegt. In diesem

Buch, das Johannes Diaconus mit groß verzierten Lettern HELRODICA überschrieben hatte, stand auch eine ähnliche andere Deutung zu Helrode. Der Name habe gar nichts mit gerodeten Flächen in einem Wald zu tun, wie die Germanen, die Ubier meinten, die vom Rhein gekommen waren und sich dort sesshaft gemacht hatten, als die Römer wegziehen mussten, um andere Lager bei den Trevern und den Tongariern zu verteidigen. Die Ubier waren wohl ein reines Schmarotzervolk gewesen, das keine eigenen Ideen hatte und viel Met vertrug. Die Helroder Ritter stammten ja letztlich aus Brabant. Der Name sei viel älter als die Kapelle, die die Helroder Ritter im Moment zu einer kleinen Kirche ausbauten, die auch eigene Glocken bekommen sollte. Der Name sei schon vor Cäsar dagewesen und gehe auch nicht auf die nordische Göttin Hel zurück, wie manche meinten, was Gerardus nicht schlecht gefiel. Helrode wie Heliant, der Heilvolle, der Heilende, für den seine Vorfahren am Lech gekämpfte hatten. Manchmal nannte er sich zuhause Gerhard von Heilraede, aber das meinte er eigentlich nicht ganz ernst, obwohl es ihm schmeichelte. Nein, dieser Name gehe, so hatte Cornelius der Abdecker, der Schinder, der Totengräber aus eburonischem Geschlecht ihm, dem Neumenfachmann Karls des Großen und persönlichen Freund des Schreibers Einhard, Johannes Diaconus, einst erzählt, zurück auf das keltische Wort hel, was sumpfige Wiese bedeutete, und razd, was so viel heiße wie umzäunte feuchte Viehwiese. Der Name, der aus Brabant stammte, passte ja auch bestens zu der neuen Ortslage bei Aachen, die ihnen als Schöffenpfründe überschrieben worden war. Im Gegensatz zu dem Örtchen unmittelbar am Hohen Berg, das die Helroder dort vorfanden und das wie in ihrer Heimat auch eine solche umzäunte Weide war, zeigte sich die Velau als fruchtbare Auenlandschaft. Und feucht war Helrode ja heute noch, wenn Starkregen ins Unterdorf strömte und die beiden Bäche, den Bach vom Helroder Quellchen und den Loll anschwellen ließen, wenn der Merzbach in Kintzwilre sogar zum kleinen Flüsschen wurde und sich bis zum Sandberg ausdehnte, der hinter Helrode lag. Helrode konnte zum See werden. Johannes Diaconus schreibt auch, dass schon die Römer dieses Wasserproblem hatten, weil aus der Aachener Gegend das Grundwasser sich genau dort aus dem Boden herausdrücke. Eine Pferderennbahn, die sie dort angelegt hatten, wo heute die Burg Kambach steht, mussten sie deswegen auf kurz oder lang aufgeben. Um aber ihr Lager zu schützen und ebenso die Reiterei in diesem Teil der Festung sowie auch die Schreiner und Schmiede und die ganze Hauswirtschaft, haben sie von Merzbrück aus und in Richtung Hoher Stein zwei lange Tonröhrendrainagen gebaut aus diesen römischen Halbröhren, mit denen sie auch Aquädukte ausgestalteten, und mit konisch geformten tönernen Steckröhren, aber ein Ingenius war auf die Idee gekommen, die Halbröhren umgekehrt wie ein Gewölbekeller auf Tonerde zu setzen, sodass das Wasser schnell abfloss und keine Pflanzen hineinwachsen konnten sowie keine Erde die ineinander geschobenen Rohre verdrecken konnte. Bis heute zu funktionierte das, sonst könnten sie ihre Felder um seine Steinkuhlen herum heute noch nicht bewirtschaften. Sein Wappen, das sein Geschlecht aus Boortmeerbeek mitgebracht hatte, zeigte zufällig drei Steinhämmer. Die Dreiheit des Symbols für

Straßenbau liegt ja daran, dass ein Geschlecht mit Nachfahren jeweils drei Embleme abbilden muss, da ja meistens drei Generationen aktiv sind. Nun passte das aber auch gut auf Helrode: für jede Kuhle ein Steinhammer. Zuerst ließen sie deswegen das Wagenrad im Wappen weg, aber später, als sie ein Transportunternehmen für Bruchsteine eingerichtet hatten, bezogen sie es wieder in ihr Wappen ein.

Was war es ein Glück, so dachte Gerhard nun, dass mein Onkel Franziskus sechsundneunzig Jahre alt geworden ist und mir das Singen, Lesen und ein wenig auch Schreiben beigebracht hat, was er alles in Metz in der Karolingischen Chorschule gelernt hatte. Sonst hätte ich an den einsamen Herbsttagen, an denen man es dort unten bei der Kiste noch ganz gut aushalten konnte, nicht im Kerzenlicht lesen können, was Johannes Diaconus geschrieben hatte und sein Vater Cornelius der Weber ihm erzählt hatte. Dort hatte er auch das „Vater unser" gelesen, wie Carolus Magnus es durch Alkuin kannte, der es über dessen Brüder aus dem Kloster St. Gallen zugesandt bekommen hatte. Was ein Glück! Dieses germanische Wort für Versuchung ging ihm jedes Mal durch Mark und Bein, wenn er es laut aussprach: „khorunka!" Es wäre alles verloren gegangen. Nicht ganz verstehen konnte er den Hinweis in dieser Schrift, warum die Franken sich zunächst weigerten, in ihr Glaubensbekenntnis bei der Bemerkung zu Gott und dem Heiligen Geist die Worte filioque oder et filio zu übernehmen. Das wurde auch nicht näher erklärt. Aber da waren sie eisern geblieben, als wenn davon ihr Seelenheil abhängig gewesen wäre. Erst Carolus Magnus hat dann, wie erzählt wird, beim Konzil von Aachen diese Formel eingeführt, und das schien ihm logisch. Denn unter Vater, Sohn und Heiligem Geist verstand er drei Kräfte des dreieinigen Gottes, die Leben gebende, die mit Segen beschützende und die Weisheit lehrende. Dass der Heilige Geist dann auch aus Christus hervorgehe, liegt am Wesen der Dreifaltigkeit: Christus ist gleichursprünglich mit Gott Vater und der Heilige Geist gleichursprünglich mit beiden. Er sah es wie eine Gegebenheit der Natur an, wo sich ja auch oft der Kreis erst schließt, wenn drei Kräfte zusammenwirken. Das Fohlen wird geboren, dann wird es gesäugt und getränkt und erst unter dieser Voraussetzung galoppiert es in die Welt. Da es jeden Tag fressen und trinken muss und sich dann gerne bewegt, geschieht also die Geburt sinnbildlich jeden Tag aufs Neue und erst mit der dadurch ausgelösten Begabung lässt sich die Kraftanstrengung, die in der Welt nötig ist, erbringen. Kein Mensch kann ohne die drei Kräfte leben und wirken: Die Erde und der Körper sind der Boden der Entstehung, was jeden Tag eine Rolle spielt, das Herz ist die Fähigkeit zur Gemeinschaft mit anderen Menschen und der Geist die Möglichkeit, dem Leben Sinn zu geben. Dass dies täglich unwillkürlich nötig ist, damit es Leben gibt, zeigt die Natur myriadenfach. Dass der Mensch lerne, mit anderen Menschen zusammenzuleben und seinen Teil für sie zu opfern, ist eine täglich neue nötige Entscheidung, und dass er dies alles und die schwierige Welt durchdringe, ist eine Gabe Gottes und des Lebens, die leider manchen auf immer verwehrt bleibt, sodass sie jeder Bewegung, jedem Heilsprediger und Kraftprotz, ja jeder Irrlehre nachlaufen, die sie mit materiellen Versprechungen oder utopischen Werten dazu verleiten.

Diese werden nie Menschen im vollständigen Sinne werden, wenn sie sich nicht darum bemühen, Seelenheil zu erringen. Zumindest zu anderen gut zu sein, müssen sie lernen, auch wenn sie die Welt nicht durchschauen. Der Geist ist kein Wert an sich und auch keine Voraussetzung dafür, in den Himmel zu kommen. Aber die Güte und die Nächstenliebe anderer Menschen gegenüber, um die sich jeder Mensch bemühen kann, wenn er denn will, ist eine Voraussetzung. Er hätte das alles gerne selbst aufgeschrieben, aber dazu ging es zu langsam und er würde wertvolle Zeit verlieren, die er als Ritter anders einsetzen musste. Er war Ritter, kein Philosoph, kein Schreiber, auch kein Geistlicher. Er würde es Schreibkundigen erzählen, damit sie es festhalten könnten. Er war sich sicher: Für Menschen im Zustand der bloßen Kreatur, die schlimmer handeln als Tiere, die ihre Gattungsbrüder und –schwestern, ja ihre Artgenossen ermorden, um zu überleben oder auch nur besser zu leben, kann es keinen Himmel geben. Die Vorstellung, dass selbst Hunde oder Katzen mit ihren ungereiften Tierseelen, die im Gegensatz zu Kinderseelen nicht entwickelbar, sondern nur im Geschirr abzurichten sind, dass auch diese in einen Himmel kommen könnten, war für ihn als aufgeschworener Ritter undenkbar. Er liebte sein Pferd, aber er hatte kein Bedürfnis, ihm im Himmel zu begegnen und es unter Umständen sogar noch füttern und tränken zu müssen. Wenn ich, so dachte er, von einem Ring zwei Drittel weglasse, dann ist es gar nichts außer eine gefährlich spitze Waffe ähnlich einem Schlagring. Wenn ich nur ein Drittel wegnehmen würde, wäre es zwar auch kein Ring, aber ein mögliches Schmuckstück wie ein Halbmond oder eine Sichel. Wenn ich einen vollständigen Ring geschenkt bekomme, muss ich ihn hüten und wie ein Kleinod pflegen. Wo sollte also das Problem sein? Heilige waren dies für ihn, die ihre Seele dank Gottes Hilfe zu einem edlen glänzenden Ring, der weithin strahlt, ausbilden durften. Man könnte allerdings jetzt wie sein Freund Jan der Niederhusener darüber nachdenken, ob denn Gott, Christus und der Heilige Geist wirklich eins im Sinne einer Person sind, also eines Wesens, oder eins im Sinne eines Zusammenwirkens wie bei einem Baumpilz, der auf der Rinde sitzt und das von ihr hochgezogene Wasser trinkt, das die Rinde aber ohne den Baumstamm natürlich nicht hätte. Aber darin bestand für ihn überhaupt kein Gegensatz: Bei einem Menschen leben doch auch die Organe voneinander, und der Kopf wäre ohne den Körper, in dem unser Herz schlägt und fühlt, der Körper nicht ohne den Kopf möglich, wie er auf dem Schlachtfeld bei kopflosen Rümpfen gesehen hatte. Und auch der normale Tod eines Menschen kommt doch vom Kopf aus, das hatte er bei seiner Oma und bei seinem Opa traurig mit ansehen müssen. Schon lange hatten sie ihn nicht mehr erkannt, als der Körper noch vor sich hinlebte. Alles hängt von allem ab. Irgendwie ist auch alles mehr eine Energie, eine Kraft, was wir Körper nennen. Selbst Steine zerbrechen oder verbrennen ja im Laufe ihres Daseins, das viel länger währt als das Leben eines Menschen. Wo also sollte das Problem sein? Die Kraft faltet sich nach drei Seiten aus und ist einig mit sich selbst. Was wäre ein mögliches deutsches Wort für diese Einheit mit sich selbst? Dreifaltigkeit und Dreieinigkeit, so dachte er, wären gleichwertige mögliche Bezeichnungen für diese eine Kraft, aus der heraus alles lebte, fühlte und dachte. Ihm schien es im vollen goldenen Glanz der hochstehenden Mittagssonne so, als ob es noch mehr Scheingegensätze dieser Art geben würde.

Eine Schrift, die in der ungebrochenen Helroder Sprache niedergeschrieben war, verstand er nicht so richtig. Sprachlich schon, denn gemeint waren „Die Neun Weisen der menschlichen Seele":

Die nöng wiese van de menschlische Siel

1. Et jitt mensche, denne kannste en völl saache
   et niemals wereklisch rischtisch maache.
   doch wat die denke und och saare,
   kann e dörep düresch nuutzick draare.

2. Et jitt och mensche, die jäe helepe,
   wenn angere en e Onglöck talepe.
   Doch wenn die einem suu jet schenke,
   moss du och emme an se denke.

3. Dann jitt et mensche, die send stolz,
   enne staaze stieve stamm uss holz.
   Alles ess joot, wenn man se iert,
   wemme övve se laat, ess alles vokiet.

4. Deo nächste typos ess empfindlisch
   on ess och schnell at jet beleidisch,
   evve deo hätt richtig joot eidie,
   idiotos ess ä woet davüe.

5. Die mensche, die de janze zick
   am denke send, wat en se lick,
   die hant die angere em greff
   on stond am steuer bei e scheff.

6. Wenn enne mensch zwesche zwei stöhl
   sich setzt, weil der enn sie gevöhl
   sich net entscheide kann beim röttsche,
   dann setz der sich op et eije vöttsche.

7. Ich kann alles, on zwa sofort,
   tüent deo jonge welde am ort,
   wo er am wereke on schaffe ess,
   die hälevde, wat deo maat, ess mess.

8. Könning on kayser, dat benn isch,
   du enne kleene äreme wisch.
   wenn du disch mir net ongestells,
   dann zeisch isch disch, watte von mir hells.

9. Loss misch enn rou onn röisch schloofe,
   denn et jitt nix schöneres als poofe.
   evve wenn du enne schlööver stüers,
   dann duet et net lang, bess du em hüers.

Was er verstand, war die Beschreibung von neun verschiedenen menschlichen Verhaltensweisen, die diese
von Natur aus haben sollten, sodass man ihr Verhalten
verstehen, ja fast schon voraussehen konnte. Aber er
wusste nicht, woher diese Erkenntnis kommen sollte. Ob
Cornelius der Weber das so verfasst hatte? Oder viel-

leicht der feinsinnige Aloisius aus dem gleichen Hause unten am Dorfrand? Er las es in seiner neueren Sprache und versuchte, die eigentümliche Form der Endungen dieser einzelnen Verse so genau wie möglich hinzubekommen, da sie im Original ja gleich oder ähnlich klangen, aber in seiner Sprache war das nicht möglich:

Die neun Weisen der menschlichen Seele

1. Es gibt Menschen, denen kann man in vielen Sachen
es niemals wirklich richtig machen.
Doch was sie denken und auch sagen,
kann ein Dorf durch Notzeit tragen.

2. Es gibt auch Menschen, die gerne helfen,
wenn andere in ein Unglück geraten.
Doch wenn die einem so etwas schenken,
musst du auch immer an sie denken.

3. Dann gibt es Menschen, die sind stolz,
ein strammer steifer Stamm aus Holz.
Alles ist gut, wenn man sie ehrt,
verlacht man sie, ist alles verkehrt.

4. Der nächste Typus ist empfindlich
und ist auch schnell ein bisschen beleidigt,
aber der hat richtig gute Ideen,
„Idiotos" [der auf sich Beschränkte] ist ein Wort dafür.

5. Die Menschen, die die ganze Zeit

darüber nachdenken, was in ihnen liegt,
die haben die anderen im Griff
und stehen am Steuer bei einem Schiff.

6. Wenn ein Mensch zwischen zwei Stühlen
   sich setzt, weil der nach seinen Gefühlen
   sich nicht entscheiden kann beim Rutschen,
   dann setzt der sich auf's eigene Föttchen.

7. Ich kann alles, und zwar sofort,
   tönt der junge Wilde am Ort,
   wo er beim Wirken und schaffen ist,
   die Hälfte, was er macht, ist Mist.

8. König und Kaiser, das bin ich,
   du nur ein kleiner armer Wicht.
   Wenn du dich mir nicht unterstellst,
   dann zeige ich dir, was du von mir hältst.

9. Lass mich in Ruhe und ruhig schlafen,
   denn es gibt nichts Schöneres als pofen.
   aber wenn du einen Schläfer störst,
   dann dauert's nicht lange, bis du ihn hörst.

Warum kämpften denn die Christen gegen die Muslime,
diese gegen Christen und Juden, auch in Jerusalem, wo
sich viele Kräfte feindlich gegenüberstanden, sodass vielleicht alle gegen alle kämpfen würden? Man müsse diesen Zustand beenden, vielleicht würde der Kampf nur
zwei Jahrhunderte dauern, aber für einen dauerhaften
Frieden müsse man eben kämpfen. Er würde sich ein

neues Schwert anschaffen, zumindest, damit sein Sohn oder dessen Sohn mit einer starken Waffe in den Krieg ziehen könnten, der den endgültigen Frieden bringen sollte. Aber ihm fiel gleich auf, dass dies auch ein solcher Scheinwiderspruch sein könnte: Krieg und Frieden. Erst, wenn es keine Kriege mehr geben würde und keine irgendwie ausgehandelten Friedensrechte, die immer wieder zu neuen Unrechtssituationen und Ungleichheiten führen würden, gäbe es Ruhe. Also ganz ohne Waffen; er würde gerne Frieden schaffen ohne Waffen. Er wiederholte dies mehrfach halblaut so vor sich hin, denn es ging ihm auf, dass das irgendwie gut klang. „Frieden schaffen ohne Waffen!". Aber er atmete auch gleich wieder tief durch, denn würde dies in der Welt überhaupt möglich sein? Wie hätten seine Vorfahren am Lech gegen die Magyaren ohne ihre neuen Schilde und ohne die Kettenhemden ausgesehen? Sein Urgroßvater hatte immer wieder davon erzählt, der es ja auch nur vom urgroßväterlichen Bericht her wusste. Der Mensch ist dem Menschen doch eher ein Drachen, so dachte er. Und einen Drachen kann man doch wohl nur mit dem Schwert töten!? Der Mensch mit dem Menschen ist im Krieg schrecklich und im Frieden nicht viel besser, wenn er seine Zeit damit verbringt, geile Erlebnisse zu suchen, immer mehr zu wollen und andere zu übertrumpfen. Mehr Land, mehr Macht, mehr Reichtum, so handelten nicht nur die Fürsten. Ach, wie arm ist es um die Menschheit bestellt! Selbst die fahrenden Sänger fingen an, zur Lautenmusik ruckartige Bewegungen wie besessene Kranke zu machen. Ihre Kleidung wurde immer schriller, ihre Lieder immer flacher. Manche sangen nur noch von Trinkgelagen und Raufereien. Wo sollte das hinführen? Zu einer Menschheit, die wie bei einem Daueranfall von infernalischer Wucht herumzucken würde, als ob sie den Hieben der Todessense ausweichen müssten? Ein Sänger konnte gar nicht richtig singen, denn er stieß nur eruptive Laute aus angespanntem Bauch hervor und warf auf diese Art Gedankenfetzen in die Luft, die auf ihre Art genau denjenigen berührten, der mit dem jeweilig gemeinten Aspekt ein Problem gehabt hatte. Und da er alle Schwierigkeiten der Zeit in diesen Textbrei mischte, fanden die Menschen es interessant und bewegend. Gerardus machte immer einen großen Bogen um diesen grölenden Sänger, wenn er auf dem Meierhof in Kintzwilre war, um „dat Gröne", das üppige Grün dort zu bewundern.

Die Frühjahrssonnenwende im Juni 1221 war für Gerardus eine besondere. Sie gestaltete sich als unerwartete Sinnenwende, denn sein Herz wurde aufgeschlossen für das weniger Auffällige, für das Feine und Kleine in der Natur der Bäume, Sträucher und Blumen. Gerardus lag bis spät in die Nacht hinein alleine auf dem langgezogenen Hügelrist des Hohen Berges und konnte lange über Helrode und Lurgos hinweg bis zum Altenhof schauen und sah auch die Sümpfe, die sich bis zum Horizont erstreckten. Er sah in allen Lebewesen manchmal ähnliche, aber doch wiederum verschiedene Typen von Veranlagungen, die man, wie er meinte, in Gruppen zusammenfassen könnte. Einige waren emsig beschäftigt und versuchten, ihre Umwelt ihnen selbst anzupassen. Sie wuchsen und wucherten in ihre Umgebung hinein und versuchten, alles dem eigenen Werden anzupassen. Andere verkehrten nur sich gegenseitig behütend und helfend im

Waldrudel oder im dichten Bewuchs, um sich zu stützen und zu schützen. Eine dritte Gruppe baute sich stolz und abschreckend vor anderen auf und gab auch entsprechende scharfe oder laut röhrende Geräusche von sich. Die menschlichen Urlaute mit ‚r' wie Rüpel, rau, roh schienen daher zu kommen. Pflanzen dieser Art zeigten eigentümliche Formen und Farben, standen aber einsam auf verlorenem Posten, wenn es ein Unwetter gab. Eine vierte Gruppe schwirrte farbenfroh in der Luft oder bewegte sich geschmeidig durch die Welt, eitel und frech. Als Blüten an Pflanzen zeigte sich diese vierte Art einzigartig und selten geformt. Undurchsichtig sind Pflanzen, die sich auch im Wind nicht bewegen, und Tiere, die mehr stehen und starren als sich lebendig zu zeigen, als sei die Bewegungslosigkeit ihre Tarnung vor der Umwelt. Dann aber die sechste Gruppe, deren Diensteifer vom Stammesverhalten bestimmt wurde und die keine eigenen Bedürfnisse außer dem Erfüllen ihrer Aufgaben zu haben schienen. Ja, es gab Pflanzen, die lebten davon, dass sie andere Pflanzen versorgten. Die siebte Gruppe war sehr vielseitig und fand sich in allen Lebenslagen zurecht. Sie konnten aber auch unaufmerksam und leichtsinnig sein. Pflanzen dieser Art wuchsen auf jedem Untergrund. Die Herrscher unter den Tieren und die schnell wachsenden sonnenraubenden Pflanzen verdrängten Konkurrenten ohne Hemmung ihres Triebes, konnten allerdings durch diese gebündelt verausgabte Energie auch schnell ermüden. Die neunte Gruppe sind die Friedliebenden unter den Wesen; sie leben wie im Schlaraffenland und aalen sich unter der Sonne, verpassen aber meistens den Moment, um sich selber vor einem drohenden Unheil zu bewahren. „In Schönheit geht die Welt zugrunde", dachte Gerardus, wenn er solche Wesen vor Augen hatte.

Als an diesem Abend drei galante Herren der Schöpfung am Brunnen saßen, sprachen sie über finanzielle Probleme, die in diesen Tagen die Burgbesitzer sehr belasteten und deren Lösung sie äußerst beschäftigte, denn in ausuferndem Ausmaß hatte man sich gegenseitig Besitzungen verpfändet. Das damit eingenommene Geld war aber schon dreimal ausgegeben: Rüstung und Pferde kosteten Unsummen, die Haushaltung einer Burg verlangte Unmengen an Wirtschaftsgütern und die weichenden Erben verlangten ungemein hohe Mitgiften. Nur noch wenige Frauen aus dem Adel wollten in ein Stift oder Kloster gehen – und der Zehnte, den die Ritter zumeist komplett an Erträgen erarbeiten lassen mussten, verlangte immer mehr Personen, die im Hof tätig waren.

Gerardus de Helrode: „Die Burg in Berge op der Inde zerfällt nun nach zweihundert Jahren schon! Markgraf Wilhelm will sie veräußern, er weiß nur noch nicht, wie!"

Konrad von Köttingen: „Er hat sie meinem älteren Bruder Gerhard von Angeltorp angeboten, aber der will sie nicht auf Dauer besitzen, sondern nur kurz zum Lehen, das er dann seinem Sohn, Edmund, überschreibt, der sie ja dann verpfänden kann."

Harald von Haaren, Vetter des Konrad von Köttingen: „Das wäre geschickt, denn dann braucht er die auf der Burg lastenden Schulden nicht selbst zu bezahlen, kann aber sich die Hälfte vom Zehnten ausbedingen. Graf Wilhelm ist doch gerade erst Markgraf geworden. Wenn er mal Herzog wird, wird dieses Geschäft mit ihm interessant. Dann können unsere Söhne vielleicht Ämter am Hof in Jülich bekommen und aufsteigen."

Gerardus: „Agnes von Angeltorp will ja die Burg Gripekoven in der Herrschaft Dalen, die von ihrem Mann Johann von Reydt mit in die Ehe gebracht wurde, auch am liebsten verpfänden, denn denen steht das Wasser auch bis zum Hals."

Konrad: „Sie werden die Burg, wie ich gehört habe, für 6000 Gulden an den Markgrafen verkaufen – und dann bekommen sie noch 3000 Gulden, mit denen der Markgraf Bernhard von Kintzwilre zufriedenstellen will, die seiner Frau noch als Witwe von Gerhard von Angeltorp zustehen."

Harald: „Und das ist die ganze Schweinerei! Durch diesen Kaufvertrag wird der eigentliche Erbe der Burg Gripekoven, Herr Edmund von Angeltorp, in seinen Rechten beeinträchtigt! Und die Angeltorper machen so viele Scheingeschäfte, dass cum ex, wenn sie dann wieder aussteigen, die betrogen sind, deren Erbe beschnitten wurde. Der Notar Scholz hat das unterstützt mit vielen Ratschlägen in Form von Marginalien. Aber auf die Nothberger Burg wartet schon lange der Herr Werner von Palandt, der ja sieben Kinder hat und ihnen allen gleichermaßen einen Besitz mit Burg oder Schloss zukommen lassen will. Die Burg Gripekoven, die wird nicht mehr lange existieren, denn der Markgraf ist gegenüber den Brüdern Goswin und Arnold von Zievel so hoch verschuldet, dass diese Raubritter Landfriedensbruch begangen haben, um sich ihren Besitz zu holen."

Gerardus: „Das sind nun oft die Grafen und Herzöge selbst schuld! Auch wir würden uns so etwas nicht gefallen lassen und würden – natürlich nur zusammen mit den Palandts – selbst der Stadt Aachen, ja sogar Köln gegenüber die Fehde erklären! Wenn die Zievels die Burg Gripekoven zerstören, dann ist klar, dass der Angeltorper die Burg Nothberg bekommen muss, sonst ist er so geschädigt, dass auch er zum Raubritter wird! Jülich und das Hambacher Schloss sind ja nun nicht weit entfernt!"

Konrad: „Und da sind noch andere Burgen, auf die die Angeltorper durch Erbschaft oder Heirat Ansprüche haben: in der Herrschaft Reuland, die Wildenburg und Burg Maubach, dann an der Inde die Burg Berge op der Inde mit dem Burgflecken Walramsberg, nicht zuletzt Herrschaftsrechte in Thum, Rheindalen, Myhl und Asselborn."

Harald: „Vielleicht können die Räte etwas bewirken! Wäre doch tragisch, wenn durch solche Verzweigungen, Verquickungen und Verwirrungen ein Zerwürfnis zwischen dem Landadel und dem Jülicher Herzog einsetzen würde. Da sitzen doch vernünftige Verweser und Verwalter, wie Karselius von Palandt d. J., der ja mit Alveradis von Angeltorp verheiratet ist. Das sind doch die beiden einflussreichsten Jülicher Geschlechter."

Nachmittags begannen die Kampfübungen. Auf dem Hof hatten sich Reiter versammelt und nahmen ihre Pferde in Empfang. Zwischenzeitlich hörte man aus dem Stall Randulf aufheulen wie einen getretenen Hund. Er bekam keinen Schnaps, den er sonst tagsüber schon trank, und er durfte nicht bei den Übungen zum anstehenden Burgturnier helfen, was ihn in der Seele schmerzte. Sie versammelten sich vor jedem Training und riefen den Eid von Augsburg, den einst ihre ritterlichen Vorfahren gerufen hatten, als sie sich vor der Schlacht auf dem Lechfeld versammelt hatten.

Zuerst also würde er sich ein neues Schwert anfertigen lassen, denn sein Kampfeisen war so alt, dass man erzählte, es habe schon bei der Schlacht am Lech gelitten, als sein Vorfahre mit Otto dem Sachsen und über 10000 Rittern anderer Stämme für deren Freiheit gekämpft hatte. Es sei aber auch in der Schlacht von Grimbergen in Brabant im Einsatz gewesen, wo die Helroder Ritter in ganz besonderem Maße dem Herzog dienlich waren, hohen Blutverlust erlitten und zahlreiche Wunden davontrugen, wie es in einem Rittergedicht Heinrich von Veldekes besungen wurde. Er kannte ja noch den Namen der Helden im Orloog van Grimbergen, Gosen, also Goswin van Helrode, und dessen Sohn Johannes, Vater von Deyso, der Großvater des Ludwinus de Helrode, seinerseits Vater der Zwillinge Boudewijn und Jan van Helrode. Das war der Zweig der „Ridders van Helrode", die in Boortmeerbeek im flandrischen Brabant geblieben waren, als sein Vater, nach dem er seinen Sohn Conradus genannt hatte, mit ihm nach Helic Razd, einem alten Dorf im Land bei Aachen, umsiedelte und dort als Schöffe von Aachen einen Pfründhof ausbaute, auf dem sein Geschlecht jetzt lebte. Er selbst war benannt nach dem Urheber des Rittergeschlechts der Ritter von Helrode, nämlich nach Gerardus van Helrode in Brabant, dem Marschall des Herzogs. Diese Gestae hatte er stundenlang neben der Kiste sitzend nachgelesen und sich sein eigenes Bild gemacht, das so stark in ihm lebte, dass er sich manchmal gerne selbst als Kämpfer am Lech sah. Und wie durch eine höhere Fügung passten ihre Namen ja auch zusammen, denn mittlerweile nannten die wenigen keltischen Bewohner des kleinen Viehdorfs sich Helroder – ähnlich dem Namen, wie er sich vom Keltischen her für ihr Dorf entwickelt hatte, denn dazu passte ihr Sippenname Ridders van Helrode, wobei sie in ihrer Überlieferung mündlich weitererzählt hatten, dass ihre Vorfahren Normannen waren, die vor Hunderten von Jahren vor den Goten zurückgewichen wären und sich in Brabant niedergelassen hätten, wo sie als stramme Kämpfer stets herzlich willkommen geheißen worden wären. Sie sahen im ersten Bestandteil ihrer Bezeichnung einen Bezug zur nordischen Göttin Hel, denn die Normannen überlieferten ihnen einen Totenkult, der dem keltischen sehr entgegenkam und zuerst mit riesigen Steinfindlingen, dann mit umkränzten Kreuzen die Gräber versahen. Und der zweite Bestandteil rührte daher, dass sie den Wald beim Ort Boortmeerbeek, wie später noch Deyso und Jan van Helrode, in Vilvoorde und Umgebung zu ihrem Besitz zählen durften, ein Waldstück bei dem

Dorf Houtem, das sie dann aber verpfändeten an die Abtei Kammer. Johannes und Deyso van Helrode, Vater und Sohn, waren mit vielen anderen Adligen zusammen Trau-Zeugen bei der Hochzeit von Mathilde von Brabant mit Florent (Floris IV.) von Holland, den Eltern des späteren deutschen Königs Wilhelm von Holland. Er war der Sohn des Grafen Wilhelm I. und Adelheid von Geldern, wodurch eine historische Nähe zur Grafschaft Jülich gegeben war. In Boortmeerbeek hatten die Ridders van Helrode einen Hof, der auch aus einer Mottenburg hervorging, sodass also der ‚Hof te Helrode' gleichzusetzen war mit dem ‚Hof te Meerbeek', der auf einem Bergplateau lag und aus einer Fliehburg auf dieser Motte hervorgegangen war. Das Geschlecht hatte aber noch eine zweite, neuere Burg, den Hof Ter Goye, der schon fast als Schloss zu bezeichnen war.

Dieses für sein Geschlecht entscheidende Dokument aus dem Jahr 961 hatte ihn fasziniert. In ihm wurde einem seiner Ahnen, dem Großvater des Gosen aus Meerbeek, ein Ritterdiplom ausgesprochen, weil er mit seinen Brüdern Conradus und Henricus in Ostfranken im Jahre 936 dabei war, als sich die ostfränkischen Stämme Sachsen, Franken, Schwaben und die Bayern auf einen gemeinsamen König, nämlich Otto I., ein sächsischer Herzog, geeinigt hatten. Sie hatten zu dritt diesen neuen Herrscher nach Aachen zur Thronsetzung gebracht, doch bevor sie heil im Aachener Münster angekommen waren, mussten sie zuvor in diesem Ort, den die Bewohner noch nach keltischer Bezeichnung Helic Razd nannten, einige Stunden verbringen. Und just dort wurden sie auf das Übelste von einer Reitergruppe aus dem Nachbarort Cants Wilare überfallen und mussten ihren König eine Stunde lang zu dritt gegen 13 Angreifer verteidigen, wobei ihnen zwei Bauern mit Ochsenketten zu Hilfe eilten und drei Angreifer von hinten vom Pferd schleuderten, die sie dann in die Flucht schlugen. Mit den anderen wurden die Ritter des Königs alleine fertig, zwei der Angreifer wurden durchbohrt, drei blutend gefesselt und die restlichen fünf ergriffen die Flucht Richtung Lurgos. Als sie mit König Otto in Aachen einzogen, war ihr Ruhm ihnen schon vorausgeeilt und das Volk rief: Da kommen die Ritter des Kampfs von Heelraide – denn so nannte man den Ort Helic Razd auch in der fränkischen Sprache. Später gab der König die Weisung, den Herren einen Rittertitel erblich zu verleihen: Goswinus d. Ä., Conradus d. Ä. und Henricus d. Ä. de „Helrode", was im Altflämischen „Straße für alle" bedeutete, denn ihre Burg stand an einer alten Römerstraße, dem Steenweg van Leuven, die sie zu reparieren den Auftrag bekamen. So verschmolzen zwei Bedeutungen zu einer wie in gegenseitiger Befruchtung.

Die Entscheidung ihrer gleichnamigen Nachfahren war diesen gar nicht leichtgefallen. Tagelang hatten sie diskutiert, wer nach Aachen sollte, denn in Aussicht gestellt war ihnen ein Schöffenamt dort. Wie mag das Gespräch gewesen sein? So vielleicht? Hat es am historischen Brunnen in Boortmeerbeek, genau gesagt in Hever stattgefunden?

Goswinus d. J.: „Wenn ich nach Aachen gehen würde, müsste ich hier meine Straßenbauarbeit aufgeben. Ich arbeite doch schon lange mit zwanzig Fuhrleuten und zehn

Straßenarbeitern an der Ausbesserung des alten Römer-
weges, dem Steinweg."

Henricus d. J.: „Der Audenhovenlaan, wo unsere Burg
steht, stößt auf diesen Leuvensesteenweg, der in der Verlängerung zur Küste hin nach Antwerpen und in der anderen Richtung über Maastricht nach Aachen führt. Wir wollen doch auch eine Trasse nach Brüssel bauen. Unser
Ausbau dieses bedeutenden Verkehrswegs zwischen Löwen und Mechelen hat doch genau die Breite und die gerade Ausrichtung der Römerstraße. Unser Rittterge-
schlecht ist doch vor vielen Jahren nach dieser Aufgabe
„Die Helroder" genannt worden. Wie hatte der Herzog von
Brabant gesagt?"

Conradus d. J.: „Er sagte: „Ihr habt nun den ehrenvollen
Auftrag, die breite Römerstraße, den Steinweg, auszu-
bessern, bis ans Meer zu verlängern und eine Abzwei-
gung nach Brüssel einzurichten. Die Straße muss für alle
gut sein, für Händler, für fahrendes Volk, für Reisende und
für Heere. Für helemale soll diese Roada ein großer Fortschritt sein. Und deswegen sollt ihr fortan „Die Helroder"
geheißen sein, und das Wappen der Ridders van Helrode
soll von drei Steinhämmern gebildet werden, die für den
Straßenbau stehen, und ein Wagenrad soll auf einer geraden Linienführung für den Steinweg zu sehen sein, das
für die Fahrzeuge steht, die hier gegen einen mir und
euch je zur Hälfte zustehenden Zoll verkehren dürfen."
„Und damit kann es noch riesige Probleme geben, denn
wer will schon für die Benutzung einer Straße zahlen? Alle
setzen voraus, dass das Pflaster in Ordnung ist, aber kei-

ner will dafür zahlen. Wir nennen den von uns geforderten Zoll KAG, also Kosten für Allgemeine Grundarbeiten."

Als Gerardus die Feldarbeit auf dem Hohen Berg zwischen Helrode, Romich, Martibruck und Broichbeektal beaufsichtigte, ritt er auch über alte Wege, von denen einer doppelt so breit war wie die restlichen und eine Art schlechte und lückenhafte Befestigung aus römischen Pflastersteinen gehabt hatte. Er wusste, dass alte Helroder den Weg „Bree Bahn" nannten, weil es einst, so wurde es seit Jahrhunderten wohl weitererzählt, eine römische Heerstraße gewesen sei. Man sollte sie wie den Steenweg in Brabant ausbauen und damit dem Adelsnamen und dem dazugehörenden Wappen gerecht werden! Aber woher sollte man hier in dieser gottvergessenen Gegend so viele kräftige und fleißige Arbeiter herholen? Und womit sollte man sie bezahlen? Nun überlegte Gerardus, als er über den schmalen Weg an der Broemeleheck vorbeiritt, ob darunter nicht Steine zu finden seien, denn es schien ihm so, als wenn das gesamte Gebiet bis nach Eischwielo herüber ein großes Heerlager gewesen sein könnte. Allerdings hätte man es auch heute noch erzählt, wenn dies aus der Zeit Karls des Großen stammen würde. Nein, es musste viel älter sein, und er wusste, dass noch sein Großvater von einer schwierigen Schlacht zwischen Cäsar und den Kelten gesprochen hatte, die man Gallier nannte. Hauptsächlich sei es das Volk, das bis dahin im Eibenwald gelebt hatte, gewesen, das gegen die Römer aufbegehrt und sie zuerst besiegt hätte, das aber dann von Cäsar vernichtet worden sei. Nur einer der Könige habe fliehen können, dessen Namen er aber vergessen hatte. An der Seite des Flusses mit dem Namen De Indt in Eischwielo war also wohl, so stellte er sich das jetzt vor, das Lager von Natur aus geschützt durch ein Felsplateau, das man „Do Huure Steen" nannte, und auf der Helroder Seite, also im Gebiet, das ihm gehörte, also „op do Huure Beresch" mussten Türme und Wälle gebaut werden, um das Lager zu schützen. Und unter den Brombeeren fand Gerardus, als er mit zwei Knechten dort grub, tatsächlich ein Stück dieser dort vermuteten gallischen Mauer.

Beim Bau ihres Burghauses in Helrode an „De Hähle Baach" hatten sie ja auch Steine von hier oben, von den Steinkuhlen auf dem Hohen Berg genommen. Diese lagen in den drei Sumpflöchern ja so herum, als wenn sie die Überreste eines römischen Turmes wären, der unten aus Stein und oben aus Holz gebaut war. Diese antiken Bruchsteine, auch Brandsteine, ja sogar Dachziegel und Marmor bzw. andere steinerne Überbleibsel von einem nahegelegenen Ort aus der späteren Römerzeit, die von einer nahegelegenen verfallenen Villa rustica stammten, hatten sie sauber geklopft und abgerieben und dann auf Karren in das Dorf transportiert, wo noch zwei andere Höfe damit gebaut wurden, die für die Verwandtschaft und für die Nachkommen vorgesehen waren. In der Zeit nach dem Tod von Karl dem Großen und seinen Söhnen hatte man ja schon die Kapelle mit solchen Überresten gebaut, die hier oben auf dem Hohen Berg in den drei Steinkuhlen lagen, und sein Sohn hatte ja jüngst die Idee in Erinnerung an Erzählungen über das alte Brabanter Wappen, deswegen drei Steinmetzhämmer in das Wappen zu zeichnen und dies der Rittertafel in Juliacum vorzulegen. Diese Türme waren ja schon völlig zerfallen und konnten leicht vollständig „ausgeschlachtet" werden. Alles war ja irgendwie wiederverwendbar, selbst die runden Rohre der Drainagen des Winterlagers. Man freute sich über diese Nachhaltigkeit.

Ein großes Problem war aber die Kalkgewinnung für den Mörtel, da große Mengen davon als Bindemittel nötig waren. Sie mussten aus Kalkstein gewonnen werden, und zwar durch tagelanges Brennen in besonderen Öfen mit sehr hohen Temperaturen. Der extrahierte Kalk wurde vorher gemahlen, die dann geformten und fertig gebrannten quaderförmigen Branntkalksteine waren nur halb so schwer wie das ursprüngliche Steinmaterial, weswegen man den Kalk auch vor Ort brannte, wo die Steine im tiefen Steinbruch gebrochen, gehoben und transportiert wurden und der Kalk aus ihnen gewonnen wurde. Man brachte den losen Kalk also nicht zur Baustelle der Burg oder der Kirche oder eines Bauerngutes, was eine viel zu staubige und insgesamt schwierige Angelegenheit gewesen wäre. An der Baustelle zerstieb man den Kalk mit großen Meißeln und vermischte ihn lose mit Tonerde, zusammen mit Sand und manchmal auch Kies, was man dann mit Wasser anrührte. Es gab in dem etwas entfernt liegenden Ort mit Namen Hetzenich eine solche Kalkhütte, denn dort existierten riesige Vorkommen von Kalkstein. Von dort also ließen sie den Kalk für den Mörtel kommen und gleichzeitig ließen sie sich von dort auch Trass bringen, d. i. gemahlener Schieferstein, den sie auch unter den Mörtel mischten. So würden die Bauten Jahrhunderte lang bestehen bleiben, das wusste Gerardus genau, denn dieses Wissen hatten sie ja auch aus Frankreich von den Kreuzzügen her mitgebracht.

Die Erlaubnis zum Bau des Helroder Burghauses hatten sie erst im Jahr 1098 bekommen, nachdem die Bauherren der Nothberger und der Bovenberger Burg schon mit dem genehmigten Bauen begonnen hatten. Obwohl auch ihre Vorfahren genauso wie die der Ritter von Palandt, von Bongart und Quad sowie des Ritters van Bove a. d. 797 schon Karl dem Großen in Sachsen beigestanden und auch a. d. 955 auf dem Leschfeld gefochten hatten, bekamen die Helroder, deren Vorfahren ja aus Brabant stammten und Vasallen des dortigen Herzogs gewesen waren, erst nach dem Jahr 1095 eine Erlaubnis zum Burgenbau, und sie als eines der letzten Rittergeschlechter. Auch in Dorff entstand nun eine Burg wie die Nothberger und die Bovenberger mit vier Türmen. Auch waren die Kintzwilrer Recken mit ihrer Mottenburg als frisch ernannte Ritter des Heiligen Georg 1095 dem Aufruf des Papstes Urban zum Kreuzzug gefolgt und durften Burgen bauen.

Mit König Otto hatten sie auf dem Lechfeld gekämpft, wo dessen Vision, einmal wie sein großes Vorbild Karl der Große Kaiser zu werden, sich auf dem Prüfstand befand, als er gegen die heidnischen Ungarn kämpfte. Gerardus erinnerte sich an viele Gespräche über ihm unbekannte Personen aus langen Nächten am Feuer während des letzten Kreuzzugs, wo Ritter aus aller Herren Länder im Reigen erzählten.

Gerardus I. selbst hatte eigenmündig die heilige Lanze geküsst, mit der der römische Soldat die Seite Jesu durchbohrt haben soll, und darauf den Eid geschworen, den Glauben bis zum letzten Blutstropfen zu verteidigen. In Aachen hatten alle aus dem Volk die rechte Hand für

Otto gehoben. Die Herzöge, die Grafen und die Ritter standen wie das Volk im Säulenhof, aber hinter dem Thron, den man dort aufgestellt hatte, und also hinter Otto und dem Erzbischof. Genau dort, wo man Karl den Großen einst beigesetzt hatte. Nach der Erzählung seines Vaters, von dem Gerardus all dies wusste, war es der 7. August 936, als der Erzbischof dem neuen König ein Diadem als Krone aufsetzte. Auch hatte Widukind, der junge irische Mönch, all dies aufgeschrieben, als Henricus de Helrode, wie sein neuer Titel war, den irischen Geistlichen in Aachen an der Rittertafel des Ritters von Chorus darum gebeten hatte: „Wir huldigten ihm draußen im Säulenhof, gelobten ihm Treue, versprachen ihm Unterstützung gegen alle seine Feinde und machten ihn nach unserem Brauch zum König, dann erwartete der Erzbischof von Köln mit der gesamten Priesterschaft und dem ganzen Volk im Innern der Basilika den Auftritt des neuen Königs. Als dieser erschien, ging ihm der Erzbischof entgegen, berührte mit seiner Linken die Rechte des Königs, während er selbst in der Rechten den Krummstab trug, bekleidet mit der Albe, geschmückt mit Stola und Messgewand, schritt vor bis in die Mitte des Heiligtums und blieb stehen. Er wandte sich zum Volk um, das ringsumher stand – es waren nämlich in jener Basilika unten und oben umlaufende Säulengänge –, sodass er vom ganzen Volk gesehen werden konnte, und sagte: 'Seht, ich bringe euch den von Gott erwählten und von dem mächtigen König Heinrich einst designierten, jetzt aber von allen Fürsten zum König gemachten Otto; wenn euch diese Wahl gefällt, zeigt dies an, indem ihr die rechte Hand zum Himmel emporhebt.' Da streckte das ganze Volk die Rechte in die

Höhe und wünschte unter lautem Rufen dem neuen Herrscher viel Glück."

Otto hatte also diese Vision gehabt, einmal wie sein großes Vorbild Karl der Große Kaiser zu werden, aber nicht nur dieser unbändige Wille war auf dem Prüfstand, als er gegen die heidnischen Ungarn kämpfte, sondern ihre Ritterfreiheit und die Sicherheit der Bevölkerung. Man konnte nicht weiter hinnehmen, dass diese Steppenreiter weiter ihr Unwesen trieben; mehr als fünfzig Mal schon waren sie in ihre Gebiete eingefallen und hatten alles niedergemetzelt, was ihnen vor die Schwerter kam. Wer Feind Gottes war, war ja auch Feind der Christenheit und musste bekämpft werden, anders konnte er nicht denken. So kam es ihm in den Sinn, so hätte er es auch 283 Jahre zuvor in Aachen gehört, wo Otto der Sachse zum König des Ostreiches gekrönt worden war und als Verteidiger des Glaubens für die Sachsen, Franken, Schwaben und für die Bayern auf dem Thron Karls des Großen eingesetzt wurde. Welchen Glauben hatten denn diese Magyaren überhaupt? Gerardus meditierte sich immer deutlicher hinein in dieses Gespräch in Aachen zwischen seinem Urahnen Gerardus und einem wahren Ungarnkenner, Bunticus, einem Bischof, der hatte fliehen müssen und in Aachen bei der Weihe des Königs als Auxiliarbischof tätig war! Diese Sprache der Ungarn, die kaum einer verstand, von der aber ein irischer Mönch dem Weihbischof erzählt hatte, dass man sie im hohen Norden am Eismeer auch hören könnte, und diese Menschen mit üppigen Bärten wie die Awaren und Hunnen, von denen Gerardus gemalte Bilder in den Blättern des Franziskus gefunden hatte, konnte keiner zuordnen. Und waren sie Anhänger des Mohamed oder waren ihre Priester so etwas wie Druiden, wie sich der Vejk nannte, der in Augsburg am Rande der Schlacht Rauchopfer darbrachte und Tänze vollführte? Auch aus Lothringen und Böhmen waren dann noch Heere eingetroffen. Eigentlich hatte er es nie so recht geglaubt – und eigentlich auch nie verstanden, wieso ausgerechnet diese Lanze Kriegssymbol war, mit der Jesus den Gnadenstoß erhalten haben soll, wenn es denn nicht, wie man in der Bibel nachlesen könnte, nur ein Test war, ob neben dem Blut auch Wasser austrete und Jesus denn insofern schon tot sei. Wieso sollte ihnen damals diese nur zwiespältig zu betrachtende Lanze geholfen haben?

Dass sie gesiegt hatten, lag an ihrer guten Ausbildung und ihren widerstandsfähigen Rüstungen, die alle wendige Schnelligkeit der Steppenreiter und ihre Pfeile abprallen ließen. Es war die Waffenverbesserung, die ihnen den Sieg gebracht hatte. Die Kettenhemden waren teuer und sein Urahn hatte sich nur in Köln welche besorgen können, aber es war die entscheidende Neuerung gewesen, auf die Karl der Große noch nicht in dieser Form hatte zurückgreifen können. Und die neuen und größeren Metallschilde, die ohne Holz gefertigt waren und den ganzen Körper gegen die aus der Ferne abgeschossenen Pfeile schützen konnten, waren unersetzlich. Die Ungarn ritten folglich zum ersten Mal nicht in ein schon zerborstenes Kriegerheer hinein, um Sterbenden den Gnadenstoß zu geben, sondern in geschlossene Reihen von Panzerreitern, die ihre langen Eisenspeere wie Spießruten ihnen entgegenhielten und die Wucht der Angreifer wie ein Deichbollwerk abprallen ließen. Nun waren es die nachfolgenden Ungarn, die über ihre eigenen sterbenden

Reiter und Pferde klettern mussten, um überhaupt weiter-
kämpfen zu können. Dort empfingen sie aber sausende
und klirrende Schwerter. Nie mehr wagten die Magyaren
Überfälle der Städte, die man tuitsch nun nannte, weil sie
auf sehr unterschiedliche Weise die gemeinsame Sprache sprachen, die die Mönche im Lateinischen als teotis-
cam, als volkstümlich bezeichneten. Dies alles las er nach
in dieser Sprache des Urahnen, die er noch ähnlich verwendete, sodass er dieses „Vater unser" aus Sankt Gallen noch voll und ganz verstand, wenn er es auch anders
ausdrücken würde. Und er hatte verstanden, dass Otto
plante, nach Rom zu gehen. Er wird ja nun wirklich zurecht Otto der Große genannt. Er wollte in Rom vom
Papst die Kaiserkrone erhalten.

Die Knappen ritten auf einen aus Holz geschnitzten dunklen Eber in Lebensgröße zu und mussten versuchen, ihn
mit einem Speer im Vorbeireiten zu treffen. Einige Kurz-
lanzen flogen daneben, aber andere bohrten sich durch
die Wucht ihrer Geschwindigkeit, die durch das schnelle
Reiten und den kräftigen Abwurf ja sehr hoch war, tief in
das Holz. Die älteren Ritter kommentierten jeden Wurf:
„Optime", „Laude!" oder "Rite" oder es hieß ins Lächerli-
che gezogen: „Maaale!". Nur einer schaffte einen Blatt-
schuss, das war der Knappe von Lövenich, dessen Eltern
den flandrischen Löwen im Wappen trugen und der also
etwas Besonderes im Schilde führte. Als der Knappe Ernestus etwas zu langsam war beim Herausziehen des gerade geworfenen Speeres, warf Heinrich von Lövenich
ihm den Speer so zwischen die Beine, dass Ernestus mit
seinem Ritterkleid an den Eber geheftet war, wodurch er
so hinfiel, dass er bäuchlings auf dem Tier lag und sich

auf ihm so gerade noch festhalten konnte. Und alle schrien pausenlos „Optime!". Nur Ernestus seufzte verärgert: „Vermaaaledeit!"

Gerardus erinnerte sich abends betend an das St. Galler „Vater unser": "Fater unseer, thu pist [Im Bairischen und Süddeutschen spricht man noch heute oft das ‚b' als ‚p' – so sagt man z.B. ‚Pruder' und ‚Prot'] in himile, uuihi [uu = w, h = ch wahrscheinlich hier wie in ‚wichtig'] namun dinan, qhueme [qh = k, Stamm-e hier = ä] rihhi [hh = ch wie in ‚wichtig'] diin, uuerde uuillo diin so in himile, sosa in erdu. prooth unseer emezzihic [ss = ß] kip uns hiutu. oblaz [z = s] uns sculdi unseero, so uuir oblazem uns sculdikem. enti ni unsih firleiti in khorunka. uzzer losi unsih fona ubile"

„Dann schritt der Erzbischof mit dem König, der nach fränkischer Sitte mit einem eng anliegenden Gewand bekleidet war, hinter den Altar, auf dem die königlichen Insignien lagen: das Schwert mit dem Wehrgehänge, der Mantel mit den Spangen, der Stab mit dem Zepter und das Diadem, nahm von dort das Schwert mit dem Wehrgehänge auf, wandte sich an den König und sprach: „Nimm dieses Schwert, auf dass du alle Feinde Christi verjagst, die Heiden und schlechten Christen, da durch Gottes Willen dir alle Macht im Frankenreich übertragen ist, zum unerschütterlichen Frieden für alle Christen."' Genauso hatte Gerardus es vor kurzem noch der Claudia des Bauern Kracht erzählt, die auch schreiben konnte und sich sofort Notizen gemacht hatte. Und so konnte Gerardus weiterlesen: „Dann nahm der Erzbischof die Spangen, legte ihm den Mantel um und sagte: „Durch die bis auf den Boden herabreichenden Zipfel deines Gewandes seist du daran erinnert, mit welchem Eifer du im Glauben entbrennen und bis zum Tod für die Sicherung des Friedens eintreten sollst." Darauf nahm er Zepter und Stab und sprach: „Durch diese Abzeichen bist du aufgefordert, mit väterlicher Zucht deine Untertanen zu leiten und in erster Linie den Dienern Gottes, den Witwen und Waisen die Hand des Erbarmens zu reichen; und niemals möge dein Haupt ohne das Öl der Barmherzigkeit sein, auf dass du jetzt und in Zukunft mit ewigem Lohn gekrönt werdest." Auf der Stelle wurde er mit dem heiligen Öl gesalbt und mit dem goldenen Diadem gekrönt ... und nachdem die rechtmäßige Weihe vollzogen war, wurde er zum Thron geführt, zu dem man über eine Wendeltreppe hinaufstieg, und er war zwischen zwei Marmorsäulen von wunderbarer Schönheit so aufgestellt, dass er von da aus alle sehen und selbst von allen gesehen werden konnte." So las Gerardus es mehrfach im dunklen kalten Keller neben der großen Holzkiste in der alten vergilbenden Chronik. Er würde dieses Schriftstück nach Aachen bringen müssen, wo er ja Schöffe war, damit es nicht weiter der Feuchtigkeit ausgesetzt wäre. In Burtscheid sammelte man solche Schriften seit der Zeit Ottos II., der dort eine Reichsabtei gegründet hat. Vielleicht würden dann die Menschen weit nach ihm es so oder ähnlich einmal nachlesen können und verstehen, warum die Ritter bis zu ihm hin sich als Verteidiger der Grundrechte verstanden.

In Aachen ergäbe sich vielleicht auch die Möglichkeit, das geheimnisvollste aller Schriftstücke aus der Ritterkiste genau zu verstehen. Dort hatte der Stammvater Gerardus in einer Mischsprache aus seinem Wortschatz und gebrochenem Latein das Geschehen zusammengefasst wie in einer in Stein gemeißelten Chronik. Oft hatte er im Kerzenlicht diesen Text im dunklen Keller vor sich hingemurmelt:

X Swororon eidon mit swerto mea kwi namon

AGDRLI X ESSE X ILRDGA

isset to Hertogem Conradus ruberius in Cathedrale Vangionum X

X Wewentan to Geloubid triuwe enti hohein muot for Hertogem Otto saxonius in Bluewesteen bi Hulma X

X Videbo in demo bruttilicho camphado uf demo Campo Lecchio Todem in Tapharkite fona meo compano Conradus ruberius de Bluewesteen anno domino CMLV Laurentius die X

X Fater unsih habon oramus in Cathedralem Hulmae quia obiit Conradus ruberius enti wio in gelidem de Otto, fonna diem Victoris Magnus esse in exequiem et requiem de Conradus memineramus. Sine muot des Conrad never Otto habet Victorem adipiscit X

X In Aquensis erat praesentatio armillae ruberiae de Conrad ruberius in Cathedrale Caroli magni enti deinde in Gulliacum donum de due inaures rubinae pour la sponsa conjuncta Catharina Maria de Gracht e Vreemde X

Gerardus war als Schöffe auch an schwierigen Gerichtsentscheidungen beteiligt. So gab es im Jahre 1220 einen Prozess um die Echtheit der Heiligen Tücher von Aachen. „De hellije hoddele send doch escht!" liefen die Aachener am Tag des Gerichtsentscheids durch die Straßen von Urbs Aquensis. Ein Gremium von Gelehrten hatte festgestellt, dass die Tücher echt sein könnten. Das Hemd der Mutter Jesu war ohne Naht gewebt und hatte eine fein gestickte Halsborte mit aramäischem Rankenmuster, ebenso zwei Einschnitte an den unteren Seiten des Saumes. Es ging bei diesem Prozess um die Anklage und die Verurteilung eines Zweiflers, ein Korbmacher, der noch nie einen Auftrag der Marienkirche bekommen hatte und der deswegen großtönend durch die Gassen gezogen war mit dem Ausruf: „Bimmelim und bimmelim, die Tücher sind falsch, und das ist schlimm!" Auch in Bezug auf die anderen Hoddelen wussten die Gelehrten, sich ihre Echtheit zu erklären. Die Windel Jesu hatte eine Form wie ein Hosenbein, sodass man sich zusammenreimte, sie sei aus einer Hose des Vaters geschnitten und genäht. In der Tat konnte man Holzspanspuren an ihrem oberen Teil feststellen, mit dem Joseph, der Zimmermann, auf den

Balken gesessen haben muss, wenn er von der Arbeit ausruhte. Dass das dritte Tuch ein Enthauptungstuch war, war ja leicht zu erkennen. Auch dass es aus einem Herrschaftshause stammte, was ja auch daran zu sehen war, dass nicht alles, was an ihm rot ist, Blutflecken sind. Es waren auch Rotweinflecken dabei, die man aber herausschneiden wollte, weil sie nicht vom Heiligen stammten. Sie zeugten von der grauenvollen Tatsache, dass Salome den Kopf auf einer Schale auf dieses später als Enthauptungstuch bezeichnete Tischtuch setzen ließ, auf das man auch die Rotweinbecher gesetzt hatte, die zur Feier des Tages gefüllt worden waren. Man verschüttete im Eifer des Feierns ein wenig Rotwein. Anschließend nahm eine Magd die Schale weg und rollte den Kopf in dem Tuch ein. Als der Kopf zu stinken anfing, ließ sie ihn an der tiefen Stelle in den Jordan werfen, wo Johannes Jesus getauft hatte. Das Tuch aber behielt sie und verkaufte es für gutes Geld an eine Jüngerin der Mutter Jesu, die es sorgsam einwickelte und in einem Binsenkorb verwahrte, wo auch ihre Kleidung aufgehoben wurde. Ebendort hatte die treue Anhängerin des Herrn auch eine der ersten Windeln Jesu in gleicher Form verwahrt. Sie war ja mit der Mutter Maria von Kind auf an befreundet gewesen. Auf diese Art und Weise hob sie auch das Lendentuch des Sohnes ihrer Freundin auf, das der römische Soldat ihm aus der Tunika geschnitten hatte, als er sie für sich erwürfelt hatte, um ihn nicht schamlos nackt und bloß an das Kreuz zu heften. Weil nun die Gelehrten zu diesem Schluss gekommen waren, der dadurch untermauerte wurde, dass ein heiliggesprochener Gelehrter aus dem 8. Jahrhundert n. Chr. in einem Brief von dieser Binsentruhe berichtete, die

die von der Freundin bewahrte Hinterlassenschaft der Mutter Maria enthalte, kam es zu dem Urteil, dass der insofern ketzerische Korbmacher fünf Jahre lang den Kerzendienst in der Marienkirche in Aachen zu verrichten habe. Die Gelehrten kamen übrigens alle aus Brabant. Ihre scharfsinnige Beurteilung des Falles bezeichnete Gerardus in weinseliger Stimmung als Binsenweisheit. Nach diesem Prozess gab es eine gesonderte Messe im Oktogon des Carolus Magnus mit einem einwöchigen ununterbrochenen Lobpreis der Tücher und dem Schwur der Geistlichkeit, dass die Tücher nicht wie die Heilige Lanze dereinst in die Binsen gehen, also abhandenkommen sollten. Allerdings hatte dieser Prozess noch ein Nachspiel. Die Mönche vom Kloster Inda waren ja auch im Besitz von Tüchern aus der Zeit Jesu, und zwar hatten sie eine Schürze, in Bezug auf die überliefert war, dass Jesus sie bei der Fußwaschung beim Abendmahl getragen habe, und sie verehrten das Schweißtuch und das Grabtuch Jesu, in dem sein Leichnam in der Grotte gelegen habe. Bei einem Nachfolgeprozess kam heraus, dass alle drei Tücher von der Grablegung der Maria selbst stammten, denn in die Binsentruhe hätten sie gar nicht hineingepasst, aber die Tücher waren nach der Auskunft der Gelehrten aus Brabant deutlich aus einem Stück geschnitten, und da sie im Haus des Evangelisten Lukas gefunden wurden, als dieser gestorben war, geht man davon aus, dass er also Zeuge der sogenannten Himmelfahrt Mariens – also bei der für alle noch lebenden Jünger/-innen und Apostel sehr leidvollen Grablegung der Mutter Jesu – das Tuch aufbewahrt hat, das sie vom Grab Mariens weg nahmen, als sie darunter Rosen und Lilien fanden. Sie zerschnitten das Tuch, um den noch lebenden Zeugen ein Andenken an diese traurige und zugleich anrührende Situation zu lassen. Das wirkliche Grabtuch Jesu ist urplötzlich in Turin aufgetaucht. In dem Stadtviertel, wo sich die Künstler mit neuen Temperamaltechniken befassten. Das echte kleinere Schweißtuch hatte Maria Magdalena in ihrer Hütte an die Wand gehängt, wo es Opfer eines Brandes wurde, sodass man es auch nachmalte, und das Schürztuch des Abendmahls befand sich noch lange auf dem Tisch im ersten Stock des Hauses, also in dem Obergemach, wo Jesus mit seinen Jüngern das Pessachfest feierte und dabei seine Einsetzungsworte sprach, als er das Brot brach und den Wein trank, wo also die Fußwaschung stattgefunden hatte, bei der Jesus die dreifach um den Leib gewickelte Schürze trug. Der Hauseigentümer hatte sie noch lange bei vielen schönen Hochzeiten an, um zu arbeiten.

Kapitel 4   Unruhe der Fastrada

Wie schon gesagt, nachmittags begannen auf dem Reit-
platz zwischen der Burg und dem Kotzbach die Kampfübungen der Jungritter. Die auf dem Hof versammelten
Reiter saßen auf ihren Pferden. Zwischen ihrem Palaver
hörte man aus der Redoute Randulf mittlerweile fast
schreiend jammern wie ein Schlosshund. Sie stellten sich
mit ihren Pferden in Reih und Glied und riefen diesen alt-
hergebrachten Eid der Ritter, die sich dereinst am Lech
zum Kampfe versammelt hatten. So hatten ihre Urahnen
gerufen, als sie von Kaiser Otto Mut gemacht bekommen
hatten: „Mit Gott und St. Michael!"

Fastrada drehte auf dem Hof vor der Käserei eine Butter-
tonne und sang dabei leise ein Lied, dessen langsam ge-
zogene Melodie so klang, als bediene sie eine Leier, die
diesen Gesang hervorbrachte. Viel verstand er nicht, aber
etwas über ein magedin, das wuochs in burgunden und
wart geheißen Kriemhild. …. Als Gerhard mit leicht verlegen rotem Kopf an ihr vorbeischritt, hörte sie auf und wagte zu fragen: „Herr von Helrode, wo liegt denn dieses Burgund? Mein Vater sang oft dieses Lied, das er von einem
fahrenden Sänger gelernt hatte, aber ich habe noch nie
überlegt, ob es Burgund wirklich gibt." Gerhard drehte
sich zu ihr, näherte sich und setzte sich auf einen Baum-
stumpf. Kurz überlegte er: „Ich habe beim letzten Kreuzzug einen Herzog von Burgund namens Hugo kennengelernt. Burgund war unter seiner Herrschaft nicht so groß
und ständig von anderen Provinzen im Westfrankenland

attackiert. Da viele der Edlen von Burgund aber mit dem französischen König verwandt sind, können sie sich halten." „Kennst du denn eine Stadt dort?" „Der Herzog nannte Dichong oder so ähnlich als eine wichtige auf die Römer zurückgehende Stadt, die von ihnen als eine Festung gegen die Germanen gegründet worden ist. Wie heißt du denn und wo kommst du her" „Fastrada. Meine Eltern hatten eine Böttcherei in Bourheem, meine Mutter ist vor ein paar Jahren gestorben, sie hatte eine schreckliche Krankheit. Die Leute haben gesagt, es sei vom Teufel." „Vom Teufel, die Krankheit? Was war denn?" „Ja sie bekam plötzlich einen dunklen Bart wie ein Mann und wurde kurzatmig und aus der Brust wuchs ein Knoten. Die Bader meinten, das sei ein Geschwür, aber es eiterte nicht. Sie wussten keinen Rat." „Und keiner konnte helfen?" „Nein, niemand. Der Bartwuchs wurde immer stärker, die Haare scheinbar immer dunkler und härter als bei ihrem Vater, der viele seiner Haare ja schon verloren hatte." „Und wie seid ihr damit umgegangen?" „Nun ja, wir haben sie gepflegt und von der Bevölkerung ferngehalten, die ja flüsterte, sie sei teufelsbesessen und habe Wildschweinborsten im Gesicht und eine dritte Brust bekommen. Dann ist sie gestorben. Wochenlang hat sie gelitten." „Und wie ist es mit euch weitergegangen?" „Wir wurden in Bourheem und in Alten Hofen, wo sie viele Brauereikunden hatten, so geächtet, dass ich als Frau dort nicht bleiben konnte. Ich habe dann hier auf der Burg um Arbeit als Magd nachgefragt und sie nur deswegen bekommen, weil die Vormagd schwer erkrankt ist." „Und wirst du von meinem Vetter gut behandelt?" „Ja, das werde ich. Ich darf mich hier geborgen und sicher fühlen, denn der Herr von Angeltorp mag keine dunklen Geschichten. Und zum Teufel sagt er immer: „Do Düvel kann överhaup net esu ärsch senn wie die Hälevte van oss Mensche!" „Das sehe ich auch so, wenn wir in Helrode auch ein bisschen anders denken. Wenn der Teufel sich irgendwo breit macht, dann fängt es immer im Kopf der Menschen an und das sieht man nicht und dann hat man einen Mörder und hat vorher nichts geahnt. Das ist schrecklich." „Hier mit dem Randulf stimmt ja auch was nicht. Aber sonst ist der lieb und ruhig, nur alle paar Wochen nachts und wenn er getrunken hat, rastet der aus und muss sich an Tiere halten. Ob denn der Teufel den Schnaps gemacht hat, um einige Menschen zu verderben?" „Ach Fastrada, das tönt wie ein Lied, das einer singt, der wie ein religiöser Eiferer lauthals klingt, aber dann mit dem Hut rund geht und insgeheim über eure aufgewühlte Geberfreudigkeit schmunzelt. Er lebt davon, dass ihr auf die Priester nicht mehr hört, die euch zwar auch abkassieren, aber den meisten geht es wohl darum, den Menschen insgesamt zu bekehren. Der Sänger hält seinen Hut auf und kassiert fleißig ab, geht ins Wirtshaus, isst und trinkt und hält ein paar Frauen zum Narren. Er trinkt vielleicht Bier, aber das geht auch oft nicht besser aus. Man kann Frauen auch ohne Schnaps unglücklich machen." „Jetzt musst du mir aber noch ein wenig von dir erzählen. Du hast doch Frau und Kinder?" „Meine Frau stammt doch auch aus Alten Hofen, sie ist Catharina von Grein, die auf Kottingen leben. Seit dieser Hochzeit heiße ich Gerard von Helrode von Kottingen, denn meine Frau brachte einen Teil ihres Reichtums mit nach Helrode." Da bemerkte er, dass Fastrada zuerst ganz rot wurde, dann aber bleich wie eine gekälkte Wand, als wenn ihr das Blut abgesackt wäre. Er fragte, was los sei. Sie schaute ihn nicht mehr an und wollte kaum antworten, stammelte dann hervor, dass sie für die von Greins gearbeitet, aber dauernd Ärger bekommen hätten und dass die Familie ihr noch die Bezahlung von drei Fässern schulde. So peinlich war ihr dies, dass sie die Worte kaum herausbrachte. Es waren drei große Weinfässer, wie Gerardus schnell erkannte, die seine Frau mit in die Ehe gebracht hatte und die jetzt in ihrem Helroder Weinkeller lagerten – voll des besten Burgunder, den er liefern ließ von einem Händler, den er auf dem Kreuzzug kennen gelernt hatte. „Wir werden sehen. Ich werde es nicht vergessen!" flüsterte Gerhard ihr zu und zwang sie durch eine Schulterberührung, ihn anzuschauen. Ihre Mundwinkel deuteten ein Lächeln an.

„Der Ort, in dem du wohnst, heißt er Helrode von Heel, also Heil? Kommt das von dem Wort heilen, heilmachend, wie Heliant, unser Heiland?" Sie hatte wieder Zutrauen gefasst. „Kann sein, wir wissen es nicht so genau; vielleicht kommt das Wort auch von der Totengöttin aus dem Hohen Norden, die ja Hel heißt. Bei uns gibt es schon lange einen Friedhof um eine kleine Kapelle herum, und oben auf dem Hronenberg haben die Eburonen ein Hügelgrab so wie die Kelten gehabt, das wird noch erzählt, aber wir wissen nicht genau, wo. Daher haben wir die Steine genommen, mit denen wir unsere Höfe gebaut haben. Sie lagen dort schon halb behauen jahrhundertelang herum, vielleicht von den Kelten oder den Römern, denn dort müssen einmal Türme und eine gallische Mauer gewesen sein, sonst gibt es keine Erklärung dafür. Solches Gestein kommt dort eigentlich gar nicht vor, sondern in

Gression." „Vielleicht kommt das Wort Heel wie Heil ja wirklich von dem Namen der Totengöttin Hel? Das war doch auch die Bergende, rettende Mutter, die vor dem ewigen Tod bewahrte." Kann sein, aber es gab ja auch keltische Wörter, die wir nicht mehr kennen, daher könnte Helrode und Velowe, ein Teil von Helrode, auch stammen, da unser Dorf ja sumpfig war, also heelic, umzäunte Weiden hatte und Hecken drum herum und nur einige wenige kleine Katen, die uralt waren. In einer hat man vor hundert Jahren noch Taler gefunden, auf denen tatsächlich ein eburonischer Heerführer abgebildet war. Irgendwie mit -ix am Ende, Ambix oder Astix oder so ähnlich."

„Stammt ihr denn aus unserer Gegend oder seid ihr zugewandert?" „Das wissen wir leider nicht so genau", meinte Gerardus, „ein Zweig unseres Ritterstammes hat in Meerbeek in Brabant eine Burg und ist sehr befreundet mit dem Herzog von Brabant, ja sogar so sehr, dass sie Hochzeitsgäste dort waren, als sie 1214 zusammen mit vielen anderen Adligen Trau-Zeugen bei der Hochzeit von Mathilde von Brabant mit Florent von Holland, Sohn des Grafen Wilhelm I. und Adelheid von Geldern, waren. Dadurch wird die Verbindung zur Grafschaft Jülich ja deutlich. Sie hießen Johannes und Deyso van Helrode, Vater und Sohn. Und dort leben noch viele Verwandte, aber einer, Wilhelm, will nun zu uns übersiedeln, genau gesagt nach Mariavilar, weil er dort ein Kloster unterstützt. Wir wissen nicht, wo unser Stammsitz ist, entweder zur Zeit Karls des Großen hier in der Aachener Gegend oder in Boortmeerbeek. Das verbleibt der reinen Phantasie!"

Fastrada rutschte unruhig auf ihrem Schemel hin und her und wibbelte mit dem rechten Bein. „Aber mir lässt dieses

Düstere in meiner Vergangenheit keine Ruhe. Da gibt es doch diese Geschichte mit Luzifer. Kann denn der Teufel genauso stark sein wie Gott? Dann wäre Gott aber doch nicht Gott, wenn es etwas gleich Mächtiges gäbe!" „Das siehst du richtig, aber wir Menschen sehen diese böse Kraft, wenn sie uns begegnet ist, als unüberwindbar und Gott zu schwach, da wir uns wünschen, dass es auf unserer Erde gar keine Probleme gäbe. Aber wir sind noch nicht im Himmel, wir sind noch nicht von den in uns wirkenden fast unkontrollierbaren Kräften befreit." „Wie meinst du das denn?" „Schau mal, ich habe einmal etwas Schreckliches gesehen. Ich war im vorigen Mai in Helrode am Quellchen, wo der Helroder Beek entspringt. Dort gibt es wegen der üppig wachsenden Büsche viele Vogelnester. Die Singvögel legen gerne dort ihre Eier, denn das Wasser zieht viele Insekten an. In einem Nest lagen drei Eier und im größeren mittleren, das ein wenig anders gefärbt war als die anderen, begann ein Küken die Schale aufzustoßen. Ich musste über etwas nachdenken und hatte sehr viel Zeit. Von einem höher gelegenen Baum aus beobachtete ich das Geschehen. Das schwarze große glänzende Küken riss unerbittlich den Schnabel auf, ja es war eigentlich nur Schnabel und Magen auf zwei Beinen und nahm alles, was ihm hineingestopft wurde, an wie eine Fleisch fressende Pflanze. Wenn aber die Mutter weg war, machte es einen gewaltig runden großen Buckel und begann, eines der anderen Eier damit anzuheben. Woher wusste das Küken von der Möglichkeit, dass in dem Ei ein Fressfeind war und dass es mit dem Buckel das Ei an der Nestwand hochrollen und dann mit einem letzten Ruck über den Nestrand stemmen konnte, sodass es hinunterfiel und zerbrach. Oder war es ihm einfach zu eng im Nest und es wollte allen Platz für sich alleine haben? Aber das Ergebnis wäre ja dasselbe! Die Mutter kam wieder zur Fütterung, zögerte irgendwie kurz, aber verstand nicht, was geschehen war. Dann war sie wieder weg, und das Küken fing an, sich des anderen Eis zu bemächtigen und hob und verrenkte sich und wibbelte und setzte seinen Bürzel ein. Einmal kam die Mutter und es unterbrach sofort das Unterfangen, bevor sie etwas hätte bemerken können; dann aber, als es sich wieder alleine wusste – oder einfach nicht mehr durch den Fresstrieb abgelenkt war, setzte es zu einer letzten zornigen Anstrengung an und hievte das zweite Ei auch über die Nestwand, sodass es platschend auf einem Stein zerbrach. Nun machte es sich genüsslich breit im Nest und die Mutter, die wieder kurz zögerte, schien dann Freude an seinem Hunger zu haben." „Das ist ja grauenvoll," warf Fastrada halb laut ein. „Aber wahr. Ich habe es mit eigenen Augen gesehen." „Und was hat das mit Luzifer zu tun?" „Ich habe dann im Laufe der Zeit verstanden, dass dieses Küken aus einem Kuckucksei geschlüpft war. Es war also eng im Nest und es war den anderen überlegen in der Entwicklung und schon so stark, dass es den Plan verwirklichen konnte, den die Natur mit dem Kuckuck verbunden hat: Von der Arbeit anderer zu leben und sich einer lebenden Einrichtung zu bemächtigen. Es sind offensichtlich in der Natur und also auch in uns Menschen so gemeine und rein auf das eigene Überleben und Weiterkommen, Größer- und Stärkerwerden und auf die Beherrschung der Umgebung angelegte Kräfte, die wirken, ohne dass das einer will, und die eine Klugheit haben, ohne dass sie diese erlernen mussten. Sie haben irgendwie in ihrem Ablauf schon all das gespeichert, was sie brauchen, um Fress- und Machtgegner auszuschalten. Und das nennen wir das Böse, weil es – genau wie ein wirklich blöder Zufall – sich überhaupt nicht an Regeln der Höflichkeit und Rücksichtnahme hält, sondern ist, wie es ist." „Und es kommt, wie es kommt! Das ist ja schlimm," raunte Fastrada, „dann gibt es doch das Gute gar nicht, oder?" „Doch schon, aber nur, wenn sich Menschen frei machen von der Beherrschung durch diese unwillkürlichen Naturkräfte, indem sie Verzicht üben, anderen etwas gönnen und darin ihre Freiheit sehen, nicht alles für sich haben zu wollen. Nur so ist das Gute möglich." „Und nur dann geht es gut; es geht also nicht immer gut! Und warum hat Gott das alles so gewollt, er hätte doch eine Welt des nur Guten errichten können?" „Die Welt, in der wir leben, und das ist ja nicht die ideale Himmelswelt, in der alles möglich ist, würde so üppig wachsen und blühen, dass diese Früchte der Freude alles erhitzen und erdrücken würden, wie bei den ganz dicken Menschen, die ja vor Hitze und Atemlosigkeit gar keine Luft mehr bekommen und an ihrem eigenen Wohlergehen erkranken. Wenn es aber nur diese Gegenkräfte gäbe, die alles stören, zerstören und letztlich vernichten, dann würde die Welt durch Tod und Kälte vor die Hunde gehen." „Also hat Gott nach deiner Meinung dieses Wechselspiel gewollt, weil es die einzige Möglichkeit ist, ein Wesen zu schaffen, das zwar vieles erleiden muss, aber durch seinen Willen auch durch Nächstenliebe sich diesem Zwang des Beherrschens und Verdrängens widersetzen kann? Nur das war für Gott interessant? Also spielt er ein wenig mit uns wie wir mit einem Kind, dessen Kräfte und Erkenntnisse wir prüfen wollen und das wir auch schon mal ein wenig ärgern, damit es sich entwickelt?" „So könnte es sein. Du wirst noch zur Philosophin, Fastrada; du bist wirklich klug. Wenn du möchtest, darfst du mich auch duzen, darauf würde ich Wert legen." „Teufelsglaube ist demnach reiner Unsinn; dass Luzifer in der Geschichte eigentlich ein Engel ist, zeigt also nur, dass ein gutes und ein böses Handeln gleichermaßen möglich sind und dass wir als Menschen letztendlich wählen können, zu welcher Seite wir neigen." „So sehe ich es. Im Menschen sind irgendwie Kräfte und Säfte, die wir noch nicht durchschauen, Lebensbausteine und Substanzen, die im Kampf miteinander versuchen, ihre eigene Kraft durchzusetzen und damit zu erhalten. Sie wirken gegeneinander, und zwar so wie zwei kämpfende Hirsche. Ja, sie sind zugleich schon in uns, was man doch auch bei den frisch geborenen Kindern schon sehen kann."

Sie hingen sich tief in den Augen. Eigentlich wollten sie nicht voneinander los. Aber genau dieses Gefühl ließ Gerhard aufstehen und den Hof verlassen, indem er Fastrada winkte und sie mit ihrem Butterfass alleine ließ. Sie drehte und stampfte heftiger und ihre Wangen wurden rot wie die Kirschen im Herbst, wenn das Obst vom Baum zu fallen beginnt und man sich beeilen muss, um es noch selbst pflücken zu können.

Der Tanz der Insekten am Abend ist ein sommerlicher Ball des Todes. Die leuchtenden Körper der Tierchen glänzen in der Abendsonne so gleißend, dass der Durchflug der Vögel sie wie im Spiele dezimiert. Gerardus sah darin einen Wink des Schicksals: Wer zu sehr herumschwirrt im

Leben, rennt seinem Widersacher direkt ins Schwert. Und dann lassen alle Freunde einen im Stich – mit dem Schwert im Bauch oder in der Brust einfach liegen. Man will ja nicht dazu beitragen, dass es noch mehr blutet.

Am Abend in dieser melancholischen Stimmung verfasste er ein Gedicht, das er ihr schenken wollte. Es war der Auswuchs seiner Stimmung, die er selbst empfand, aber nicht verstand. Es war ein Gespür, dass es noch viele solcher tiefen Liebesbeziehungen in der Welt geben würde, die wie ein Titelbild auf einem Liebesroman ein Grundmotiv des nur zeitlich gegebenen Glücks bilden würden. Das Glück einer mächtigen Frau, einer Dulderin.

Lied des Ritters Gerardus von Helrode für Fastrada

Wohin schwindet der kühle Nebel unserer jungen Liebe,
wenn in der Morgendämmerung die Sonne
den Nachttau zum Dunst verdampft?

Die Rose unserer Liebe senkt sich
am verwitterten Stängel
und weint ihre Träne
in das üppige Gras,
das wächst über
allem, was der
Frühling einst
säte.

Kapitel 5   Ursprung des Rittergeschlechtes

Als Ritter fühlte Gerardus sich für alles verantwortlich, was seinen Gefolgsleuten geschah. Er berief sich auf Karl den Großen selbst in der Meinung, dass er dereinst vor Gott für alles geradestehen und dafür büßen müsse, wenn er sich in Bezug auf die von ihm Abhängigen etwas zuschulden kommen lassen würde. So brach er tatsächlich noch in Angstschweiß aus, wenn er an die letzten Schlachten dachte. Er hatte einige Mannen verloren, so Petrus van Gessen, Heinrich vom Hofe, Paulus Evenschor, Tenn Freins und Siger Sigerius. Und in diesen Situationen fielen ihm die Erzählungen seiner Vorfahren und Vettern aus dem flämischen Brabant über die Teilnahme der Helroder Ritter am Oorlog zu Grimbergen ein. Dieser Krieg hatte in der Mitte des vorherigen Jahrhunderts zwanzig Jahre gedauert, in denen er immer wieder neu aufgeflammt war. Sein Großvater Gerardus und dessen Brüder Johannes und Ludwinus hatten für den Herzog von Brabant gekämpft und waren als tapfere Krieger ohne Fehl und Tadel aus den Schlachten hervorgegangen, nicht aber ohne Blut und Wunden. Vor allem Gerardus' Vater Goswinus wurde wegen seiner urgeschlächtigen Kampfkraft schon in jungen Jahren gerühmt. Deyso, Jan und Balduwin besangen ihre großen Taten manchmal sogar aus Spaß in gereimter Form. Goswin stammte aus dem flämischen Brabant und seine Burg befand sich in Meerbeek nahe bei Mechelen. Er hatte die Burg ausgebaut, aber dennoch wurde sie zu eng für ihn und seine Kinder und Enkel. Als Gerardus d. J. Schöffe in Aachen am Gericht im Marienstift wurde, ließ sich dieser als Gerardus de Helrode in einem Dorfflecken nieder, das von keltischem Ursprung her Veluwe hieß. Dies bedeutete zwar im Niederdeutschen so viel wie ‚Heide', aber dieses Gebiet war ziemlich verwildert und nicht urbar, sodass es einige auch „De Wahnheid' " nannten. Neben diesem Flecken Velau wuchs seit Jahrhunderten nun ein neuer Dorfflecken namens Helrode. Dass die Kelten den Teil des Ortes einmal helic Razd genannt hatten, wusste nur noch Cornelius der Weber. Es war eine Pfründe der Ritter von Cotzhausen zu Kambach, die nicht viel an Ernte abgeworfen hatte und die sie den Helroder Rittern als Lehen des Grafen von Jülich gerne überließen, und dort nun lebten als Nachfahren von Gerardus d. Ä. in dritter Generation Gerardus d. J., seine Schwester Gesina, seine Frau Catharina und ihre Söhne Conradus sowie nach und nach auch weitere Kinder. Ihre Namen waren Wilhelmus, Margaretha, Ruland, Johannes, Caecilia und Thekla de Helrode. Zwei Namen ergänzten die Hausbewohner, als Gerardus seine mit anderen Frauen gezeugten Kinder aufnehmen musste, weil seine Konkubinen, wie Catharina sie nannte, gestorben waren. Jan und Griet waren im doppelten Sinne Halbgeschwister seiner ehelichen Kinder, also nicht von Catharina und nicht von derselben Frau, und als er nun mit Kind und Kegel auf dem Helroder Hof wohnte, entstand schon zwischen ihnen eine heftige, aber unbotmäßige Liebe, die sie nach Köln trieb, um dem üblen Gerede der geifernden Dorfbevölkerung zu entgehen. In Colonia Agrippina lebten sie heimlich und verborgen als Knecht und Magd an einem Hof, wo niemand um ihre Verwandtschaft wusste. Kinder haben sie nie bekommen, aber ein Leben lang sich allzeit treu jede Mahlzeit gemeinsam eingenommen.

Allerdings gab es eine unglaubliche Geschichte in Bezug auf den Krieg zu Grimbergen, zu der Gerardus auch ein Schriftstück in seiner Truhe liegen hatte, das er selbst nur ansatzweise verstand. Zu lange war es jetzt her, dass er das ursprüngliche Flämisch gehört hatte. Seine Sprache war ja die des Deutschen am Niederrhein, wie man es bis zur Mosel im Fränkischen Gebiet sprach. In dem Schriftstück hieß es: „Toen hertog Godfried van Brabant twee jaar oud was, stierf zijn vader. Na diens dood verklaarden twee edellieden aan het hof, Walter van Mechelen en Geeraard van Grimbergen van het geslacht Berthout, de jonge hertog de oorlog. De voogden van de jonge hertog vroegen hulp aan de graaf van Vlaanderen. Hij verleende zijn hulp, maar zijn soldaten wilden weten voor wie ze moesten vechten. Daarom werd de kleine aan de soldaten getoond en vervolgens meegenomen naar het slagveld. Daar werd de wieg aan een boomtak van een grote eik gehangen tijdens het gevecht dat drie dagen duurde. Uiteindelijk werden de opstandelingen verslagen. Ook de jonge hertog had zijn aandeel in het geheel. Enkele keren per dag ging hij rechtop staan in zijn wieg en zorgde vervolgens er voor dat zijn straal met kracht over de rand vloog. De ridders woore perplex en han vegeten sich zo dooden." So leicht wäre also Frieden herzustellen.

Seiner Familie musste Gerardus diesen flämisch-brabantischen Text natürlich übersetzen: „Als Herzog Gottfried von Brabant zwei Jahre alt war, starb sein Vater. Nach seinem Tod sagten zwei Edelleute am Hofe, Walter van

Mechelen und Gerhard van Grimbergen aus dem Geschlecht der Bertholds, dem jungen Herzog die Fehde an. Die Vögte des jungen Herzogs fragten beim Grafen von Flandern um Hilfe an. Dieser gewährte seine Hilfe, aber seine Soldaten wollten wissen, für wen sie zu kämpfen hatten. Deswegen zeigte man den Kleinen gegenüber den Soldaten und er wurde folglich zum Schlachtfeld mitgenommen. Dort wurde die Wiege an einen Baumast einer großen Eiche gehängt während dem Gefecht, das drei Tage dauerte. Am Ende wurden die Aufständischen besiegt. Auch der junge Herzog hatte im Ganzen gesehen seinen Anteil daran. Mehrmals am Tag stand er in seiner Wiege auf und sorgte daraufhin dafür, dass sein Strahl mit Kraft über den Rand flog. Die Ritter waren ratlos und haben vergessen, sich gegenseitig zu töten." Jedes Mal fragte eines der jüngeren Kinder: „Was ist damit gemeint, dass sein Strahl mit Kraft über den Rand flog?" Und jedes Mal antwortete Gerardus: „Der junge Herzog pinkelte mit kräftigem Strahl über den Rand der Wiege den Rittern auf die Köpfe! Hättest du dann noch Lust, zu kämpfen und Gegner umzubringen?"

Als Gerardus die Pfründe Helrode letztendlich nach einiger Zeit zugesprochen bekommen hatte und an einer Quelle in der Nähe der ihm zugesprochenen Steinkuhlen ein Burghaus errichten durfte, musste er dem Dorfrat unter der Eiche versprechen, die kleine christliche Kapelle zu erweitern und einen hölzernen Glockenaufsatz mit zwei Glocken zu errichten. Dieser Verpflichtung kamen die Helroder Ritter gerne nach, denn in Meerbeek, woher sie stammten, hatten sie Jahrzehnte lang dafür gebettelt, sich eine Kirche bauen zu dürfen. Der Herzog von Brabant hatte befürchtet, dass das kleine Dorf an der Jile dadurch gegenüber Grimbergen und auch Mechelen zu mächtig werden würde, da eine Kirche immer eine Menge an Volk anziehen würde.

Immer, wenn Gerardus diese Geschichte vom pinkelnden kleinen Jungen einfiel, kamen ihm sonderbare Gedanken, die auch mit der Nacktheit Fastradas zusammenhingen. Es ist doch wohl ein Ammenmärchen, dass der leiblich offen, frei und ungezwungen dargebotene menschliche Körper schlimm anzusehen ist. Es kommt doch darauf an, wer ihn betrachtet. Als verletzender und verwerflicher zu gelten hat doch wohl eine heimlich aufgezwungene Betrachtung des welkenden und nach Hilfe schreienden alten Körpers, wenn zum Beispiel alte Männer sich vor hilflosen Bekannten oder Verwandten entblößen oder alte Frauen ihre hängenden Brüste zelebrieren. Gott bewahre uns vor einer solchen Situation, Gott gebe uns Stärke in einer solchen Situation, Gott gebe uns den nötigen nachhaltigen Verstand, das Erleben einer solchen Situation zu verkraften und mit Freunden und Freundinnen zu verwandeln in eine wertvolle, aber nicht belastende Zeit der neuen Lebenserfahrung im Alter.

Trauriges stellt sich von selbst ein, Freudiges muss man sich erarbeiten. Als die Ritterfamilie in Helrode die Glocken gestiftet hatten, ließen die diesbezüglichen Ammenmärchen nicht lange auf sich warten. Glocken wurden wie Lebewesen mit einem Namen versehen, geachtet und geehrt. In Helrode gab es die Glocke Cäcilie, die nach der Märtyrerin benannt war, deren Widerstandsfähigkeit den römischen Henker zur Verzweiflung gebracht hatte, da dieser drei Versuche brauchte, um sie zu töten, und die kleinere Glocke hieß Thekla nach der reichen Römerin, die dem heiligen Paulus nach Philippi folgte und seine Wunden pflegte, als er gegeißelt worden war, und ihn im Gefängnis besuchte, um ihn heil dort heraus zu holen und ihn fürderhin treu zu begleiten. Nun aber geschah etwas Schreckliches, denn die Ritterschaft verlor ein Kind wegen einer Legende, die Eva Maultasche durch das Dorf trug. Sie schmückte in grellen Farben aus, dass die Glocken am Gründonnerstag nach Rom fliegen würden, um dort Reisbrei zu essen – dabei betonte sie stets „Brei" mehr als das Wort Reis – und sie würden erst zur Osternachtsmesse wieder zurückkehren. Da aber nun das Söhnchen der älteren Schwester des Ritters Gerardus ein sehr fürwitziger und neugieriger Junge war, ist er vor der Messe heimlich in den Kirchturm geklettert, um zu sehen, wie die Glocken nach der Wandlung wegfliegen würden. Als die Glocken zur Wandlung anfingen zu läuten, stand er zu nah bei ihnen und wurde die Leitertreppe hinuntergestoßen. In der Kapelle hörte die Ritterfamilie den Schrei und in jenem Jahr begann ihr Karfreitag schon am Abend des Gründonnerstags. Seitdem betete Gerardus immer am Donnerstagabend zu der Stunde, zu der sein Neffe Paulus verunglückt und verstorben war, den Schöpfungshymnus, den er in der Truhe gefunden hatte und den nur er verstand, weil er die ältere Sprachstufe des Fränkischen noch gehört hatte. Er würde dieses Glaubensbekenntnis weitervererben. Er würde seinem Sohn Conradus und seinem Enkel Rutcherius die Bedeutung des Textes beibringen:

„De Poeta

Dat gafregin ih mit firahim firiuuizzo meista

Dat ero ni uuas noh ufhimil

noh paum noh pereg ni uuas

ni sterro nohheinig noh sunna ni scein

noh mano ni liuhta noh der mareo seo

Do dar niuuiht ni uuas enteo ni uuenteo

enti do uuas der eino almahtico cot

manno miltisto enti dar uuarun auh manake mit inan

cootlihhe geista enti cot heilac"

Als er die Bedeutung des Textes seinem Sohn erklärte, wurde es fast ein Vortrag, wie man ihn in der Universität des Albertus Magnus zu Köln hätte hören können:

„De Poeta, wie ich vom Mönch Siegbert weiß, heißt „Über den Dichter". Im Text äußert sich ein Priester über ein poetisches Gebet, das er von einem Dichter gehört hat. Es lautet: Das fragte ich ihn in größter Bewunderung, dass, bevor noch die Erde und der Himmel, die Bäume und Berge waren und auch die Sterne sowie die Sonne noch nie geschienen hatten noch das Licht des Mondes und das Meeresleuchten, also als das Nichts und weder ein Ende noch ein Beginnen war, da gab es aber schon den einen allmächtigen Gott, unendlich gütig, und mit ihm waren schon viele göttliche Gedanken und Gott war heilig."

Und daran schloss sich eine Fürbitte an: „Cot almahtico, du himil enti erda gauorahtos enti du mannun so manac coot forgapi forgip mir in dina ganada rehta galaupa enti cotan uuilleon uuistom enti spahida enti craft tiuflun za uuidarstantanne enti arc za piuuisanne enti dinan uuilleon za gaurchanne"

„Allmächtiger Gott, du Geber des Himmels und der Erde, du schenktest den Menschen so manches Gutes, schenke mir in deiner Gnade den rechten Glauben und guten Willen, Weisheit und Kraft, dem Teuflischen zu widerstehen und dem Bösen zu trotzen und deinen Willen zu befolgen."

Immer, wenn er dies betete, sah er seinen Tod voraus. So, wie dieser Text verriet, dass Gott die Erde wie mit einem einzigen Knall ähnlich einem plötzlichen Vulkanausbruch geschaffen hatte, so würde er mit einem in die Erde gerichteten Sog dereinst verschwinden. Er sah sich auf dem Hrunenberg, den viele schon einfach nur noch Hohen Berg nannten, weil sie die auf die keltische Zeit zurück verfolgbare Wortherkunft von Eburonenberg nicht mehr spürten, als einsamen Mann alleine und verlassen von allen guten Geistern sterben. Wieso er einsam sein sollte, wusste er allerdings nicht. Nun aber wurde ihm bewusst, dass er nach Helrode zurückmusste, denn er hatte eine Einladung bekommen, die Burg Nothberg zu besichtigen, die der Herr zu Angeltorp als Pfand ins Gespräch gebracht hatte, die aber auch schon Schäden aufwies. Er sollte sein Urteil abgeben, wie man diese Burg vielleicht auf einen neuen Stand bringen könnte. Die Burg musste unbedingt eine erweiterte Befestigung erhalten, vielleicht eine doppelte Mauer mit Außen- und Innenbering, eine Schildmauer zum Fluss Inde hin, Palisaden und Gräben, eine Zugbrücke, Wälle, Schranken, Abschrägungen, ein neues eisernes Falltor und andere Gittertore, oder ein mächtiges Burgschwenktor. Darüber hinaus könnte man eine Bewachung durch aggressive Tiere vorschlagen, denn einen Bergfried aus behauenem Stein konnte diese Donjonburg nach französischem Vorbild ja nicht haben. Auf jeden Fall würde er einen Totlaufraum als Kellerverlies vorschlagen. Dazu müsste man ringsum die Natur und Vegetation durch Verbuschung, Dornengestrüpp, Schluchten, Wüstungen oder einen Dichtwald gestalten. Er hatte aus Kreuzzugszeiten viele Ideen und große Erfahrung in Bezug auf steinerne Burgen und deren Absicherung.

Er wusste, dass die Kelten zwischen Familie bzw. Freunden und Fremden bzw. Feinden eine Weite hatten, die man jeweils zur anderen Seite hin durchqueren musste: ein offenes Feld, ein Moor oder einen dichten Wald, durch den ein Fluss fließt. Als Gerardus dies vor einigen Monaten an der Inde bei der Burg Berge besichtigt hatte, war ihm bei seiner Wanderung eine Hirschkuh begegnet, die wie zahm war. Sie führte ihn zum Moor hinter der Inde; dort stand verborgen ein altes zerfallenes Burghaus mit einem Tor in der äußeren Mauer, das ihn an die Artussage erinnerte, als Lancelot die bedrohliche Gralsburg erreicht hatte, wo ein Tor von zwei aus jeweils einem Steinblock gehauenen Löwen bewacht war. Ob denn dies der Ursprung der Löwen im Palandtschen Wappen war?

Er wollte sich von Fastrada verabschieden. Er schlich zum Gebäude, wo sich die Magdkammern befanden. Als er durch ein offenes Fenster sah, erblickte er Unglaubliches. Fastrada und zwei andere Mägde juchzten vor Vergnügen, indem sie sich zeigten, was sie gebastelt hatten, um sich zu erfreuen und offensichtlich miteinander Spaß zu haben. Liegt das in der weiblichen Natur, wie es in der männlichen liegt, am Kartentisch laut zu brüllen, viel zu trinken, auf den Tisch zu hämmern und zu fluchen? Im Vergleich zum Verhalten von Tieren war dies doch ein völlig zweckloses, ja zweckfreies Tun. Wo etwas los ist, ist man am besten immer dabei, damit man es beobachten kann und die Wirkung auf einen selbst unter Kontrolle hat. Und deshalb schämte sich Gerardus nicht, die Frauen heimlich zu beobachten. Die Brünette hatte sich aus Holz Schuhe geschnitzt, die Stöckelabsätze hatten, um größer zu sein, in denen sie aber kaum laufen konnte. Sie stolzierte mit angespannten Knien und wippender Hüfte auf ihnen herum und die beiden anderen Damen schlugen sich vor Bewunderung die Hand vor den Mund. Nun streifte die zweite ihren grauen Sackrock ab und zog sich einzelne verschieden lange aus buntem Stoff selbst genähte Röcke übereinander an, die sie mit Kletten, die sie vorher gepflückt, getrocknet, halbiert und angenäht hatte, aneinanderheftete. In ihrem Stufenrock stolzierte sie und zeigte den anderen, wie sie von dem dreistufigen Rock bei einer Feier so nach und nach immer eine Stufe abnehmen könnte. Dies würde sittenbezogen nicht auffallen, so dachte Gerardus, dem seine eigene Erregung nicht entging, da alles feiern und nach Lautenmusik tanzen würde. Nun aber ließ die Magd den letzten Rock fallen, hockte sich in eine Ecke des Zimmers, in der viel schon gebrauchtes Stroh auf Entsorgung wartete. Da zeigte Fastrada ihre nackten Brüste, indem sie einen Schal abwarf, und diese, deren Üppigkeit Gerardus ja kannte, hatte sie mit zwei aus ganz weichen Weidenästchen geflochtenen und ihrer Brust angepassten Körbchen hochgebunden, indem sie die kunstvoll aus Flachs gedrehten Schnüre um den Hals gelegt hatte. Ihre Brüste standen nun wie zwei zugespitzte Rammblöcke und wippten im Takt ihrer Tänze, denn nun waren sie alle drei nackt und vergnügten sich im Reigentanz. Gerardus wagte den Abschied nicht und schlich sich beschämt von dannen. Diesen Anblick ihrer lachenden Gesichter und ihrer hüpfenden und tanzenden Körper speicherte er in seinem Gedächtnis ab wie in einem Gesichtsbuch, so nannte er es für sich.

Ihm schien es im Licht der untergehenden Sonnenröte so, als ob alles schon feststünde. Er hatte das Gefühl, dass alle nur so handeln, wie es ihnen befohlen war oder wie ihre innere Leidenschaft es ihnen vorgab. Er würde sich nicht wundern, wenn später einmal ein Geschichtsschreiber behaupten sollte, es habe sie und ihre Zeit gar nie gegeben, sondern sie wären nicht mehr als erfundene Figuren in fingierten Geschichten gewesen, so sehr waren sie bloße Personen im Weltgeschehen, hörige abhängige Handlanger der Machthaber. Er erinnerte sich an Kampf und Krieg, an blutige Böden und schmutziges, stinkendes Blut, an den Furor teutonicus, wie sein Onkel ihn lehrte, der des Lateinischen kundig war und die Geschichte der Römer studiert hatte. Er verwendete für diesen Zorn der

Kimbern und Teutonen das Wort „Grell". Der Siegergrell war eine völlig ausrastende, nicht kontrollierbare tobende Wut, deren plötzliche Eruption niemand vorausberechnen konnte. Ein Vulkanausbruch des Todeskampfes. Deswegen waren alle Schlachtordnungen und alle Strategien vor ihm zum Scheitern verurteilt, aber auf Dauer brannte sich die Wut aus und wurde wie die körperliche Kraft schwächer. Es gab Erzählungen über die Selbsttötung von Kelten, obwohl sie im Begriff zu siegen waren, als sie das Schwinden ihrer Zorneskraft spürten. In dem nun nach seinem Geschlecht benannten Flecken namens Helrode, wo er wohnte, gab es noch Nachfahren der Eburonen, die sich Evenschor nannten, und es gab Nachfahren der römischen Kämpfer, die ja letztlich über die Kelten und bei Helrode über die Eburonen gesiegt hatten, die sich Sieger nannten. Seine Geschichte konnte er anhand des Materials, das er in seiner Kiste hatte, und aufgrund von Erzählungen zurückverfolgen bis hin zu Kaiser Karl. Aber vorher waren sie schon Christen geworden, da die Gruppe der Severinsjünger, die sich in diesem Dorf Svrienes nannten, wobei die meisten einfach Frienges sagten, ihre christlichen Lehren in der ganzen Gegend bis hin nach Flamen und Holland getragen hatten. Sie waren Hunderte von Jahren zuvor vom Kölner Bischof Severin gesandt worden und schon einige hundert Jahre tätig, wie sie selbst bei jeder Predigt unbescheiden betonten.

Plötzlich spürte er diese Wut unter dem Herzen und er erfuhr ein schlechtes Bild. Er vernahm den Leitgeruch dieser Erde; Vergänglichkeit ist ihr Motiv, dachte er. Wir leben alle im Darm Gottes und mit dem Tod werden wir ausgeschissen und wiederverwendet wie der Dung auf den

Feldern. Der Ritter dachte über sich nach: Zu welchen Menschen gehörte er eigentlich? Zu denen, die sich wegen ihres Verhaltens gut oder schlecht fühlen? Oder zu denen, die sich trotz ihres Verhaltens gut oder schlecht fühlen? Er musste an Heribertus Thomasius denken, der immer guter Laune war, weil er anderen frei und offen begegnete und ihnen nie irgendetwas aufzwingen wollte. Oder an den Totengräber Cornelius, der zwar alles richtig machte, aber wegen seines anrüchigen Gewerbes und gebeugt von der körperlichen Anstrengung immer gedrückter Stimmung war. Nun sah er Matthäus vor sich, der immer in blinder Regung irgendetwas verhandelte und bewertete, was viele berührte oder auch verletzte, was er aber nicht spürte, sodass er in Bausch und Bogen stets fröhlich war. Zuletzt fiel ihm der Alchimist Bernardus ein, der zwar allen Pflichten nachkam, aber den irgendein innerer Wurm stets quälte: Wie war er denn? Er wusste es bestimmt selbst nicht. Gerardus bemerkte in dieser Situation des Sinnierens, dass er während aller Handlungen sich eigentlich weder gut noch schlecht fühlte, sondern beherrscht von dem Gedanken, die jeweilige Situation hinter sich zu bringen. Auf zu neuen Ufern, war sein Motto. Nur ja nicht beharren und im Augenblick stecken bleiben, so wichtig der auch zu gewahren sei.

So hatte er in seiner Truhe auch eine alte Sage entdeckt, er nannte sie die „Duck Dich-Sage". In Helrode gab es ein altes Wirtshaus an einer großen Linde, weswegen die Einwohner diese kleine Gaststätte „Zur Linde" oder auch „Lindenhof" nannten. Vor dieser Kneipe hielt einst eine Kutsche eines berüchtigten Frauenhelden. Als er genügend Branntwein zu sich genommen hatte und den Wirt

Nikolaus beschimpft hatte, er habe ihn beim Büttel wegen seiner Fracht verraten, fuhr er los, aber sein rechtes Hinterrad eierte. Als er nachsah, bemerkte er, dass ihm eine dreizehnte Radspeiche angehext worden war und sich das Rad deswegen verzogen hatte. Er fluchte auf das vermaledeite Hexenhaus: „Dat ess e schrecklisch Hexes!" Nun dachte er über die „Duck Dich-Sage" nach.

Dort auf der oberen Straße begann der Hohe Berg. Man nannte im Dörflein diese Stelle auch „Knickelsberg" oder „Knickersberg". Die Sage erzählte, dass dort am westlichen Ende von Helrode das Zwergengeschlecht der „Sechersmännchen" oder auch „Seichelsmännschere" gehaust habe. Niemand bei ihnen durfte 70 Jahre alt werden. War jemand 70 Jahre alt geworden, musste er lebendig begraben werden. Man pflegte dann dabei zu sprechen: „Duck disch, die Vatte on die Motte hant sich och ducke mösse." Wie grausam, so dachte Gerhard, wer kommt denn auf die Idee, so etwas zu erzählen. Natürlich brachte es das Leben älterer Menschen mit sich, dass sie krumm und schwach wurden und sich beugen mussten, aber das war doch ein Ducken vor dem Leben bis hin zu einem natürlichen Tod. Oder sollte die Sage mahnen, dass mancher, wenn man 70 wurde, zu wenig für die Gemeinschaft getan hatte, etwa als Ritter im Krieg, als Wäscherin am Bach oder als Ehefrau im Bett durch viele Geburten. Offensichtlich galt man nach dieser Denkweise kleingeistiger Menschen, wenn man 70 wurde, als ein Schmarotzer der Dorfgemeinschaft, wovor man gewarnt werden sollte. Verächtlich nannte man diejenigen, die zu Zeiten vieler Geburten auf die Welt gekommen waren, „Kleinkindhäufer" und empfand sie als eine Last. Er dachte an die Sagen seiner Gressenicher Freunde. Die schlimmste Übeltäterin in Gressenich soll auch wie in Helrode eine 'Frau Liesche' gewesen sein, eine frevelhafte Sabbatschänderin, die zur Strafe jetzt noch in Röhe und Helrode umgehe und durch ihr nächtliches Klagegeschrei die dortigen Bewohner erschrecke.

Gression war eine Römerstadt gewesen. In der Sage hieß es, dass die Römer im Schieverling bedeutenden Bergbau betrieben haben und dass großer Reichtum im Heerlager und dem neben ihm entstandenen Dorf geherrscht habe. Aber die Sintflut sei gekommen und habe alles vernichtet. Die Bergwerke im Schieverling soffen ab. Auch in Scherpenseel war die Sage lebendig, die Stadt sei durch die Sintflut untergegangen. Auch in der Berger Heide floss ein Bach, der oft zum Fluss anschwoll und sich sein altes Bett suchte, sodass man diesen an sich kleinen Omerbach auch in uralten Erzählungen als „Omerstrom" bezeichnete.

In Hastenrath nannte man die Kalkgrubenarbeiter „Cillewittchers", also weiße Zwerge, und dachte, sie hätten nachts – wie die Heinzelmännchen von Köln – gemeinschaftsfördernde Arbeit geleistet und über Tag gegen Lohn für sich selbst gearbeitet. Es sind also alles, so dachte Gerhard von Helrode, Sagen, die eine Fabel erzählen, die man sich als Gleichnis zu Herzen nehmen soll.

Und Gerardus beschloss, diese Sagen aufzuschreiben, wie ein Professor als Kapitän eines Schiffes, das man Schrifttum nennen könnte und das, wenn es einmal Wind gefasst hatte, wie von selbst durch die Generationen von Menschen weitersegeln würde:

„Frau Lieschen und die Stadt Gression.

Hinter Röhe, auf St. Jöris zu, befindet sich eine Mulde, die mit Gestrüpp und alten Weidenbäumen bewachsen war und noch heute den Namen „Frau Lische" führt. Dieser Name ist einer alten Sage entnommen, nach der sich in der Mulde eine Weibsperson aufhielt, genannt „Frau Lische", die des Nachts, in langes, helles und leuchtendes Linnen eingehüllt, den Wald durchzog und, von Baum zu Baum springend, mit den Händen Wäsche plättete, so daß es schaurig durch den ganzen Wald hallte, und niemand, auch der Beherzteste nicht, es wagte, den Wald in der Dunkelheit zu betreten.

In der Mulde soll früher eine Stadt mit Namen Gression gelegen haben, deren Bewohner durch Sonntagsentheiligung den Zorn Gottes herabgerufen hätten, so daß dieser die Stadt mitsamt ihren Bewohnern in den Erdboden versenkte. „Frau Lische", welche des Sonntags die Wäsche gereinigt hätte, müsste deshalb zur Strafe noch lange Jahre hindurch des Nachts im Walde, in langes, weißes Linnen eingehüllt, herumziehen und Wäsche plätten."

Damit fing er an. Das war für's erste schon mal eine große Leistung, mit Federkiel und Tinte, die er selbst aus der Flüssigkeit eines ansonsten weißen Pilzes herstellte, einen solchen langen Text zu schreiben, und zwar auf Pergament, das er selbst aus Ziegenhäuten herstellte. Morgens war er also Bauer, nachmittags Ritter und Dorfherr und abends kritischer Schriftsteller. Angefangen hatte diese Leidenschaft am Atlantik in Frankreich, wo er bei einem Kreuzzug an der Küste eine sehr alte Flaschenpost einer britannischen Heerführerin namens Boutica gefunden hatte. In diesem Brief bekundete diese Heerführerin, dass sie sich nun nach dem Sieg der Römer über ihren Aufstand umbringen würde. Gerardus fand erst viel später den Wessobrunner Schöpfungshymnus in der Truhe und hütete ihn dort wie seinen Augapfel.

Ein Königssohn dürfe nicht alleine gehen! Diese Aussage ging auf den Vater des Ritters Érec zurück. Auch ein würdiger Ritter solle nie ohne Begleitung unterwegs sein, so hatte Gerardus' Vater in Berufung auf die Artussage, deren Wortlaut auch in der Helroder Kiste zu finden war, stets betont. Und so begleitete Gerardus stets ein junger kluger Knecht, der ihm allerdings immer wieder irre Stories erzählte.

„So schlimm ist das, was Randulf, die arme Socke, getan hat, ja auch wiederum nicht. Schließlich haben wir als Jungen auch zusammen geübt, wie man eine Frau begatten könnte." Näheres wollte er aber nicht zugeben, allerdings beschwichtigte er den Ritter, dass man dazu nie die Hosen ausgezogen hätte. Gerardus war erstaunt ob solcher Offenheit. Der Hufschmied meinte dazu: „Man darf sich eben nur nie erwischen lassen, denn die Moral der Erwachsenen ist rücksichtsloser als ein Pferdetritt." Gerardus kommentierte dies: „Ganz im Gegensatz zu ihrer eigenen Moral! In der Erzählung „Tristan" wird berichtet, dass junge französische Adlige sich durch geheime Zeichen zu verstohlenen Treffen verabredeten. Tristan windet eine Geißblattranke um einen geschälten Haselnusszweig, in den er seinen Namen geritzt hat, ein heimliches Zeichen, das sagen soll: „Schöne Freundin, so steht es mit uns: Ihr nicht ohne mich, ich nicht ohne Euch!" Auch hatten manche jungen Frauen kunstvolle Gürtel, deren raffinierte Verschnallung nur ihr Geliebter lösen konnte. Kränze und Ringe wurden als Zeichen des Liebesbesitzes verschenkt. Symbole wurden nachts heimlich an die Tür der Eltern gehängt: Ein Kranz aus Muskatnuss, Rosen und Veilchen – als Zeichen der Fortsetzung einer vorherigen Umarmung." Der Hufschmied ergänzte: „Und mit dem Knappentum ging man sehr freundschaftlich um. Berührungen beim Wurfspiel, Beschimpfungen bei Missfallen einer Kampfszene, abends und vor allem auch wegen der Körperwärme nachts versuchte man ein Leben auf engstem Raum. Allein war man nur im Tod." Gerardus konnte aus der Kreuzzugszeit hinzufügen: „Draußen bewegte man sich nur zu mehreren und zu Reisen trat man mindestens mit zweien an. Wichtig war es, dass man auch offen und für alle sichtbar Verbrüderung feierte, aber einsam wird es bei den jungen Grafen, Herzögen, bei allen Fürsten und erst recht bei den Söhnen der Könige. Mit sieben Jahren schon, weil man dann so langsam zum Mann wird, nehmen die adligen Knaben Abschied von der weiblichen Welt und stürzen sich ins männliche Abenteuer, aber immer umhegt von Frauen, Lehrern und von Geistlichen. Allein sind sie nie, aber immer einsam. Lernen müssen sie die Lebensweise des einsamen Wolfes;

sie üben, mit Worten und Werken zu jagen und zu kämpfen. Aber Standesunterschiede gibt es nicht, wenn die Knappen zu Rittern geschlagen werden. Sie bleiben wie Brüder wochenlang zusammen."

Gerardus gewann in seinem Hufschmied einen Freund! Mit ihm sprach er oft über seinen Großvater Gerardus, der am 5. Kreuzzug teilgenommen hatte. Dieser Kreuzzug war als einziger friedlich verlaufen. Friedrich I. Barbarossa, der Großvater von Friedrich II., der 1220 zum Kaiser gekrönt wurde, nachdem er 1215 in Aachen einen Kreuzzug gelobt hatte, führte ihn selbst an. Wer zwölf Mansen [Männer] besaß, sollte als Reiter mit Brünne [Brustteil der Rüstung, Harnisch] dienen, wer weniger besaß, bloß als Krieger, dessen körperliches Befinden gut sein musste, sodass das Rittersein auch eine Altersfrage war: Bis zu welchem Alter konnte man überhaupt angemessen kämpfen? Jordan, ein Neffe von Gerardus dem Jüngeren, hatte abgeschlossen mit all diesen Bedingungen. Das Rittertum war wie ein Gewerk und einige Ritter spielten Gewerkschaft, die sich anmaßte festzulegen, wer noch in die Schlacht durfte und wer nicht.

Mit diesem befreundeten Hufschmied bewegte er sich durch die Umgebung, fürchtete keine Kleinfehde und nahm in der Stadt des Erzbischofs von Köln an Turnieren teil. Und wenn sie zuhause waren, nahmen sie einen Kuhpansen, stopften Heu hinein und schossen diese weiche Kugel gegen die Stallwand oder spielten sich die Bälle zu. Wenn sie gegen die Knappen der Kintzwilrer Burgen spielten, war ihr Schlachtruf: „Muh, muh, muh, spielt den Ball euch zu!" Und meistens gewannen sie das Spiel, das sie Trittkugel nannten, indem sie gegen ein Fass schossen. Egal von welcher Seite man sich dem Fass annäherte, man musste es nur gegen die Seite treffen und das war dann ein Punkt. Auch durfte man sofort noch einmal dagegen schießen, so auch die Gegner, und man spielte so lange, bis die Kühe nach Hause kamen. So lebte der junge Ritter Jordan in zwei verschiedenen Gesellschaften, nämlich auf seinem Hof im sicheren Gemäuer und als Mitglied der kaiserlichen Reiterschaft in der Weite der Landschaft. Aber in beiden Bereichen galten dieselben Regeln: Untergebenheit, Einordnung, Mut, Ehre und Treue – halt die Rittertugenden!

Wenn in Helrode eine besonderes Ereignis stattfand, kamen viele Menschen auf den Thingplatz. In der Mitte saßen die Mannen, dahinter die Diener und Knechte. In einer dritten Reihe nahmen die ehrbaren Frauen Platz, in der Reihe dahinter die Mägde und Dienerinnen. Nur die Mannen und die ehrbaren Frauen machten es sich auf mit Abflachungen zubereiteten Baumstämmen bequem, die anderen hockten auf der Erde oder auf einem selbst mitgebrachten Schemel. Heute ist ein besonderer Tag, denn der Dichter Heinrich van Veldeg aus Brabant wird ins Dorf kommen und aus seinem Epos „Oorlog van Grimbergen" vorlesen, an dem die Ritter van Helrode auf Seiten der Brabanter teilgenommen haben, aber auch viele andere Herren aus den Limburger Landen und der Grafschaft Juliacum. Und wie sein Vorausreiter soeben verkündet hat, sitzt er schon im Wirtshaus, wundert sich über den dreisten inoffiziellen Namen „Domus magus", also „Hexenhaus", freut sich aber über die exzellente Speise, denn der Wirt Nikolaus wusste von seiner langen Reise nach

Boortmeerbeek genau, wie man Belgische Langstäbchen in Fett briet. Das waren aus einer Knolle namens Selleri eckig geschnittene lange Stäbchen, die in Schweinefett gebraten wurden, weswegen man sie auch „Frittjes" nannte, und zu gebratenen Schweinehaxen dem Heinrich eine leckere Speise waren, bei der er drei Humpen Hexenbier trank.

Und nun kommt er im Mönchsgewand zum Thingplatz, ein ansehnlicher junger Mann, und eigenartiger Weise beruhigen sich die Vögel in den Buchen und Birken, in den Eichen und Eschen und drehen sich zu ihm, als wenn sie ihm predigen wollten, aber ihr Schweigen zeigt ihre Bereitschaft zum Zuhören. Auch die Menschen sind ganz Ohr, selbst die Kinder, die die Versammlung umringen und zum Teil auf Bäume geklettert sind, um den Sänger sehen zu können. Denn das ist er, ein Sänger, wie er nun seine Stimme erhebt und die Verse in einem nie gehörten auf und ab schwebenden Singsang vorträgt:

„Van Oyenbrugge her Arnout

Quam dair ende sijn sone stout,

Die gheheeten was her Heinric,

Met sinen maghen sekerlic.

    (Von Oyenbrugge her Arnold

    kam, dort neben stand sein Sohn,

    der geheißen war Herr Heinrich,

    mit seinen Bediensteten sicherlich.)

Daer quam here Seghere van der Male,

Ende sijn sone, wet dat wale

Her Symoen, na mijn beconden,

Metten ghenen, die hem bestonden.

> (Da kam Herr Sieger von der Male
>
> und sein Sohn, soweit ich weiß
>
> Herr Simon, mit meiner Versicherung,
>
> zusammen mit denen, die ihm beistanden.)

Daer quam her Godevaert Screyhane,

Ende sijn broeder voert ane,

Ende her Jan ende her Geraert,

Ende heur geslachte vermaert.

> (Da kam Herr Godevaert Schreihahn,
>
> und sein Bruder darüber hinaus,
>
> und Herr Jan und Herr Gerhard
>
> und ihr Geschlecht vermehrt.)

Daer quam her Willem Tant

Met ridderen ende tserjant.

Daer quam van Ophem die here van love,

Ende mijnhecr Jan vanden Eechove

> (Da kam Herr Wilhelm Tant

mit Rittern und Sergeant.

Da kam von Ophem die Herren von Laufen,

und der edle Herr Jan vom Eichenhof,)

Van Scoudebroec mijnheer Gosewijn.

Elc quam dair met die maechscap sijn.

Men sach heer Willem van den Bogarde,

Ende van Sijtvoert heer Bernarde,

（Von Schaudenbruch der edle Herr Goswin.

Ein jeder mit seiner Mannschaft.

Man sah Herrn Wilhelm von Bongart,

und von Seitenfurt Herrn Bernhard,)

Ende heer Willem die borchgrave

Met sinen maghen comen ave,

Wel ghewapent ende opghesete

Met starcken orssen vermeten.

（und Herrn Wilhelm, die Burggrafen

mit seinen Knechten kommen herab,

wohl gewaffnet und aufsitzend

met starken Pferden versehen.)

Heer Paridaen van Massenhove,

Ende sijn oem, een ridder van love,

Die her Geraert hiet van Liere,

Quam te desen orloghe sciere,

 (Herr Paridaen von Massenhoven

 und sein Oheim, ein Ritter von Laufen (Leuven?),

 die Herr Gerhard nannte von Liere,

 kamen zu dieses Krieges Ziere,)

Ende van Cobbenbosch her Arnout

Met sinen maghen stout.

Van Imple heer Peter quam dair

En her Geraert van Herlaer.

 (und von Cobbenbosch her Arnold

 mit seinen Bediensteten stand dort.

 Von Impeln Herr Peter kam daher

 und Herr Gerhard von Herlen)

Daer quam her Gosen van Helrode

Met sire maechschap, die blode

En wou(n)den heten in den stride.

Dair quam tien selven tide

 (Da kam Herr Goswin von Helrode (Helrode)

 mit seiner Mannschaft, die Blut

 und Wunden hatten in dem Streit.

 Da kam zur selben Zeit)

Mijnheer Jacob van Beringhen.

Oec mocht men teser sameninghen

Sien comen heer Janne van Calmont.

Oec quam dair te deser stont

    (Der edle Herr Jakob von Beringen.

    Auch mochte mit diesen zusammen

    gekommen sein Herr Jan von Calmont.

    Auch kam da zu dieser Stunde)

Her Heinric Hoefken, ende her Gautier

Van den Damme, twee ridderen fier.

Dese ridderen, sy u becant,

Waren te GrimBergen in 't lant

Tien selven tide woonachtich,

Of van hare geburen machtich; […]"

    (Herr Heinrich Höfken und Herr Gautier

    von den Damme, mit zwei Rittern stolz.

    Diese Ritter, sie sind euch bekannt,

    waren die Grimbergschen im Land

    zur selben Zeit am selben Ort,

    und von ihrer Geburt her mächtig. […])

Dass sie fast alles verstanden, war schon bemerkenswert, aber die Sprache der Brabanter schien sich nicht sonderlich von ihrer eigenen Ausdrucksweise zu unterscheiden. Als Heinrich seinen intonierten Monolog endet, bricht ein gewaltiger Jubel aus wie ein Sturmwind aus heiterem Himmel los fegt, und viele rufen „alaaf, alaaf, alaaf", was nach einer Rede oder einem Lied so viel bedeutet wie „Leider schon mit allem fertig! Schade, aber es war besser als alles je Dagewesene", also eigentlich „super", wie man heute in Anlehnung an das Lateinische sagt, das bedeutet: das Allerbeste! Heinrich verbeugte sich und verließ die aufgedrehten Menschen dieser Versammlung, die noch lange bei Bier und Wein feierten.

Der Dichter und Hofsänger Heinrich ging zur Burg Kambach, wo er einige Tage die Kintzwilrer Ritter und deren Frauen unterhalten wollte. Allerdings ereignete sich nun das menschlichste aller eigentümlichen Ereignisse, denn die Katharina bebte innerlich. Sie hatte sich in den jungen Sänger verliebt. Veldeg hatte aber nach seiner anstrengenden Wanderung von Vylen nach Helrode seine Wanderhose ausgezogen und sie nun im Hexenhaus liegen lassen. Sie nahm die Hose, wusch sie am Hääle Baach, drückte sie, als sie getrocknet war, mehrfach an sich und versuchte, den Geruch des Sängers wahr- und aufzunehmen. Der ein oder andere Kuss versiegelte das Textil. Dann brachte sie diese Hose schön geplättet und gefaltet zur Burg Kambach, wo man sie um die Mittagszeit nach Schilderung ihres Anliegens auch vorließ und ihr dem jungen Heinrich unter die Augen zu treten gewährte. Nun war es aber so, dass es in Flandern bedeutete, wenn ein junges Mädchen einem jungen Mann ein Kleidungsstück reichte, dass es ein Liebesangebot war, und in der Tat ward Katharina in Helrode schon bald vermisst, nicht mehr gesehen und nunmehr lebte sie bei den Belgern. Dort nannte sie sich mit einem Tarnnamen Agleh Lebah, da sie des Flämischen nicht mächtig war. Aber vieles konnte man dort durchaus mit der nasalen Sprache der romanischen Franken regeln, sodass sie an der Seite ihres Troubadours durchaus glücklich wurde. Heinrich legte das Mönchsgewand ab und wurde an der Burg zu Boortmeerbeek ein angesehener Ministerial. Die Lage der Burgen in Boortmeerbeek war schon damals riskiert, denn über die Alte Römerstraße, die man zu einer Handelsstraße ertüchtigt hatte, kamen viele Händler und Hausierer, die dauernd versuchten, die dort noch lebenden Helroder Ritter mit Penetranz zu belungern, mit Scharm anzupumpen oder mit Gewalt auszunehmen. Das war äußerst nervenaufreibend. Der Ritterstamm in Flandern überlegte damals tatsächlich, ganz nach Helrode bei Aachen, der Pfründe von Gerardus und seiner Nachfolger, umzusiedeln. Zu einem Entschluss war man aber noch nicht gekommen. Es war dann Wilelmus de Helrode, der auch Schöffe zu Aachen wurde, der die Familienzusammenführung durchsetzte.

Wenn Gerardus im Keller in der Kiste des Opas kramte und so für sich hin sinnierte, ohne etwas Bestimmtes zu suchen, stieß er immer wieder auf neue Herausforderungen. Hier ein Schriftstück in älterer Sprachform, dort ein Gegenstand wie ein Ölkännchen aus Ton und dann plötzlich auf dem Grund der Kiste eine andere Kiste. Eine Kiste in der Kiste. In diesem Holzbehältnis fand er drei erstaunliche Gegenstände: eine Originalurkunde Karls des Großen, in deren Anhang Alkuin die Kategorienschrift des Aristoteles als Grundlage aller künftigen Entscheidungen zugrunde legte, sodass sich alle Probleme auf eine einfache Art lösen ließen, wenn man sie nur kategorial in die richtige Ordnung bringe und dadurch sehen könne, ob gewisse Attribute oder Sätze substantiell oder nur akzidentell sind. Nur das Substantielle könne man seinen Entscheidungen zugrunde legen. So sei der christliche Glaube und die humane Einstellung nach Alkuins Urteil bedeutend und unumstößlich, aber die Handlung selbst und gar ihre Folgen nur akzidentell und insofern vernachlässigbar. Gerardus wollte das nicht so ganz akzeptieren. So sei natürlich der Glaube unbezweifelbar das Wichtigste, aber die Folgen, wenn man in einem Krieg z. B. wie Karl der Große als legitimer ‚defensor fidei' viele Sachsen töten müsse, weil sie einen getäuscht haben und letztendlich nicht von ihrem heidnischen Abirren abrücken wollten – solche grausamen Folgen sind doch nicht zu verkennen und müssen als Gegenargument gegen eine Kriegsführung gleich hoch angesetzt werden wie die Pflichtargumente. Ob denn Karl der Große und seine Paladine die Geburtsstunde des sich vergeistigenden Akademikertums bildeten? Das Haar in der Suppe zu finden, ein Korinthenkackertum, jedes Wort auf die Goldwaage zu legen – bei anderen empfindlich zu sein und sich selbst gehen zu lassen im Ärger!? Oder der Lust ungezügelt zu frönen, wie man Karl dem Großen ja nachsagte. Fünfmal war er verheiratet, und man zählte 18 legitime Kinder, damit die Nachfolge geregelt war. Aber das Reich war damit überversorgt mit möglichen Nachfolgern. Und Karl war schwankend in seinen Gründen für seine Beziehungen;

mal war es Berechnung, mal war es Zuneigung bis hin zur heftigen Liebe, die man für ungünstig hielt. Und seine Vergnügungen bedingten ein Dutzend Geliebte. Sein ausschweifendes Liebesleben betrachtete man als unbotmäßig für einen Herrscher, der sich zum Christentum bekannte. Seine Feinde verbreiteten allerdings auch üppige Schauermärchen und malten furchterregende Situationen aus; in ihren Erzählungen reservierten sie ihm einen besonderen Bereich in der Hölle, wo er alleine schmoren sollte.

Es gab aber doch viele Verdienste Karls für die Gesellschaft und die Wissenschaften, wie Gerards Onkel stets betont hatte. Eine Schreiberin im Marienstift, Uta Schulte Richtering, hatte sie in seinem Auftrag nach seinem Tod einst schriftlich festgehalten: „Karls eigene Bildung war so: Er sprach fließend Latein, konnte trotz Bemühungen aber nicht gut schreiben und war sehr wissbegierig. Sein Lehrer- und Beraterforum: Alkuin von York, Paulus Diaconus, Einhard (, Modoin, Angilbert, Theodulf von Orleans). Seine Verdienste: Einführung der Karolingischen Minuskel, Normierung der lateinischen Schriftsprache, Errichtung von Scriptorien, wo die Bibel in verschiedenen Sprachen vervielfältigt wurde. Sodann: Abfassung von Grammatiken und Lehrbüchern, Errichtung von Schulen für zukünftige Kleriker, aber auch allgemein Begabte, Lehren der Septem Artes Liberales. Und: Verschriftung althochdeutscher Gebete und Taufgelübte, Verschriftung der regionalen Rechtsbräuche. Er übte Kontrolle des Reiches durch Königsboten: Überwachung der Einhaltung der capitularii (Verordnungen des Königs an Adel, Klerus und Volk), Kontrolle der lokalen Verwaltungen und Krongüter,

Rechtsprechung. Capitulare de villis mit genauen Angaben, was man anbauen und wie man die Felder bestellen soll. Weitere Verdienste: Finanzreform: einheitlicher Silberdenar, Reform des Heerwesens (Wehrpflichtige in jedem Bezirk), Reform des Gerichtswesens. Sein oberstes Ziel: keine karolingische Renaissance, sondern Verbreitung des Christentums." Die Wahrheit über Karl den Großen würde allzeit als kompliziert betrachtet werden müssen, so dachte Gerardus und rieb sich heftig unter der Nase wie ein begriffsstutziger Urmensch, wenn er unsicher war und ein Stück rohes Fleisch beroch, um festzustellen, ob es noch genießbar sei.

Der zweite außergewöhnliche Fund in der Kiste war ein Gebet auf einer Pergamentseite, das er zwar lesen und verstehen konnte, aber dessen Herkunft er nicht kannte:

„dô wart von sancto Ambrosio diu christenliche lêre geschaffet.

Dô wart von sancto Martino diu michele güete gesehen unde diu kreftegiu zeichen, diu got durch in tet.

dô wart durch sanctum Rupertum alliu baierischiu herschaft bekêret. [...]

des waenen wir daz ez nâhe, wande wir gelebeten nie sô getâne zerteilede und sô getâne missehelle."

Was war wohl gemeint? Die Lehre des Ambrosius und die guten Taten des Heiligen Martin von Tours wurden gelobt, die Missionsarbeit des Heiligen Rupert erwähnt und dadurch bestätigt. Insofern musste der Text aus einem Kloster aus dem Süden, vielleicht aus Bayern, stammen. Und dann wird von kräftigen Anzeichen eines kommenden Unheils gesprochen – vielleicht einer Sintflut, vielleicht des Weltenendes? Oder gar der Höllentaten des Antichristen, der als Beelzebub, dem Satan verbrüdert oder ihm gar unterstellt, Unheil in die Welt bringe! Könne es sein, dass man vielleicht mit diesem „Es", das nahe, ein permanentes Unheil meine, das die Kirche, ja einige Päpste, Bischöfe und Geistliche befalle wie die Pest viele Menschen, die im Dreck gewühlt haben? Ob damit gemeint sein könnte, dass Völlerei, Sauferei, Lästerei, Hurerei und Sodomie die vom Eid her treuen Diener der Kirche Petri et Pauli befallen würden? Wenn es so wäre, dann wäre ja wohl der männliche Sexus und dessen Neigung zu Übergriffen auf Unschuldige und Unwillige das, was wir als Dämon, also als personalen Geist sehen, die zerstörerischste Kraft in der Welt! Und alles Machtgehabe würde auf diese Urgewalt zurückgehen. Auch die Kriege und die Hinrichtungen gehen ja von uns Männern aus, urteilte der Ritter aus Helrode und konnte leichte Tränen in den Augenwinkeln nicht unterdrücken. Aber was soll's, dachte er, ich bin ja hier alleine, es sieht keiner, dass und wie ich weine. Allerdings sah die Tinte, mit der dieser Text geschrieben war, noch sehr frisch aus. Frisch wie die unterdrückten Tränen.

Mit dem dritten Fund hätte er seine Tränen trocknen können. Es war ein Tuch, zwei Ellen hoch und eine Elle breit.

Gänsehaut bekam Gerardus am ganzen Körper, als er es entfaltete. Auf ihm befand sich ein einfacher Abdruck eines männlichen Gesichtes, in dessen Schweiß und Blut sich Erdstaub eingebrannt hat. Haare sind das nicht, dachte er; wenn das mal keine Dornenkrone ist! Und sein Herz raste und stockte im Wechsel, als ihm der hochschießende Gedanke klar wurde, dass diese hölzernen Splitterfasern im Abdruck des Haares von der Dornenkrone stammten, von der Dornenkrone Jesu! Was er hier in Händen hielt und was in Helrode seit Jahrhunderten schlummerte, war das originale Schweißtuch, das also nicht nur nach einer Legende, sondern in Wirklichkeit Veronika dem Herrn auf seinem Leidenswege gereicht hatte, dann wieder an sich genommen, den Gesichtsabdruck erkannt und dieses Tuch dann bis zu ihrem Lebensende aufbewahrt hatte. Das Gesicht ist eine situativ verzerrte Verschmelzung des Antlitzes eines gekreuzigten Mannes mit ansatzweise zu erkennender Dornenkrone, aber das Gesicht ist kein rein menschliches, es ist mehr ein Lamm-Gottes-Kopf, was natürlich nur so scheinen mag, da ja durch die Wirkung eines runden bedeckten Kopfes dann in der geöffneten Fläche des Tuches, mit dem er bedeckt war, das Antlitz verzerrt ist.

Auf dem ersten Kreuzzug, so hatte sein Opa Gerardus von Erzählungen berichtet, hatte man auch eine goldgefärbte, uralte und von Juden übermittelte Holzkiste mittransportiert. Was darin war, wusste kein Mensch. Kelche wie die Christen hatten die Juden ja nicht verwendet! War es eine Thorarolle? Waren Pergamentschriften in ihr? Darin soll sich ein Steinsplitter befinden, hatte Ritter Hieronymus gesagt, der von den Tafeln stamme, auf denen

Moses die zehn Gebote erhalten habe. Diese Kiste hatte man zuerst nach Frankreich und dann nach England gebracht. Sie sei der Heilige Gral des Artus. War denn der Gral doch die Bundeslade gewesen – aus goldverziertem Holz, das Joseph von Arimathäa lange in seinem Besitz gehabt hatte? Fragen über Fragen, Antworten wie Sandkörner am Meer, Wahrheiten so selten wie Rohdiamanten in den aufgetürmten Gebirgen der steinernen Vergangenheit. Gerardus fror im Keller seines Burghauses und verkroch sich zwei Etagen höher an der Seite seiner warm dampfenden und kräftig atmenden schlafenden Ehefrau. Real ist nur das, was nah ist. Alles Ferne entbehrt der bewahrheiteten Existenz. „Wahrlich, ich sage euch…" hörte Gerardus durch die Jahrhunderte klingen – beim Einschlafen. An wem hat Jesus sich wohl nachts gewärmt in den kühlen Nächten der Wüstennähe?

Wenn Gerardus so ins Sinnieren kam, wusste er nicht mehr genau, wer er denn war: ein gerechter Ritter oder ein brutaler Kreuzzügler, ein treuer Familienvater oder ein ungebremst Liebender, ein frommer Beter oder ein ungezügelter Zyniker, ein Mann oder ein Kind. Er hatte sehr oft den Eindruck, dass, wenn er das eine war, er von dem anderen nichts mehr wusste. Kann man mehrere Personen zugleich sein? Oder kann man heute dies und morgen das sein, ohne dass das eine Dasein vom anderen etwas weiß? Oder gleitet man ein Leben lang durch Rollen, die man nur spielt, wie ein Schauspieler in neue Kostüme steigt? Sollte das das eigentliche Geheimnis der Wiedergeburt sein, dass man schon auf Erden keine einheitliche Persönlichkeit wäre? Ob man auf die Welt kommt, wie es so heißt, ohne jemand zu sein, und ob man dann erst durch verschiedene Kutscher den Bock der Kutsche besteigen lässt, die man dann irgendwann für sein Ich hält? Ob man diese Kutscher vielleicht nur erfindet und sich für sie hält, aber in Wirklichkeit fährt und steuert diese Reisemaschine, die wir für unser Ich halten, lange Strecken von selbst, bis sie anhält, die Pferde wechselt und weiterfährt – nicht ohne den vermeintlichen Lenker der Zügel zu wechseln? Und wer sind die Pferde, die sich manchmal sehr anstrengen müssen, den Karren aus dem Dreck zu ziehen? Sind es meine Gedanken und ist die Kutsche nur meine Einbildung und mein Weg auf ihr nur ein eingebildeter Zug durch die Zeit?

Gerardus bremste seine Gedanken und setzte seinem Zweifel eine Gewissheit entgegen: Wenn ich mich aber doch jeden Tag durch die Kraft meiner Gedanken und die Stärke meines Herzens neu dazu entscheide, meinen Weg weiter zu gehen, weil ich ihn für sinnvoll halte, nicht umzukehren und nicht die auf meinem Rücken lastende Bürde einfach in das Schluchtwasser zu schmeißen, ohne genau mein Ziel zu kennen, dann zeigt das doch, dass es letztlich, weil ich bin, mein selbstbestimmtes Denken und damit mein Ich gibt. Bei manchen Entscheidungen aber hatte er das Gefühl, dass er es nicht wirklich ist, der da entscheidet. Und über den Gedanken, dass dies ein weites Feld für Philosophen sei, schlief er ein. Sein letzter Gedanke war: Ich schlafe, also bin ich!

Kapitel 6   Obstgartenfest der Liebenden

Eingeladen waren sie im Herbst zur Obstgartenfeier nach der Ernte im Bovenberger Burggarten. Der Freiherr von Bongart lud in einem jeden Jahr zum Ernteausklang. Gerhard war zusammen mit dem Ritter Winrich von Kintzwilre nach Berge op der Inde geritten, um dann an der Berger Burg rechts über den Fuhrweg den Hügel hinan in den Bovenberger Wald einzubiegen. Er freute sich auf diese Begegnung, denn zuhause in der Obstwiese vor der Helroder Gracht, die zu den Steinkuhlen auf dem Hohen Berg hinführte, war er oft alleine. Abends in Helrode an der Gracht nach Romich gesellte sich ein einsamer Kauzruf hinzu und ein pirschender Fuchs schlich durch die Dämmerung. Die erschöpften Knechte hatten die Stallarbeit erledigt und saßen im Gesindezimmer vor dem prasselnden Feuer, um sich zu wärmen. Seine Frau war so mit den Kindern und dem Hausgesinde beschäftigt, dass die Baum- und Strauchpflege ihm oblag. Insofern empfand er die eigentümliche Atmosphäre eines solchen Gartens auf zweierlei Art, einerseits als Hort der unantastbaren Geborgenheit, andererseits wie ein Zeichen seiner unaussprechlichen Einsamkeit, ähnlich wie wenn er im Wald alleine war und die Fuchs- und Kaninchenhöhlen betrachtete, um sich nicht so verlassen zu fühlen. Im Wald spürte er sich vollwertig als Mensch, gefährdet und der Natur ausgeliefert; allein fühlte er sich auch abends im Garten im Haus Kambach, wie sein Meierhof auch genannt wurde, zwar behütet und mit dem Nötigsten versorgt, aber mit dem verstärkten Gefühl für alles, was ihn belastete: Ein-

samkeit als Leitfaden seines Lebens und eine stets aufkeimende Angst vor einer inneren Leere seiner Mannes-
existenz. Er bemerkte allerdings zunehmend, dass er
diese innere Abgeschiedenheit liebte und suchte. Wenn
die Frauen und Knechte in der großen bäuerlichen Küche
beieinanderhockten, schwatzten, lachten, aßen und tranken, beneidete er sie um ihre lebendige Geselligkeit. Er
suchte solche Bünde auch, wo er seine Existenz vergaß,
während er sich unterhielt. Er wollte wirklich kein bloßer
Jemand sein, der sich allein auf die Seite des Habens gestellt hat und seelisch sowie geistig verkümmert. Arme
Menschen können sich das gar nicht leisten, dachte er,
weswegen sie kommunikativ und kontaktfreudig sind,
dies aber in seinen Augen oft zu stark zu ihrem Lebens-
prinzip machen und sich innerlich deswegen dermaßen
von sich selbst und ihren eigenlichen Bedürfnissen ab-
trennen, dass sie zwiegespaltene Menschen werden. Er
dachte an den Röher Einsiedler Nikolaus Farus! In der
Admonitio des Königs hieß es: „Einsiedler leben in Klau-
sen, deren winzige Öffnung nur geringen Kontakt mit der
Außenwelt erlaubt. Diese Menschen erfüllen eine bestimmte Aufgabe für die Gemeinschaft, die sie verlassen
haben und die weit von ihnen entfernt liegt."

Er vernahm Schritte, die ihn aus seinen Gedanken her-
ausrissen. Es war Fastrada, die als begleitende Dienerin
des Herrn von Angeltorp auch in Bovenberg war. Sie
glänzte ihn an, sodass er verlegen wurde und behutsam
fragte: „Du hier beim Bongartfest?" Sie antwortete selbst-
bewusst: „Hier bin ich seit vielen Jahren, denn mein Herr
ist ja verwandt mit der Familie von Bongart." Er zwinkerte
mit einem Auge: „Nun bin ich dir also völlig ausgeliefert."

Schelmisch und kokett warf sie ein: „Aber ich werde hier nicht nackt herumspazieren." Sein diplomatischer Vorschlag ließ nicht auf sich warten: „Wir können in das Indetal hinunter gehen, wo du dein geliebtes Wasser findest." Gespielt verblüfft legte sie den Kopf auf eine Seite: „Und wo ich mein Linnenkleid waschen soll?" „Wie du es doch liebst!" „Es ist aber nicht schmutzig!" Sie hob einen angefaulten Apfel vom Boden und warf ihn zu Gerardus hinüber. „Beschmutze mich!" – und wie auf Befehl schmiss der angestachelte Ritter den Faulapfel mit sanfter Wucht gegen das weiße Kleid. „Nun muss ich mich säubern und das Kleid waschen." schlussfolgerte sie und sie nahm ihn bei der Hand, um ihn mit wiegenden Armschwüngen auf den Fuhrweg hinab zur Inde zu führen. Dort angekommen, zog sie ihr Kleid aus und rubbelte die Flecken im Flusswasser. Aber ihr dem Herbst geschuldetes dickes Unterkleid und ihre dicke Pluderhose zeigten sie alles andere als begehrenswert, weswegen der Edelmann seine Kinderstube vergaß – sie hatte ihn ja sowieso nicht auf den Umgang mit freizügigen Frauen vorbereitet – und anfing, ihre Bindebänder oben und unten aufzunesteln und ihre Kleidung aufzuschürzen. Als alle Kleidung von Fastrada abfiel, drehte sie sich zu ihm, küsste ihn begierlich und fummelte ihm Schnallen und Gürtel auf. Und im nassen kalten Herbstgras vergaßen sie sich und es verging ihnen Hören und Sehen und jegliches Gefühl für die Welt, in der sie lebten und sich liebten. Ihre Lippen wölbten sich einander entgegen, ihre Zungen drückten und leckten sich wie gierige Schlangen, seine Fingerkuppen berührten ihre Schultern und mit flacher Hand umwölbte er streichelnd ihre Brüste. Sie rieb mit flacher Hand durch sein struppiges Brusthaar und fuhr hinunter an seine Scham und packte das Leben dort, wo und während es interessant wurde. Wo sie sich wälzten, brach das Gras, und die Herbstblümchen knickten im Rhythmus ihrer Liebesstöße, als er in sie eingedrungen war. Erst nach einiger Zeit riss der Ruf der Nachtigall sie aus ihrem Liebeskokon heraus. Als sie beieinander lagen, aber nicht mehr fest umschlungen, sondern beide auf der Seite, er hinter ihr, ihre Brüste streichelnd und wiegend wie kostbare Kissen, wachte in Fastrada der Wissenshunger wieder auf und sie hatte einige Fragen zum Aufbau des Körpers, die auch Gerardus überforderten: „Ein Prediger hat erzählt, dass der Unterleib nur ein nichtswürdiger Diener des oberen Leibes sei und nur dazu da sei, die Betriebsstoffe für den Menschen zu kochen, denn der Darm sei eine Art Ofen." „Warm ist es ja tatsächlich da unten, auch, was da herauskommt." Fastrada lachte ansatzweise: „Der obere Leib habe einen Veredelungsofen, sagte der Geistliche in seiner Predigt, das sei das Herz, und im oberen Leib seien alle edlen Gefühle und Gedanken, so im Herzen und in der Seele und im Kopfe." Gerardus überlegte, ob es nicht auch umgekehrt sein könne, da er alle intensiven Gefühle wie Liebe und Angst im Bauch spürte und das Herz, wenn es schneller schlug, eher Gefühle auslöste, die sich nach unten hin ausbreiteten. Das äußerte er dann auch: „Gefühle des Hasses sind für mich mehr unterhalb des Halses und an den Schläfen zu spüren. Ob der Körper nicht einfach ein Kreislauf gegenseitigen Ausgleiches ist? Vielleicht wandern Gefühle im Körper rund? Es gibt ja auch Schmerzen, die rundwandern, so z. B. bei der sogenannten Fließkrankheit!" Man erzählte doch tatsächlich noch zu ihrer Zeit, dass Kaiser Karl wegen seiner Fließschmerzen in Aachen in den warmen Bädern gekurt habe. „Gekurt und gehurt", berichtigte Fastrada Gerardus, als er das erwähnte, „denn er soll sogar mit einer Tochter ein Kind gehabt haben, und mit einer seiner fünf Frauen habe er zusammengelebt, als die erste Frau ohne Scheidung sich noch im Kloster befand. Er habe sich oft mit zwanzig Personen im Becken befunden." Gerardus ermahnte: „Allerdings im Unterkleid, nie nackt, wie man auf einer sehr alten Zeichnung sehen kann." „Trotzdem unanständig und sicher auch ungesund. Ich schwärme da mehr für das nackte Waldbad", freute sich Fastrada, das Thema zu beenden. Dieses körperbezogene Gespräch hatte in Gerardus die Lust neu geweckt und er drang hinter ihr liegend grundtief atmend in ihre Vulva und hochfliegend fühlend zugleich erneut in ihre Seele ein, indem sie das obenliegende Bein anwinkelte, ihren Kopf zu ihm hindrehte und ihm fordernd und fest in die Augen sah. Am anderen Ufer des Flusses Inde hörte ein einsamer Wanderer ihre Stimmen, als ächze der berstende Kosmos. Wie zwei Löffelchen ineinander geschmiegt lagen sie so noch eine geschlagene Stunde, und der sich entfernende Wanderer hörte ihre gelegentlichen feinen Seufzer nicht mehr. Als sie die aufziehende Abendkälte spürten, richtete sie behände ihren nackten Körper auf und zog ihren Friedel, ihren Freund hoch zu sich; nun wandelten sie Hand in Hand aller Kleidung bloß wie Adam und Eva durch den Buchenwald am Bendenufer der Inde und tauschten sich geistig aus. Sie freuten sich darüber, dass der Herbst selbst abends noch angenehm warm war. Da war nichts, was sie störte; nur der Abendhauch vertrieb sie von dort.

Fastrada hatte noch ein anderes Anliegen: „Ist es denn nicht so, dass aus uns selbst heraus ein ständiges Bestreben wirksam wird, immer nur für sich das Beste zu erreichen, geistig, seelisch und körperlich: bei Rittern im Kampf, bei den meisten durch die Liebe, bei allen im Genuss an der Festtafel. Und ist es nicht so, dass manche Bekannte von uns daraus seltsame Situationen heraufbeschworen haben: Zwei Töchter einer ledigen Frau im Dorf entstammen zwei Brüdern. Sie sind Halbgeschwister, sind beide nun auch Halbcousinen oder gar Dreiviertelcousinen, weil sie ja dieselbe Mutter haben? Oder wie in dem anderen Fall, wo das ältere Mädchen die Nichte einer jüngeren Tante ist. Da muss doch etwas schiefgelaufen sein!" Gerardus fragte sie: „Und wenn du jetzt von mir schwanger wirst, einem renommierten Mann, einem Schöffen zu Aachen und Ritter zu Helrode, mit Frau und Kindern?" „Dann hättest du einen Bastard. Wenn ich fruchtbar wäre, wäre ich schon längst einmal schwanger geworden, denn du bist der zwölfte Mann, mit dem ich Beischlaf hatte. Was würdest du denn in diesem Fall anfangen?" „Ich würde dich unverzüglich in eine Kutsche setzen und dich zwingen bei Androhung von drastischen Strafen, nach Italien zu reisen, wo ich dich bei einem Freund unterbringen würde, der noch unverheiratet ist." „Und wenn ich mich weigern würde?" „Dann wäre dein Liebestod besiegelt. Aber nach deiner eigenen Aussage haben wir ja noch viele unbeschwerte glückliche Stunden vor uns! Und du hast Recht; alle unsere Handlungen sind letztendlich auf uns selbst gerichtet! Das liegt irgendwie im Schöpfungsprogramm drin. Ist dir schon einmal aufgefallen, dass Frauen todunglücklich sind, wenn sie nicht selbst stillen können. Sie hassen oft ihre Ammen, die sich doch redlich anstrengen, alle Kinder gut durchzubringen. Ich habe es zuhause einmal selbst erlebt und musste meine Frau zurechtweisen. Sie hatte einmal festgestellt, als sie nach Hause kam, dass eine Amme in der Kemenate, wo einige Frauen mit Bediensteten zusammenwohnten, unseren Sohn Conradus gestillt hatte, obwohl meine Frau selbst genügend Milch erzeugte und dies strikt untersagt hatte; sie schüttelte den Buben so lange, bis dieser die fremde Milch erbrach. Dann gab sie ihm selbst die Brust, aber der kleine Junge war so fertig mit der Welt, dass er kaum in der Lage war zu saugen." „Und kennst du die Geschichte des Ödipus", prüfte die für eine Bedienstete ungewöhnlich unterrichtete Fastrada das Wissen des Gerardus, „und seinen Vatermord aus Versehen wegen seines Stolzes. Hier steht doch alles auf dem Kopf; der Vater hatte den Sohn aus Angst ausgesetzt, und das war sein eigenes Todesurteil, was aber der unkundige Ödipus nicht wissen konnte, da er seinen Vater ja nicht kannte. Der Vater wollte das geweissagte Schicksal des Vatermordes durch eigenes Handeln verhindern und hat es dadurch herbeigerufen. Normaler Weise opfern sich Söhne für ihre Väter sogar im Krieg, obwohl es doch eigentlich umgekehrt sein sollte. Das ist eine äußerst verdrehte Welt, verrückt und verkehrt!" „Woher weißt du denn eigentlich so viel? War doch dein Vater ein einfacher Fass- und Bottichmacher!" „Ich hatte einen ledigen Onkel in Staternicium bei Alten Hofen, der in einem Klosterstift großgeworden ist, da er verwaist war. Dort hatten ihn einige adlige Stiftsdamen aus Flandern zu ihrem Lieblingszögling gemacht. Sie hatten ihn ab einem gewissen Moment so lieb, dass sie dauernd versuchten, ihn zu streicheln – mit ihrer Hand in seinem Rücken langsam der Wirbelsäule entlang tiefer fahrend, oder mit dem Handrücken seine Lenden berührend, mit großen fleischig warmen Händen sein Pülschen umfassend – dass er – dankbar ob all dieser kostenlosen Bildung von Geist und Herz – das Kloster wegen der Abscheu seines Körpers vor solchen Ekeleien verlassen musste, um sich nicht dauernd zu übergeben, und dann kam er zu uns, um zuerst einmal nur zu arbeiten und sein Herz zu beruhigen, das des Nachts sich heftig zu pochen angewöhnt hatte."

Sie zogen sich vollständig an, es wurde zu kühl, sie gingen zurück nach Bovenberg und bewahrten diesen Nachmittag in ihrem Herzen. Diesen Naturgarten am Flussufer würde er in seiner schönsten Erinnerung behalten und zuhause nachahmen! Hier war er mit ihr in Liebe versunken als Ort, der nunmehr von anderen nur befremdlich begangen werden sollte. Es war ihr Garten, ihr eigentlicher Liebesort in der Indeaue, der niemals mehr einem anderen Menschen gehören würde! Der Obstgarten an der Bovenberger Burg war dahingegen ein Hort der Geselligkeit, aber seine Seele berührte dies nicht. Gleichzeitig Grenze und Verbindung zur Außenwelt, mit einer immer offenen Tür nach draußen, für alle eine Begegnungsstätte, aber für sie ein Sehnsuchtsort mit einem Ausweg zu ihrem Liebespark mit der nötigen Einsamkeit und der Beschaffenheit für die Erfordernisse der körperlichen Liebe. Es stimmte, was er gelesen hatte, in irgendeinem Büchlein eines edlen fahrenden Sängers, der sich Vogelweide nannte und beschrieben hatte, wie sich eine Geliebte wie

Fastrada erinnern würde an diesen Garten und den angrenzenden Ort ihres Liebesaktes:

„Dô het er gemachet
alsô rîche
von bluomen eine bettestat.
Des wirt noch gelachet
inneclîche,
kumt iemen an daz selbe pfat.
Bî den rôsen er wol mac,
tandaradei,
merken wâ mirz houbet lac.

Daz er bî mir laege,
wessez iemen
(nu enwelle got!), sô schamt ich mich.
Wes er mit mir pflaege,
niemer niemen
bevinde daz, wan er und ich,
und ein kleinez vogellîn:
tandaradei,
daz mac wol getriuwe sîn."

Der Gelehrte, so hatte Gerardus gelesen, bezeichnet einen solchen Liebesort als „locus amoenus". Hoffentlich waren wir Liebenden allein, lädt der Garten und das Auenufer des Flusses doch zum Austausch von Heimlichkeiten auch andere ein, was aber auch feindliche Blicke von neugierigen heimlichen Betrachtern auf sich ziehen kann.

Andere beobachten gerne aus der sicheren Entfernung die anfängliche vorsichtige Erkundung der Sinnlichkeit, das immer heftiger werdende Vergnügen und die selige Ruhe danach.

Fastrada selbst hatte ihm jüngst erst erzählt, dass sie ihn heimlich beobachtet hatte, als er ihre Freundin mit einem Knecht zusammen hinter dem Brunnen belauerte und sichtlich angeregt war. Als sie es hinterher ihrer Freundin geschildert hatte, sei diese sehr erschrocken gewesen. Und noch mehr, als Fastrada, die einfach viel zu offen und mitteilsam war, ihr diese Offenheit Gerardus gegenüber später wiederum gestanden hatte. Sie schimpfte mit ihrer Freundin Fastrada und warf ihr vor, sie sei erst zufrieden, wenn alle Häuser und Ställe aus Glas seien und wenn man allerorten hören und vielleicht nachlesen könne, was anderswo geschehe und anderweitig gesagt würde. „Du gierst nach einer gläsernen Welt, in der auch du alle zugleich mit deinen Botschaften und Meinungen erreichen könntest. Aber eine solche Welt kann es doch niemals geben!" „Da wäre ich nicht so sicher", entgegnete Fastrada, „denn als einst die Menschen noch nicht schreiben konnten, hätten sie auch niemals gedacht, dass man innerhalb von ein paar Tagen eine Nachricht tausend Kilometer weit schicken könnte!" Beide starrten nachdenklich in die untergehende rötliche Abendsonne. „Hoffentlich sprechen dann Freundinnen wie wir noch miteinander, denn wenn man alles Gleichzeitige gleichzeitig beobachten kann, bleibt doch vor lauter Betrachten gar keine Zeit mehr füreinander!"

Am späten Abend kamen alle Ritter zur Tafelrunde in der Burg Bovenberg zusammen. Ihre Plätze waren mit Namensschildchen versehen, denn auf die Schnelle hatte man keine Wappengemälde besorgen können. Sie führten also nichts im Schilde, waren sich aber alle ihrer Bedeutung bewusst. Einige Herren murmelten, bevor der Palandtsche aus Weisweiler kam, etwas zum bedauernswerten Schicksal des jungen Herrn Floris auf der Burg Palandt in Weisweiler. Er war ermordet worden, als er Eindringlingen, die angeblich im Namen des Kaisers unterwegs waren, Paroli geboten hatte. Sie verstummten sofort, als der Weisweiler den Raum betrat. Die Frauen speisten im Nebenzimmer, die Bediensteten, Bauern, Jäger, Fischer, Schmiede, Schreiner und Küchenfrauen im Keller der Burg. Gerardus sprach mit vielen und schilderte sich innerlich deren Verschrobenheit. Der von der Laufenburg, Georg Bartius, den sie zum Rittmeister bestimmt hatten, gestand ihm, dass er noch nie im Leben auf einem Pferd gesessen hatte. Die Herren aus den Kintzwilrer Burgen waren sich nicht grün, und der Freiherr von der Röthgener Burg aß kein Fleisch! Wie kann man überhaupt leben, ohne Fleisch zu essen, fragte sich Gerardus. Fleisch und Wein waren doch die täglichen Ratgeber eines anstrengenden Lebens! Nach solchen Feiern sitzen die klugen Frauen in der Kammer. Die Kemenate lädt ein zum vertrauten Gespräch über Gott und die Welt. Und zum Vergnügen, denn dort kann man singen, erzählen und spielen. Neuerdings haben die Damen des Öfteren Herrenbesuch. Sie bekommen Schachunterricht durch Gerardus, der dieses schwierige Spiel vom Kreuzzug her kannte. Gerardus war erstaunt darüber, wie schnell die

Frauen sich in die Winkelzüge dieses Spiels eingedacht hatten und wie sehr sie in der Lage waren, Spielzüge zu setzen, die niemand vorausgeahnt hatte. Er fragte sich, ob das Turnier nachts noch eine heimliche Fortsetzung finden würde, denn einige Damen waren am nächsten Morgen unübersehbar schachmatt.

In der Kemenate ergab sich zu später werdender Stunde eine ungeheure Spannung unter den Frauen; sie flüsterten irgendwann nur noch, bevor sie sich in ihre Bettenbereiche verzogen. Aber dort waren sie nicht lange alleine, und es war nicht unbedingt ihr Angetrauter, der sich einschlich, um den nächtlichen Helden zu spielen. Man kannte sich bestens in der gegenseitigen Fürsorge, die wegen der Kälte und Dunkelheit auch bitter nötig war. Nachdem Gerardus dies erfahren hatte, saß er manchmal im Garten und überlegte, wie man das ändern könnte, denn er selbst käme nie auf die Idee, seine Frau und seine Freundin Fastrada mit einer dritten Dame zu betrügen. Das wäre für ihn undenkbar, denn Treue gegenüber seiner angetrauten Frau hatte er geschworen und die Treue gegenüber Fastrada war deswegen nicht nur nötig, sondern unverbrüchlich, weil er sie sich ja vertraut gemacht hatte. Man ist verantwortlich, wenn man sich Frauen oder Kinder vertraut gemacht hat, sinnierte er ein ums andere Mal, und er ließ seine Phantasie wie ein kleiner Prinz schweifen über eine keuche Umgebung: Wärme, Helligkeit und völliges Fehlen von Bildern und Blumen in den Räumen der Burg. Aber die Schlafzimmeraufteilung lud ja dazu ein, seine Bettstatt häufig zu wechseln; man schlief wegen der gegenseitig geschenkten Körperwärme nicht alleine, und auch wegen der Dunkelheit weilte man nur ungern ohne

Begleitung in einem Raum, und in der Finsternis waren Irrtümer immer möglich und in den Augen vieler somit entschuldbar. Das sah er allerdings anders, er erinnerte sich daran, dass auch er in der Angeltorpsburg einmal im Bett einer Hebamme gelandet war, die sich in dieser Nacht in der Burg aufhielt. Er half ihr bei der Nachlese der an diesem Tag von ihr betreuten Geburt und beruhigte ihren noch sehr bewegten Geist und den heftig pulsierenden Körper. Auf sein eindringliches Einfühlungsvermögen konnte er sich stets verlassen wie auf sein Geschick, mit dem Pflanzstock im Garten, den sie in ihrer Dorfsprache „Pauspenn" nannten, für neues Grün im Beet der geschmackvollen Lüste zu sorgen. Im Traum sah er sich auf der Wiese im Wald, dem Hain im Schatten, wo Blumen und Gras zerknickten, auf der schönen Au, wo grüner Klee am Bach für das Glück der Liebenden stand und eine Amsel die erwachten linden Lüfte am Abend musikalisch begleitete. Dort, an den drei Linden, fiel er im Traum wie ein Recke müde ins Gras, als hätte ein Feind ihn von hinten mit einer Lanze gemeuchelt.

Wenn er doch nur den Stein der Weisen gefunden hätte, den er zusammen mit dem Geistlichen Johann Valentin Andreas Rosenkreuz auf dem letzten Kreuzzug am Meer gesucht hatte – gelbglänzend wie Gold und kugelrund. Gerne würde er die ihm geschilderten Prüfungen, Einweihungen, Gefährdungen und wunderbaren Errettungen durchleben. Wie in der Kabbala zeige der Stein den geheimen Geist der liebenden Seele, die symbolisch in der Mitte eines Rosenkreuzes scheine. Wie hatte dieser Rosenkreuz den Stein der Weisen beschrieben? „Dieser Stein ist kein Stein, dieses kostbare Ding ist ganz ohne

Wert, dieses vielgestaltige Ding hat keine Form, dieses unbekannte Ding kennt jeder". Und mit einem Mal wurde Gerardus klar, was es war, dieses paradoxe Nichtgebilde – es war die Seele. Alle Materie ist doch in Wirklichkeit ausschließlich Energie – ruhende oder entfaltete, wartende oder wirkende. Der Stein der Weisen ist unsere Seele, so dachte er, und sein Gesicht wandelte sich ins Friedliche und Weisheitsvolle. Und so erklärt sich auch die Aussage, dass dieser Lapis philosophorum aus minderwertigen Materialien Gold machen könne. Wie die Seele es ist, die aus Alltäglichem Wertvolles bildet. Darum sind ja Beziehungen und Gespräche wichtiger als Besitz und Geld. Die immateriell glühende Goldkugel unseres Glücks, die wir in uns tragen, geht nicht verloren, und sie fällt nicht wie eine Märchenkugel in einen Brunnen oder einen See, dass nur ein starker Recke sie bergen könnte. Wir tragen sie immer in uns und sie verwandelt alles ins Reine und Glänzende, aber nur, wenn unser Fühlen, Denken und Können harmonisch zusammenwirken, wenn Herz, Hand und Haupt vereint sind. Gerardus hatte ein Weltgeheimnis, das Geheimnis dieses Steins der Weisen gelöst.

Im Garten sitzend, verselbstständigten seine Gedanken sich ein um das andere Mal. Gibt es auch beim Menschen nur ein moralähnliches Verhalten wie bei den Tieren, also ein Verhalten, das aussieht wie von den Geboten bestimmt, indem es den Gedanken des guten Handelns entspricht, aber in Wirklichkeit einem geheimen Lebensplan der Natur gemäß ist mit Vorteilen für die Weiterexistenz der Natur selbst? Überhaupt beobachtete er oftmals, dass Menschen etwas wohlweise tun, was auch Tiere oder

Pflanzen nicht anders machen. Die Verteidigungsformen auf einer Burg und in der Schlacht ähneln doch dem, was Bienen, Wespen und Ameisen auch tun! Und Wölfe sind doch manchmal wirklich heldenhafte Einzelkämpfer! Und die Tiermütter wie die Füchsinnen helfen ihren Jungen einen Berg hoch zu klettern und rufen sie, wie auch die Entenmütter, wenn eine Gefahr droht, oder retten sie auch manchmal vor dem Ertrinken! Da muss es doch in der Natur einen geheimen Plan geben, dem vielleicht sogar die ganze Welt unterliegt. Es gibt doch Tiere, die ihre Umgebung verändern wie die Biber, und auch Tiere, die anderen helfen, oder die sich aufplustern zur Drohung und um den Tierfrauen zu gefallen. Und die Tiere, die sich undurchsichtig und geheimnisvoll verhalten, sich zurückziehen und sich verstecken oder sich sogar tarnen oder von Natur aus durch die Farbe ihres Felles schon getarnt sind; wie auch Tiere, die ohne Abweichung ihre Aufgabe in einer größeren Gruppe erfüllen, die alles können und vor nichts zurückscheuen. Er hatte vor kurzem eine Waldameise gesehen, die ein Ästlein schleppte, das dreimal so groß wie sie selbst war. Aber in der Wüste hatte Gerardus den herrschenden und brüllenden Löwen gesehen, wie er sie unter den Rittern auf den Kreuzzügen zuhauf erlebt hatte, aber auch die Tiere, die sich meistenteils faul in der Hitze herumräkeln und sich in der Sonne fläzen. Was er innerlich nicht entscheiden konnte und wollte, war eine Antwort auf die Frage, ob nun der Mensch nichts anderes als Tiere unternehme oder ob Tiere klüger seien, als man ihnen zugestehen will.

Gerardus besuchte schon bald den Einsiedler von Röhe und kam endgültig zu dem Schluss, dass er für sich die

Unterordnung des Irdischen unter das Himmlische nicht wählen könne. Beim Kreuzzug waren sie in Gegenden gewesen, wo Eremitagen in nicht allzu weiter Entfernung von Klöstern oder Kirchen in gebirgiger Höhe lagen. Diese wurden ‚vermietet', indem man Sünder für einige Wochen gegen Entgelt dort hinbeorderte, die sich dreimal am Tag zu Gebetszeiten dort in der Höhlenöffnung stehend zeigen mussten. Einsiedlerinnen oder Klausnerinnen offenbarte man in Geständnissen Lebensgeheimnisse, den Inhalt von Träumen, die von diesen gedeutet wurden. Gerardus überlegte ehrlich und ernsthaft, ob sein nachhaltiger Seitensprung mit Fastrada auf diese Art gesühnt werden könnte. Und das einmalige informative Nächtigen bei der Hebamme?

Wirkliche Einsiedler kamen ihm vor wie Hüter des Sinns, wie Heger des unsichtbaren Grals in felsiger Höhle. Gerardus fragte sich, wer zum Einsiedler geboren sei. Der Reformertypus doch wohl nicht, ebenso wenig wie der Helfer. Vielleicht der Statusmensch, wenn er eine grundtiefe Beleidigung erfahren hatte, aber auf jeden Fall der in sich gekehrte Künstlermensch, der sich gerne der Welt verschloss, genauso wie der Denkertypus, der sowieso am liebsten unangefochten vor sich hin grübelte. Auch der Loyale, der sich ganz alleine dem Gebet widmen möchte, wäre als Eremit geeignet. Überhaupt nicht in Frage kommt wohl der Vielseitige, und erst recht nicht der Herrschermensch. Bei einigen Einsiedlern behauptete man, sie seien so friedliebend, dass sie als Faulpelze ihr Dasein in einer Höhle oder Klause fristen würden, da ihnen ja genügend Bittnahrung vorbeigebracht würde, und sehr oft schon fertig zubereitet. Der Röher Einsiedler genoss oft Kaninchen- oder Rehbraten aus dem Propsteier Wald, den ihm treue Röher Seelen als Lohn für sein Gebet vorbeibrachten. Drei Frauen mit biblischen Namen pilgerten regelmäßig zu ihm, das waren Barbara, Petra und Birgit. Seine Seitensprungerlebnisse beichtete Gerardus aber dann doch nicht.

Er saß nun oftmals lange Stunden alleine in seiner Scheune und dachte über seine Familie nach. Wie hatten seine Frau und er sich eigentlich kennen gelernt? Seine Frau Catharina von Grein stammte aus der Sippe der Alveradis von Angeltorp vom Rurufer in Linnich. Später hatten sie sich einerseits von Grein genannt, andererseits aber „Die Palandts", als sie in Wiswylre ihre neue Burg im Sumpfgelände an der Inde auf Pfählen gebaut hatten. Sie sagten dazu „op Pöhl jebout". Sie hatten sich auf einem Fest in Kinswylre auf der Burg des Grafen von Jülich zum ersten Mal gesehen und aus Liebe geheiratet. Das war nicht so einfach, da sie beide von ihren Eltern auf Händen getragen und zu den Dingen des Lebens hingeschoben worden waren, verwöhnt und bedrängt, sodass sich beide zwar gut gelitten, aber auch zwecks standesgemäßer Heirat aus dem Haus herausgedrückt empfanden. Wie in einer Sänfte schleppten ihre Eltern sie von Burgball zu Burgball, und er musste ständig seinen Vater wie ein Paladin begleiten, wenn dieser auf anderen Burgen verkehrte, wo es älteren weiblichen Nachwuchs gab. Beide waren sie nie zur Ruhe gekommen, bis die zarte Knospe ihrer Zuneigung eines Sommerabends aufbrach und rot leuchtend bis zum Herbst die Freiheit des abendlichen Sonnenlichtes feierte.

In der Einsamkeit des Eremiten von Röhe am Rande des Propsteier Waldes fand Gerardus einen Brief an einem Baum. Dieser Brief enthielt keinen Text, sondern wies heimliche Bilder, z. B. aus farbigem Garn auf; als Stickerei erzählten diese Szenen versteckt von mancherlei Freveln des Adels, von einer eingesperrten Tochter, damit sie nichts vom Übergriff des Onkels anderen weitererzählte; man hatte ihr eingetrichtert, dass sie alleine die Schuldige gewesen sei; in einem zweiten auf Rinde genagelten mit Tinte geschriebenen Schriftstück aus Pergament war die Geschichte eines verstorbenen Einsiedlers erzählt, da er sich selbst nicht mehr mitteilen konnte. Erzählt war von seinem Kummer, vom jahrelangen Warten auf eine Dame, die ihn zuerst miss- und dann verachtete, als Kräuterfrau ihn zuerst be- und dann misshandelte; der Brief hing noch da, als der Einsiedler schon lange tot war.

Zuletzt noch hatte Gerardus mit dem Einsiedler über eine ungeheure Neuerung in der religiösen Praxis gesprochen. Neuerdings bestand die Kirche auf der Ohrenbeichte. Gerardus berichtete dem Einsiedler: „Nun wurden die Gläubigen aufgefordert, das Brot des Lebens als wirklich zu verzehrenden Leib des Herrn durch eine innige Begegnung in den eigenen Körper aufzunehmen." Alle fühlten sich stolz; diese Praxis erhöhte das Bild des Menschen von sich selbst, denn nun glich er einem Tabernakel inmitten der drangvollen Enge des Hauses. Ab 1215 musste die private Beichte regelmäßig abgelegt werden – mindestens einmal im Jahr. Dies verhindere eine langandauernde Ketzerei. Gerardus erlebte seine erste Ohrenbeichte in Aachen; er stotterte vor Verlegenheit sich allerhand Unverständliches zurecht; der Geistliche antwortete ihm auf Öcher Theodiscam: Dat wooar beschtemp net esue schlemm, waa?"; in der Klosterreform von Cluny sah man die Ohrenbeichte sogar einmal in der Woche vor. Er dachte an Fastrada; aber Liebe könne doch keine Sünde sein, beschloss er, und er beichtete jeweils nur vor Ostern die üblichen Oberflächlichkeiten wie unandächtiges Beten, Notlügen, Jähzorn und Völlerei. Neuerdings musste man zur Beichte in einen Holzkasten hineinklettern, den man mit einer Tür verschließen sollte. Drinnen saß man dem Geistlichen gegenüber und Gerardus hatte erfahren, dass der Priester manche Frau geohrfeigt hatte. Das sollte er sich bei ihm einmal trauen! Der Totengräber Cornelius Weberius verkehrte im Wald der Gesetzlosigkeit zwischen Merzbach und Haarbach unter Köhlern, Ausgestoßenen und Einsiedlern, die, wie er sagte, „begierig nach einer anderen Welt suchten". Gerardus spürte, dass sich etwas veränderte. Er war nicht mehr der Spross einer wichtigen Familie, sondern er war er selbst, mit eigenem Haus, eigenem Zimmer am eigenen Fenster, eigener Geldbörse und eigenem Besitz, eigenen Fehlern, Träumen und Wünschen. Er musste sogar um seinen Status kämpfen, denn einige sahen in ihm einen Ausbeuter der Hufner und Kätner, wobei er doch nur den Zehnten forderte, der in einer der Zehentscheunen für den ehrgeizigen Grafen von Jülich, der zur Herzogwürde aufsteigen wollte, gelagert werden musste. Von seinem eigenen Anteil musste er dem Müller als Lohn auch abgeben, pro Sack eine Sümmerschüssel Mehl. Aber zugleich ließ er den Müller für ihn Brot und Fladen backen, sodass sie das zuhause gespart hatten. Sein Gesinde bekam ein Taschengeld und freie Kost, Logie und jährlich ein neues Wams.

Gerardus hatte im Keller des Burghauses einen Totenschädel mit einem Holzkästchen darin gefunden, der als Behältnis diente, das wohl ein Reliquienschrein sein sollte: Ein Zettel gab die Geschichte des Schreins wieder: „In diesem Kästchen lag einst der tote Körper einer Nachtigall. Der Gatte einer Frau hat die von der Frau geliebte Nachtigall getötet, bevor er die Gemahlin verprügelt hat, weil sie mit einem anderen Mann gebuhlt hatte. Um ihren Geliebten wissen zu lassen, was geschehen ist, wickelte die Dame das tote Vögelchen in einen Brokatstoff, auf den sie mit goldenen Fäden den Vorfall eingestickt hat. Als höfischer Mann lässt der Geliebte ein „Kästchen aus reinem Gold" herstellen, reich mit Edelsteinen besetzt; dann versiegelt er den Schrein mit der Stickerei und der Vogelreliquie und hält ihn in Ehren." Unglaublich, aber wahr!

Was geschieht aber nun im Frühling mit dem brutalen Ehemann? Es war Maifest im Dorf und bei den unverheirateten jungen Frauen wurde ein Maienbund, ein grünender Zweig einer Linde an den Haustürriegel gesteckt als Erinnerung und Ermahnung, dass sie sich den drangvollen Gefühlen der ledigen Dorfjünglinge hingeben und ihre Lieblichkeit öffnen sollten. Der betrunkene brutale Ehemann war dafür bekannt, dass er in solchen Nächten mit einer Leiter durch das Dorf zog und versuchte, an Ort und Stelle die Ermahnungen zum Erfolg zu führen. Statt einer Ballade auf der Laute aus der sicheren Entfernung eines scheuen Liebhabers rief er unmittelbare Drohungen in das aufgestoßene Fenster, denn die jungen Frauen lehnten die Fensterflügel nur an, um mitzubekommen, wenn jemand einen Maizweig steckte. Mit ihm zogen zwei obskure betrunkene Gestalten. Einer von ihnen, ein unberechenbarer wilder Junggeselle, der Mattes hieß, stand nun oben auf dieser Leiter, da schießt der mit einer Nachthaube bedeckte Kopf der Mutter Buraun aus dem Fenster und lässt dermaßen eine Schimpfkanonade auf den Mattes hernniederprasseln, dass dieser stante pede von der Leiter fiel, sich das Genick brach und ein für alle Mal schwieg. Ein Sturz von der Leiter nach drastischer Ansprache durch eine wachsame und Nachthaube tragende Mutter einer vermutlichen Jungfrau mag zu dieser Zeit und auch später keine Seltenheit gewesen sein.

Es waren überhaupt die Mütter, die sich trauten, den Mund aufzumachen, wenn ihnen etwas nicht passte. Und weil ihnen dann Speichelfäden aus dem Maul schossen, sagte man: Die haben Haare auf den Zähnen! Mutige Frauen waren es meist, die auf eine solche Art die Sippe zusammenhielten. Ihre Kinder wurden stets vor vollendete Tatsachen gesetzt und es gab keine Diskussionen, wenn es zum Beispiel um die Art und Weise ging, was bei der Viehhaltung zu berücksichtigen war und wie man in der Landwirtschaft überhaupt mit der Natur umging. Hühner und Kaninchen wurden gefangen und in enge Käfige gesetzt, Pferde mussten auf den Feldern ihre Leistung erbringen und Kühe mussten ein Kalb nach dem anderen ernähren. Keinem der Tiere räumte man ein Selbstrecht ein. Nur die knurrenden Wachhunde und die streunenden Katzen ließ man gewähren und sie nahmen Überhand, weil man sie ja normalerweise nicht verspeiste.

Sie gewöhnten sich an ihre Nähe zueinander; Fastrada verkehrte so oft wie möglich in der Nähe von Gerardus, Gerardus verrichtete oftmals zuerst die Arbeiten, die ihn zu Fastrada führten. Aber er liebte sie nicht so, dass er seine Familie verlassen hätte. Wohin auch? Und sie fand sich damit ab, denn sie war gewohnt, dass man ihre Lockerkeit als Spiel der Liebe deutete und sie verstand es ja eigentlich auch nicht anders. Da sie das Herz auf der Zunge trug, dabei sich aber sehr klar und sachlich äußerte, ohne jemanden zu verletzen, achtete man sie trotz ihres auf sich alleine gestellten Lebenswandels.

Als er an einem Dienstag um viertel vor vier im Treppenhaus der Eschweiler Burg unerwarteter Weise plötzlich vor ihr stand, bemerkte er, dass sie kurzatmig wurde und hin und her ging, ihn aber die ganze Zeit anschaute. Sie unterhielten sich. Sie vermisse das Schwimmen im Maxweiher von Kintzwilre, aber wenn er nicht in der Nähe sei, traue sie sich nicht, dort nackt ins Wasser zu steigen, weil sich viele Männer in der Nähe der Ledergerberei aufhielten. Oft warfen oder stießen sie mit den Füßen Lederknoten hin und her und amüsierten sich köstlich, vor allem, wenn ein Ball ins Wasser platschte. Und mit dem Unterkleid werde sie nicht schwimmen. Aber sie überlegten nicht, ob sie sich einmal wieder dort verabreden sollten, denn es war ihm zu nahe an seinem eigenen Hofgebäude in Helrode, und die Frauen auf Kambach und die Mannen der Kintzwilrer Burg waren doch auch ständig am luure, lagen also auf der Lauer nach irgendeiner neuen Sensation. Er verehrt diese wildgesichtige Brünette in seinem Kopf pausenlos, aber immer wieder bemerkt er, sie nicht so zu lieben, dass er die Familie verlassen würde, aber es

125

zieht ihn immer wieder unter einem vor sich selbst verschwiegenen Vorwand zu ihr hin. Die Versuchung im Fleische war doch letztendlich stärker als ihr Wille im Geiste, oder andersherum, wie es bei Matthäus in der Bibel stand: „Der Geist ist willig, aber das Fleisch ist schwach!" Insofern kam es zu mehreren Vorfällen, bei denen sie auffielen, aber zum Glück nur wenigen Menschen, die sie aufgrund des geräuschvollen Liebesspiels mehr beneideten als verachteten. Es kam zu einem intensiven Gestreichel am ganzen Körper und zu nächtlichen heftigen Umarmungen in einem verlassenen Stall in Langerwehe, wo ein Vetter Pferde für sie bereitgestellt hatte. Und in der Nähe vom Maxweiher am Quellchen, wo nur Kinder verkehrten, die ihr Stöhnen aus der Ferne nicht richtig zu deuten vermochten und eher daran dachten, dass zwei Menschen Probleme beim Stuhlgang hätten. Und nun eben im Kräutergarten der Eschweiler Burg, wo sie in einer Ecke wie in einem Schneckenhäuschen beieinandersaßen, ohne dass andere sie sehen konnten, und die Petersilie plätteten, als sei sie verhagelt.

Nur einmal kam es zu dieser eruptiven Liebe am Indeufer. Oft raste sein Herz plötzlich nachts, er schwang sich auf den Araberhengst und ritt ohne Sattel zur Angeltorper Burg, da er wusste, dass sie wieder ein paar Wochen dort sein würde. Wenn der Abend sich zur Erde neigt, flieht er des Öfteren in häuslich angespannter Situation zu Pferde und er denkt: „Es war getan fast eh' gedacht!" „Und in ihren Armen, welche Freude", welche Befreiung, sodass endlich auch einmal seine Seele wieder einmal ganz gelöst ist. Er fragte sich, ob er noch Herr seiner selbst war. Es waren Gedanken wie Gedichtzeilen und Aussagen wie aus einer anderen Zeit und Ausrufe wie die eines noch gar nicht geborenen Genies der Liebe, des Lebens und der Lyrik.

Nun aber, unerwarteter Weise und wie aus dem Nichts aufgetaucht stand da eines Tages plötzlich dieser ansehnliche junge Troubadour aus dem Französischen auf einem Feldweg im Helleter Kessel zwischen dem Helleter Feldchen und den Steinkuhlen vor ihr. Ihr Herz sowie ihr Körper werden von einem leidenschaftlichen Sänger, Carolus Henricus Ventilae erobert und ihr Körper wird in der Remise des Broicher Hofes von diesem Eindringling genommen, dass sie nicht wusste, wie ihr geschah. Er hatte sie an die Hand genommen und dort hingezogen. Sie war ihm gefolgt mit der Notwendigkeit der Begierde. Später, nachdem der Troubadour seine Begegnungen mit Fastrada nicht mehr an seinen Fingern hätte zählen können und Gerardus von dem Verhältnis wusste, sang er einsam unter der Linde am Domus Magus sein Lied:

Verzweifelte Frage

Weißt du noch,
als unsere Seelen sich küssten,
als wenn sie Abschied nehmen müssten
für immer von dieser Welt?

Fühlst du noch,
wie unsere Herzen sich rührten,
als wenn die Blicke weg uns führten
für immer aus dieser Welt?

Spürst du noch,

wie unsere Leiber sich rieben,

als wenn sie ewig liebend blieben

für immer in dieser Welt?

Denn Gerardus hatte gelitten wie ein Hund. Als er nun so vor ihr stand, klagte er ihr seine Eifersucht und sein neues Problem: „Ich kann nicht schlafen, ich muss dauernd an dich denken, nachdem wir so unvergesslich am Indeufer zusammen waren. Und jetzt dieser schweratmende Sänger aus Frankreich! Und ich fühle mich ausgetrocknet und seit einigen Wochen brennt nicht nur mein Herz, sondern auch brennt es mir im Unterleib und es tropft Eiter aus meiner Röhre!" „Das kannst du dir nicht von mir gefangen haben, denn sonst hätte ich auch diese Krankheit." Gerardus musste an die Hebamme in Angeltorp denken. „Lattich ist gut für Liebende", lachte Fastrada, „denn er hilft gegen die Schlaflosigkeit des Verliebten, wenn man ihn in genügend Wein hineingemischt trinkt, und er hilft gegen die Krankheit des Harnbrennens, wenn es im Bauch beim Pinkeln beißt, also beim Drüppert. Wenn dir der Eiter raustropft und es da unten schmerzt, dann musst du Lattich pur essen, so viel du kannst. Wenn du nichts unternimmst und es zu lange dauert, kann es dir richtig schlecht gehen. Es gibt natürlich auch Nebenwirkungen." „Wen kann ich denn zu den Nebenwirkungen fragen?" „Ja, mich! Zu Risiken und Nebenwirkungen frage Fastrada! Ja, in der Tat, wenn du es übertreibst mit dem Lattich, dann kriegst du deinen Schn..... nicht mehr auf Vordermann oder du siehst mich nicht mehr oder beides." „Also wenn ich dich sehe, dann kann ich mir nicht vorstellen, dass mein Zeb….. seinen Dienst versagen würde!" „Na ja, auch dein L….. bleibt ein St….., wenn der Lattich zuschlägt. Du kannst aber zu dem Lattich in den Wein jede Menge Sellerie einmischen, das macht lustig, dann freut dein Joh….. sich! Zu jedem Gift gibt es ein Gegengift! Und frage den Waldmeister Ulricus Guessgus, der dir helfen kann. Ihm sind viele Kräuter gewachsen!"

Gerardus dachte an die Heilige Lanze. Dürfte man sie zum Mordinstrument gebrauchen und den Franzosen damit umbringen? Ein Stich von hinten, wenn er sich am Maxweiher über das Wasser beugen würde. Er könnte Fastrada bitten, seine Kleidung mit einem gestickten roten Kreuz zu markieren, damit er ihn von anderen unterscheiden könnte, um ihn gemäß der Behütungsvorschrift des Gastrechtes zu schützen. Dann würde er ihn nach der Treibjagd auf dem Hohen Berg, wenn er sich über das Wasser zum Trinken beugen würde, von hinten erstechen und sofort ins Wasser stoßen. Das Blut würde man nicht mehr erkennen können, da die Erde am Maxweiher lehmiger Ton ist, der das Wasser nach einem starken Regen sowieso stets rötlich färbte.

Es war jeweils lange vorher und immer wieder gedacht eh nicht getan, denn er scheute zurück davor, fliehend den Ort verlassen zu müssen und ohne Sinn und Zweck sowie Richtung und Ziel in eine ungewisse Zukunft hineinzureiten. Somit arrangierte er sich mit den Unbilden der weiter gedeihenden Verarmung und der geteilten Liebe. War nicht das Teilen eine der höchsten Tugenden, ja eines der wichtigsten Gebote des Dominus Jesus Christus. Zuhause nahm er vor dem Essen das lateinische Gebet aus der

Truhe, segnete sich und sprach es in Latein so gut er konnte: „Bénedic, Dómine, nos et haec dóna Túa, quaé de Túa largitáte súmus sumptúri. Per Chrístum, Dóminum nóstrum. Amen."

Fastrada bewunderte, wenn sie an der Inde waren, die Nothberger Burg, die renoviert worden war. Diese weiß getünchte Bruchsteinfestung hatte ja auch vier Flankierungstürme wie die Bovenberger Burg, aber alles war befestigt und gesäubert worden. In der Mitte befand sich eine große Halle, darunter ein Gewölbekeller, seitlich von der Halle zur Inde hin öffnete sich eine Küche, und eine Kapelle im nordwestlichen Turmzimmer lud zum Gebet ein. In der oberen Etage befanden sich Schlafräume unter einem Horreum, also einem Speicher. Die Franzosen nannten eine solche Burg einen Donjon, da das Hauptgebäude sowohl Turm als auch Wohnung war. Als Fastrada sich dort mit Gerardus getroffen hatte, begegneten sie dem Advokaten Wunderlich, der dem Vogt Bartius gerade eine Kündigung ausgesprochen hatte, denn dieser hatte wieder wochenlang jeden zweiten Tag sturzbetrunken im Bogentor an der Zugbrücke gelegen und seine Arbeit versäumt. Man erzählte sogar schon im Dorf davon und empfand es als eine Schande für Berge op der Inde, da ja auf der Burg im Kapellenraum die geschnitzte Madonna mit ihrem toten Sohn auf dem Schoß stand, zu der in einer jeden Woche einige Pilger kamen. Man überlegte, eigens für diese verehrte Skulptur eine Kirche zu bauen, vielleicht dort, wo man zur Zeit Karls des Großen schon ein Fundament gelegt hatte, das aber an der Seite einer Gaststätte anders genutzt wurde.

Bongart von der Heiden äußerte sich ihr gegenüber auf der Bovenberger Burg einmal deutlich, indem er kein Verständnis für die Palandts zeigte, die doch durch den Besitz von sieben Burgen dermaßen reich seien, dass sie sich einen besser bezahlten und sittenstrengeren Vogt leisten könnten. Natürlich musste der Graf von Jülich dies bestimmen, der im Moment aber zu viel mit eigenen Angelegenheiten beschäftigt war, da er Markgraf und letztlich Herzog werden wollte, um seine Macht so zu etablieren. Allerdings waren die Renovierungskosten für Johann von Palandt dermaßen ins Unermessliche gestiegen, dass dieser seinem Sohn schon einmal die Burg überschrieben hatte, damit man ihn nicht pfänden könne. Er hatte ja erlebt, wie schnell so etwas möglich ist, als sein Vater die Burg bekam, weil der Herr Edmund von Angeltorp die Burg, die Vorburg und die Ländereien nicht halten konnte. Dabei hatte er sie selbst doch erst kürzlich, genau gesagt im Jahre 1361, als Herzog Wilhelm von Jülich, Graf von Falkenburg-Montjoie, dem Angeltorper die als Haus Berg auf der Inde bezeichnete Nothberger Burg mit Vorburgen und anderem Zubehör als Offenhaus übergeben – mit Vorbehalt aller Herrlichkeit als Lehen. Johann von Palandt vermied es also, in eine solche Lage zu kommen und dadurch handlungsunfähig zu werden. Einer seiner Nachfahren sollte eine reiche Frau heiraten, um den Donjon zu erweitern. Man munkelte, der Vogt liege deswegen dauernd betrunken irgendwo herum, weil er unglücklich in die Tochter des Angeltorper mit Namen Afra verliebt sei, aber keine Chance habe, dieses feinsinnige und künstlerisch gebildete blonde Mädchen für sich gewinnen zu können.

Desto wichtiger war es für Gerardus, in seiner Truhe seine drei großen Geheimnisse zu verbergen:

- die Urkunde der Ridders van Helrode aus Meerbeek in Brabant über die Herkunft und die Existenz des auf die Eburonen zurückgehenden goldenen Schatzes mit Münzen, Ringen, Armreifen und einem bronzenen Halstorques,

- einige Ambiorixtaler aus der Eburonenzeit, die der Überlieferung nach für die Verbündeten gedacht waren, die aber nicht mit den Eburonen zusammen gegen Cäsar kämpfen wollten, sodass viele von diesen Münzen übrigblieben, sowie

- eine Geheimschrift über die „Neun Weisen des glücklichen Lebens" – in der Ausdrucksform der Helroder, wie er sie selbst ja, wenn er im Alltag flüssig und unbedacht sprach, auch verwendete.

Später würde man diese Urkunde in der Truhe wiederentdecken wie auch die Ambiorixtaler und die Geheimschrift, aus der dann nach seiner Vorstellung ein Buch mit dem Titel „Die Welt als Gottes Wille und Vorstellung" hervorgehen könnte.

Zu dieser Zeit fand eine Begegnung zwischen dem Markgrafen Wilhelm von Jülich, dem Herren Werner II. von

Palandt und dem Kintzwilrer Ritter und Ordensbruder Winrich d. J. von Kintzwilre statt, der in den Orden der Benediktiner eingetreten war und in das Kloster Inda wechseln wollte.

Wilhelm, Markgraf zu Jülich: „Nun ist der Adel bei uns hier im Jülicher Land aber wieder zufrieden."

Werner II. von Palandt: „Die Aldenhovener haben Ihnen aber auch ganz nett auf der Nase herumgetanzt. Sie haben dann die Helroder auch noch verrückt gemacht, und zu guter Letzt hätten sie uns Palandts auch noch gegen Sie aufbringen können, aber Sie, werter Markgraf, haben uns ja mit guten Ämtern bedacht. Wer wird denn jetzt Amtmann von Wilhelmstein?"

Winrich von Kintzwilre: „Vergessen Sie aber nicht, werter Herr, dass wir und der Cotzhausen von Kambach immer auf Ihrer Seite gewesen sind. Besoldung aus den Kellnereieinkünften wären allerdings ein Problem, da müssten wir schon ein neues Lehen bekommen."

Wilhelm: „Egal, welches Amt Sie bekommen, Sie sind dann ja auch im weiteren Rat und haben ziemlich viel Einfluss auf Ihre Burgflecken und über die Bauern, Kätner, Handwerker und Tagelöhner. Für die Besetzung der Amtsmannsposition werde ich einen Schreib- und Lesewettbewerb durchführen, denn darauf kommt es doch am meisten an, dass jemand schreiben, lesen und Latein kann."

Werner: „Latein ist doch unnötig; dazu haben wir doch dann einen Vogt, der hoffentlich richtig auf der Lateinschule in Köln am Albertuskolleg war."

Winrich: „Die Amtsmänner sind doch dann die Elite im neuen Herzogtum! Wie viele Amtsbezirke soll es denn geben? Und werden neben den Herrschaften auch Unterherrschaften gebildet werden?"

Wilhelm: „Das werden wir im Rat besprechen! Jedenfalls muss jeder, der ein Lehen bekommen will, schon selbst eine Burg gebaut oder erworben haben und sie alleine unterhalten können. Das lasse ich mir von allen vorweisen. Nur dann können sie Herrschaft bleiben. Wo Burgen sind, die sich aber nicht ohne ein neues Lehen anderswo tragen, ist halt nur eine Unterherrschaft. Sie mögen zwar eine alte Herrlichkeit sein, aber sie können keine Herrschaft bleiben. Wo nur ein Burghaus ist oder nur eine Gerichtsstätte, da muss die Bevölkerung zu mir stehen und wir könnten diese Orte dann Unterherrschaft nennen. Ansonsten sind es Weiler oder Dörper und sie müssen ihre Steuern direkt an mich zahlen."

Werner: „Wir haben zusammengezählt; wir sind auf 57 Unterherrschaften im Herzogtum Jülich gekommen, davon haben aber nur 41 ein Lehensverhältnis, und nur diese sind dadurch dem Herzog zur Heeresfolge verpflichtet. Steuern dürfen sie für sich eintreiben, müssen aber den Zehnten davon nach Jülich weiterleiten. Ansonsten sind sie ziemlich unabhängig und haben Polizeigewalt und ein Gericht vor Ort."

Winrich: „Wir Kintzwilrer werden dann nur Unterherrschaft bleiben können. Aber wenn ich so denke, dass die Herren von Merode, genau gesagt Johann III. Scheiffart von Merode alle Lehensmannen mit deren Lehen und die Gerichte zu Frechen Ihnen, werter Markgraf, veräußern und Ihnen dadurch mit dem Verkauf der Gerichtsbarkeit die Landeshoheit in Frechen gewähren wollen, dann könnten wir das doch auch tun!?"

Wilhelm: „Darin sind ja nicht die Burgen eingeschlossen! Die Spiesburg in Frechen ist ein Lehen der Erzbischöfe von Köln, Haus Palandt in Weisweiler ist unser Lehen, und Haus Vorst und Haus Hochsteden gehören den Herren selbst und ihre Kosten tragen sich – im Gegensatz zu Kintzwilre, wo die beiden Geschlechter, nachdem sie die alten Motten einfach haben zerfallen lassen und an anderer Stelle eine opulente Wasserburg und eine große Garnisonsburg gebaut haben, ja total über Ihre Verhältnisse leben. So viel können Ihre armen Bauern gar nicht arbeiten, wie dort Geld nötig ist! Lassen Sie sich etwas einfallen! Bauen Sie eine Gerberei für Leder und Pelze; so etwas gibt es weit und breit nicht! Ich schicke Ihnen einmal den Meister Böhmer vorbei, der ein neues Gebäude für seine Gerberei sucht!"

Werner: „Wir Herren von Palandt und unsere Verbündeten, vor allem die Angeltorper, haben uns seit 1335 Ihnen, werter Landesherr, angeschlossen und Sie auf den Feldzügen begleitet. Wir haben Ihnen als Räte gedient. Dafür haben wir Belohnung verdient."

Winrich: „Werter Markgraf, ich bin dann mal weg! Wir aus Kintzwilre am Propsteier Wald wollen andere Wege finden, um uns über Wasser zu halten, sodass unsere Schwäne auf dem Wassergraben weiterhin froh und frei in den Tag hinein schwimmen können. Die Idee mit der Gerberei ist allerdings nicht schlecht. Ich persönlich werde übrigens nächste Woche nach Kornelimünster in den Konvent gehen. Ich habe gute Aussichten, dort Abt zu werden! Latein kann ich also selbst, dazu brauche ich keinen Vogt!"

Jetzt erst fiel dem Markgrafen auf, dass Winrich im Klosterornat vor ihm stand und trotzdem sein Schwert umgebunden hatte. Winrich verbeugte sich rückwärtsgehend vor Wilhelm und verließ den Jülicher Audienzraum.

Wilhelm: „Werner, Sie werden die Herrschaft Frechen zum Lehen bekommen, und zwar mit dem Tag, an dem ich Herzog werde. Das kann nicht mehr lange dauern! Und dann werde ich Ihrem Sohn Johann das Nothberger Siegel im Amt Wilhelmstein verleihen und mit diesen Siegelrechten ist er dann mit einem vorerst erblichen Titel Amtmann von Wilhelmstein. Der Schultheiß von Eschweiler bedrängt mich zwar schon lange, aus dem Amt Wilhelmstein Eschweiler mit eigenem Amtsbezirk heraus zu nehmen, aber damit warten wir dann noch ein wenig!"

Werner II. von Palandt war sichtlich errötet. Er hauchte ein „Dankeschön, vergelts Gott!", verbeugte sich ruhig stehend vor Wilhelm, kreuzte seine Unterarme auf seiner Brust, drehte sich dann und schritt langsam und würdevoll ins Freie.

Wilhelm war mit seinen Plänen sehr zufrieden. Die Herrschaften und Unterherrschaften arrondierten sein kleines Reich und gaben dem ganzen Gebilde genügend Absicherung gegen Köln, Trier, Aachen, Limburg und Brabant. Berg würde er behalten können, nur Kleve blieb ihm ein Dorn im Auge. Mit dem Landadel würde es in den nächsten Jahren anstrengend werden, aber mit Partizipation und Zugeständnissen würde er sie bei der Stange halten. Wer da nicht mithalten konnte, der würde seine Burg auch nicht mehr unterhalten können. Für die Bovenberger Burg war dies schon zu sehen, sie begann ja jetzt schon zu verfallen. Aber der Freiherr von der Heyden hatte sich halt zur Stadt Aachen hin orientiert, und Gott bewahre ihn vor Sturm und Wind – und vor den Aachener Ratsherren! Unterstützung bekam er von dort nicht. Alle bei der Stange halten; die Stange, das war der Schaft des wehenden Banners mit dem Jülicher Löwen, der sich drehen konnte wie ein Fähnchen im Wind und so in alle Richtungen bleckte und züngelte.

Gerardus hatte vor, Fastrada zu schützen, denn er erinnert sich an eine Geschichte aus dem Kreuzzug, an dem sein Großvater teilgenommen hatte. Eine gläubige Marketenderin war nicht zur bezahlten Hurerei bereit gewesen, weswegen man versuchte, sie geschäftlich zu ächten. Aber woher sollten denn die reisenden Ritter den Wein und den noch stärkeren Weinbrand nehmen, wenn nicht von der mitfahrenden Verkäuferin? Einige Tage hielten sie das durch, dann durchbrachen sie mit einer List ihre eigene Sturheit ohne Gesichtsverlust; sie gaben Geld in eine Sparkiste und brachten ihr dies als „Förderung ihrer Angelegenheiten", für die sie sich nicht erkenntlich zeigen müsse. Sie solle allerdings zwanzig Taler von hundert selbst zahlen, könne dies aber wöchentlich durch eine Ration Wein und Brand für die Truppe bewerkstelligen. Ihre zwei Söhne und ihre Tochter – alle drei von verschiedenen Vätern – hatten verschiedene Leiden und waren auf unterschiedliche Art schwierig. Der eine war zu hitzköpfig und zu mutig, der andere zu langsam in seinen Bewegungen und zu träge im Denken und das Mädchen verstand die Zusammenhänge der Welt nur mit dem Herzen, nicht aber mit dem Kopf. Es galt das Konnexitätsprinzip! Mit dem Fördergeld könnte sie ihnen helfen. Als der Hitzköpfige in die Schlacht zieht, weigern sich die Feinde vor Angst, mit ihm zu kämpfen, und setzten ihn durch ihre gemeinsame Kraft schachmatt, indem sie ihn fesselten und in eine Grube senkten, aus der man ihn während des tobenden Kampfes weder schreien hörte noch konnte man ihn dort sehen; aber nach der Schlacht, als Ruhe eingekehrt war, vernahm seine Mutter dessen Hilferufe. Der träge Sohn hatte sich die Regimentskasse genommen und als er sie verstecken wollte, dachten einige zuerst, er wolle damit durchbrennen, weil er auch diesbezüglich laut und schrecklich über seine eigene Dummheit jammerte. Man tröstete ihn und redete ihm mit Erfolg ein, dass er die Kasse doch nur vor dem Feind verstecken wollte, und so fühlte er sich als Held. Und die Tochter warnte mit Trommelschlägen von einem Hausdach aus die belagerte Stadt, weil sie um die kleinen Kinder weinte, die dort wegen des ungerechtfertigten Angriffskriegs sterben würden, und mit jedem Trommelschlag rührte sie das Herz

der eigenen Ritter so, die in ihre großen und weit aufge-
rissenen bangen braunen Augen schauten, dass sie den
Kampf aufgaben und abrückten. Im Gottesdienst sangen
sie ein Loblied auf die Einfachheit!

Der Minnesänger Heinrich aus Veldegem, diesem schon
genannten kleinen Dörfchen im Westen von Flandern,
war noch einmal kurz nach Helrode gekommen, um seine
Verwandtschaft zu besuchen. Bei dieser Gelegenheit ließ
er es sich natürlich nicht nehmen, noch einmal am Helroder Hofe aufzuspielen und zu singen, zu rezitieren und
den jüngeren Frauen auf diese Art den Hof zu machen.
Seine Lieder waren so naturnah, dass man die Vögel fast
lebendig singen hörte und die Gräser und Blumen förm-
lich wachsen sah. Aber Heinrich war auch ein politischer
Geist, ähnlich wie sein Freund Hubertus van Veen, der
allerdings mehr von zärtlichen Gefühlen sang als er. Heinrich war von seiner Berufung und von seiner Ausbildung
her ein Mönch. Wenn er aber musizierte, vergaß er das
ganz. Zu seinen politisch harten Texten gehörten Lieder
über Kinder, die man alleine ließ, wenn ihre Eltern sie
nicht mehr versorgen konnten, über Trunkenbolde, die
ihre Frauen schlugen, und über alte Menschen, um die
sich niemand kümmerte und die verwahrlosten. Einen solchen armen und vernachlässigten Menschen fand er auch
in Helrode, einen Altritter, der sich seit Jahren nicht mehr
die Hände wusch. Wenn jemand seine Drecksfinger an-
sprach, entgegnete er barsch, dass das tägliche Hände-
waschen unnatürlich und ungesund sei. Er spielte also
den Naturburschen, so sehr seine Mitritter es auch mo-
nierten, wenn sie es denn überhaupt wagten. Für ihn war
es einfach das normale Verhalten eines Naturisten. Auch

pinkelte er im Freien zwischen zwei Abfalltonnen und putzte sich nicht mehr sorgfältig den Hintern ab. Auf dem Donnerbalken hinterließ er braune Schmierschlieren, die dann eintrockneten. Er kochte oder bereitete sich immer seine Speisen selbst, aber verständlicher Weise wollte niemand gerne mit ihm essen. Wie bei so vielen Alten, die im Leben sehr klug gewesen waren, wollte er immer knurrend oder laut schnarrend das letzte Wort haben. Und überhaupt wusste er alles besser. Es gab keinen unkommentierten Satz anderer Menschen. Seine geistige Fähigkeit, Sachverhalte zu verstehen, war groß. Sein Einfühlungsvermögen für die Situation anderer Menschen war gering. Sein Verständnis für andere Denkansätze gerierte gegen null. Wenn jemand ihn bei einem Satz unterbrach, dann setzte er – zur Not zwei-, dreimal hintereinander – den Satz wieder genau dort an, wo er unterbrochen worden war. Seine Sätze wirkten wie auswendig gelernte Rollentexte. Im Laufe der Jahre wollte keiner mehr bei ihm sein. Darunter litt er. Aber die Schuld dafür sah er nicht bei sich selbst. Das alles tat Heinrich so leid, dass er ein Minnelied schrieb. Als er es ankündigte, sagte er: „Ich bring's auf den Punkt!" Und so war es:

Komm, lass das Knottern sein und rutsch zu mir.

Der ganze Unsinn bleibt vor der Tür.

Auch wenn es hoffnungslos ist und alles weint.

Wir beten dafür, dass ein Wunder erscheint.

Die Liebe gewinnt das alte Spiel,

wir werden frei sein, da wir uns lieben,

es wird vorbei sein mit Kreuzzugskriegen.

Wir alle sind Brüder, wir alle sind Schwestern

und alle Fehden sind von gestern.

Wir alle sind Kinder der Mutter Erde,

Sie sprach dereinst das große „Werde!

Die Zeit verrinnt.

Die Liebe gewinnt.

„Bring's!" tönte es durch die Reithallen, wo es aufgeführt wurde! „Bring's!" Es war ein ungemein berührender Song des Friedens im Volkston, die Sehnsucht der Friedlichen nach dem Ende aller Kriege, die ja durch ein falsches Verständnis von Religion, durch unbegründbares Stammesdenken und durch die ausschließliche Führerschaft von dummen und moralisch aus dem Lot geratenen Männern in der Weltgeschichte verursacht und geführt wurden. Aber was könnte man dagegen unternehmen? Man müsste schon kleine Jungen zum Frieden erziehen!

Als Erziehungsmethode propagierten die Helroder Ritter die Familientransferierung. Sie bedeutet, dass man ein Kind, wenn es nicht „artig" war – das war ihr rassistisches Wort für „der Art entsprechend" – einfach für eine unbestimmte Zeit in eine andere Familie gab. Diese andere Familie war bestenfalls völlig anders in ihrer Struktur und in ihrem Verhalten als die eigene. So litt das Kind bittere Qualen durch die Trauer wegen der Abwesenheit der eigenen Mutter und durch die Furcht, ob der Vater jemals wieder das Kind annehmen würde. Andere Familien, andere Sitten! Alles, was das Kind zuhause scheute, fand es hier. Und vieles, wovor es Angst hatte, begegnete ihm hier. Es musste aber vermissen, was es im eigenen Hause schön fand. Kindererziehung durch erzwungenen Familienwechsel war ein rein Helroder Modell. Anders herum war es für Kinder, die kein geräumiges Zuhause hatten, aber viele Geschwister, eine täglich freiwillig gewählte willkommene Gelegenheit, in anderen Familien Spielanregungen zu bekommen, sich die Zeit – vielleicht auch mit richtiger Arbeit – zu vertreiben. Was für eine Formulierung: Sich die Zeit zu vertreiben! Als wenn man wie ein Landstreicher durch viele Orte Momente aus der Welt schaffen könnte! Und ein weiterer Vorteil war, dass man bei anderen Familien essen konnte. Essen hätte man zuhause zwar auch gekonnt, aber die anderen Essgewohnheiten waren doch sehr interessant! Die Mutter sagte zu einem solchen Jungen, der oft weg war, „Du bess enne Heggeströ:fer!" [Du bist ein Heckenstreuner! – „Strö:fen" hieß aber eigentlich „herumstreifen wie ein Landstreicher.] Ströfer, Streicher, Streuner – Strahl, Strudel, Strullen – Streber, Strotzer, Stripper – es scheint so zu sein, dass das Indogermanische „str" etwas sehr Unruhiges und Ungebundenes, aber für andere sehr Beeindruckendes und Lebendiges bezeichnet. Jedenfalls witzelte die Bevölkerung über „Heggeströ:fer", dass sie so seien, weil sie zuhause nicht satt würden, und dass ihre Eltern das deswegen auch gerne zulassen würden.

Böse Folgen hatte ein nett gemeinter Witz unter den Bogenschützen der Helroder Ritterschaft. Der Leonardus Lomanus nahm an einem Abendmahl der Jäger im Burghaus teil. Dabei nahm er eine Trophäe aus seinem Lederbeutel und gab sie rund. Es war eine Grandel, also ein Backenzahn eines alten Hirsches. Als der Zahn rundgegangen war und jeder Bogenschütze dessen Alter geschätzt hatte – sieben, acht, neun Jahre – und der Molar wieder bei Leo angekommen war, outete sich dieser: „Ihr seid alle nicht mehr ganz gescheit! Der Backenzahn ist von mir! Habt ihr denn nicht beobachtet, dass ich seit einiger Zeit auf dem Zahnfleisch kaue?!" Das aber war nun ein Witz mit einem üblen Nachspiel. Was hatte sich hier ein Vasall gegenüber der Jagdgesellschaft des Helroder Ritters herausgenommen!? Leonardus Lomanus, der ja von Beruf Fleischschneider war, musste von diesem Tag an alle Hausschlachtungen am Helroder Hof kostenlos vornehmen!

Wie von selbst löste sich die Eifersucht des Gerardus auf den französischen Troubadour. Als jemand gesucht wurde, der im Helleter Kessel oberhalb des Hohen Berges einen Wanderer erschlagen hatte und als man diesen Übeltäter in Kintzwilre gefunden hatte, bei dem sich noch frisches Blut an der Kleidung befand, das eindeutig Menschenblut war, als dieser dann in Kintzwilre auf der Bank vor dem Pannhaus durch den Strick vom Leben zum Tode gebracht wurde, verschwand der Franzose, der übrigens Folquet de Marseille hieß und größtenteils Liebeslieder, darunter auch "Sitot me soi a tart aperceubutz", geschrieben und vorgetragen hat, eine Kanzone in Sonettform, in welcher das lyrische Ich Amor für seine verzweifelte und unerfüllbare Liebe zur Verantwortung ziehen möchte und letztendlich Rat für seine Lage sucht. Aber er muss fliehen, da er den Mord beobachtet hatte und wusste, dass der arme Teufel dem Opfer nur zu Hilfe geeilt war, wodurch er sich den blutigen Wams holte. Der wirkliche Mörder hatte einen Federhut getragen und war sofort Richtung Ardennen fortgeritten. Um sich nicht selbst verdächtigen zu lassen, reiste der Troubadour weiter. Schade für Helrode, denn im Zentrum der Troubadourlyrik stand die dort besonders gepflegte Kanzone, die der göttlichen Preisung und vor allem der Huldigung der Frau gewidmet war. Die zweite wichtigste Form war das "sirventes", ein politisches Rügelied, welches der politischen oder persönlichen Schelte diente. Das kannte man in den teutschen Landen ja auch, wie bei Gottfried von Straßburg, und es richtete sich gegen die Mächtigen. Des Weiteren existierte noch das Streitlied (Tenzone), das religiöse Lied, die Pastorelle und das Tageslied. Und so klang sein Lied auf dem Weg nach Vylen:

Sitot me soi a tart aperceubuz,

aissi cum cel c'a tot perdut e jura

que mais non joc, a gran bonaventura

m'o dei tener c'ar me soi conoguz

del gran enjan c'Amors vas mi fasia,

c'ab bel semblan m'a tengut en fadia

mais de dez ans, a lei de mal deutor

qu'ades promet mas re non pagaria.

Es war eine Anklage an Amor, dessen Pfeil ihn vor zehn Jahren getroffen hatte, dessen Liebesersinnen für ihn aber nicht erfüllt wurde. Janusköpfig sei das Versprechen des Amor gewesen, denn die Liebe habe sich nicht erfüllt. Nun sei der Zeitpunkt gekommen, Amor dafür zu verklagen! Und er sang es laut, denn er war der Meinung, dass nämlich „die Strophe ohne die Musik eine Mühle ohne Wasser" sei:

So früh ward mir selbst eine klare Einsicht.

Wie der Himmel selbst ist alles verloren

und flucht meinem großen Glück.

Ich halte dich, weil ich mich selbst verließ.

Des großen Enjan C. Liebe weicht aus der Mitte des Blicks.

Es ist schön, scheint mich in Ehrfurcht gehalten zu haben

mehr als zehn Jahre nach dem Gesetz über uneinbringliche Forderungen,

das du versprochen hast, aber nicht zahlen wolltest.

Kapitel 7   Die Arbeiter im Steinbruch

Er hatte diese Lanze mit auf den Hohen Berg genommen, um eine wichtige Entscheidung zu treffen. Er rammte sie dort in den Boden, wo man sie noch vom Dorf aus sehen konnte und wo das Gebiet begann, aus dem sie die Steine brachen, die sie dort seit Jahrzehnten wegholten, um die kleine Kirche zu bauen, die Helroder Bauernhöfe und einige Mauern im Dorf als Grundstock von Scheunen. Diese Steine waren ihnen ein großes Rätsel, denn sie lagen dort in Kuhlen, die mittlerweile voller Wasser standen, und schienen nicht aus dieser Gegend zu stammen. In Röhe befand sich ein Steinbruch, wo man also die Blöcke aus dem Fels herausschlagen musste, die dunkler waren, und nicht weit entfernt in Richtung des alten Gutes, das man eigenartiger Weise Glücksburg nannte, brach man einen Stein, der nicht zum Bauen geeignet war, weil er weicher war und Kohleneinschlüsse enthielt. Vor der Lanze betete er zu Gott, zu Jesus und zum römischen Gott Vulcanus, den er immer noch verehrte, obwohl es in der Bibel doch hieß, man solle keine fremden Götter neben Jehova haben. Aber das war eigentlich alles für ihn gleich. Auf den Kreuzzügen hatte er von Allah gehört, und für ihn waren Jupiter und Zeus und andere Bezeichnungen nur Wörter für die eine große Kraft und Energie, die alles geschaffen hatte. Wobei ihm stets deutlich wurde, dass der Mensch ein besonderes Wesen darstellte, dessen Verhalten zwar auch eingebunden war in die Gesetze des Daseins, aber dessen Entscheidungen, Wünsche und Sehnsüchte einen Spielraum ließen, den man auch missbrauchen konnte. Somit war ihm klar, dass das gewollt Böse und das versucht Gute in seiner möglichen Wirkung nicht von Gott vorbestimmt waren, sondern mit menschlichen Verhaltensweisen und Entscheidungen zu tun hatten. Nur das für Menschen zufällig entstehende Schlechte wie die Naturkatastrophen und das für die Gesellschaft Günstige wie ein fruchtbares Wetter waren allein dem Zufall überlassen, der im Plan Gottes eine Rolle spielen musste, und zwar vielleicht als Prüfung und Aufgabe für die Menschheit. Dass es neben Notwendigkeiten auch den Zufall gab, war doch vielleicht Gottes Idee, denn ohne das eine gäbe es das andere doch gar nicht.

Die Lanze selbst hatte übrigens schon zu einigem herhalten müssen. Eines Nachts im Frühjahr hatte Gerardus Geräusche im Hof gehört, und als er nachgesehen hatte, was da gerade zwischen Stall und Misthaufen geschah, sah er nur noch einen erzürnt schreienden Mann, den er als Hajo kannte, mit der Lanze vom Hof laufen. „Isch schlonnemm kapott! Isch schlonnemm kapott!" Es handelte sich um ein Liebesdrama und die Vertreibung eines Liebhabers der Schwiegertochter. Der Schwiegervater vertrieb den jungen Mann aus dem Nachbarort eben dorthin mit der heiligen Stange; es stellt sich durch ein Muttermal der neun Monate später geborenen Enkelin auf der rechten Pobacke heraus, dass sie vom Nebenbuhler gezeugt ist. Da dieses verbindende Geheimnis zwischen dem außerehelichen Erzeuger und seiner hübschen Tochter aber nur der federführend beteiligten Mutter bekannt war, blieb es ein Geheimnis. Das Muttermal hatte die unverkennbare unverwechselbare Form eines Einhorns. Gerardus hatte die Picke wieder zurückgeholt und wegen des anstehenden Fronleichnamsfestes an der Straße vor einem Baum in die Erde gerammt. Als Verzierung, aber auch als Zeichen seiner adligen Herkunft hatte er seinen Landsknechtshut darauf und sein Ritterschild davorgesetzt. Was führte er im Schilde? Es waren drei Steinmetzhämmer, die sie schon in Boortmeerbeek als Wappenzeichen hatten, weil sie dort eine alte Römerstraße mit vielen Steinen ausgebessert und ertüchtigt hatten, und die jetzt auf sein Besitztum in Helrode verwiesen, nämlich auf die drei Steinkuhlen. Es war also ein schicksalhafter Zufall, dass sie ihre Embleme beibehalten konnten. „Siehst du den Hut dort auf der Stange?" fragte Hermann nun den Heinrich ziemlich angestachelt, und sie holten Armbrust und Pfeil und schossen auf den Hut, bis der Knappe Friederich wutentbrannt die Lanze aus dem Boden riss und sie zum gefährlichen Wurfobjekt umfunktionierte. Zum Glück verfehlte er sein Ziel! Anders Hermann, der mit seiner Waffe einen Apfel am Baum zerbersten ließ. Ein solcher Bolzen mit einer Eisenspitze hatte eine enorme Durchschlagkraft. Damit konnte man auf hundert Meter jemanden töten.

Auch übten die angehenden Knappen und die jungen Knechte gerne in der Wiese den Speerwurf, wobei die heilige Lanze ihre Flugfähigkeit zeigen musste. Immer wieder ereignete sich diese Szene, dass der Knecht Jürgen schimpfend hinzueilte und die Stange nahm, die dann wieder am Misthaufen landete, wo sie aber irgendwann völlig unbeachtet blieb. Statt dieser sportlichen Betätigung lungerten die Jugendlichen nun wieder im Dorf herum.

Die Knappenausbildung brachte manchmal auch eklatante Probleme mit sich. Bei der Ritterschulung selbst ging es durchaus nicht immer wirklich harmonisch zu, denn die Jungen waren zu kleinen Gruppen eingeteilt, die sich mitnichten immer miteinander vertrugen oder sich untereinander harmonisch begegneten. Besonders der Knappe Gunter aus Inda wurde von Gruppe zu Gruppe geschoben, da man ihn nicht mochte, denn er sei zu eigen, er stelle alles in Frage und berichtige dauernd, was andere sagten. Kein Fehler im Gespräch entging ihm und keine nur halbwegs gelungene Aussage blieb unkommentiert. „Das ist ja wirklich schrecklich", beschwerte sich der Knappe Friedhelm aus Helrode, „du legst ja jedes Wort auf die Goldwaage!" Bei Kampfübungen aber war Gunter sehr ungelenk und nicht gerade reaktionsschnell. „Mein Gott, was bist du ungeschickt!" riefen die Knappen wie aus einem Munde, wenn ihm bei einer Übung das Schild wieder zwischen die Knie geriet, oder wenn er den Abwurf der Lanze falsch ansetzte: „Uns kritisierst du andauernd und selbst bist du noch nicht einmal in der Lage, eine Lanze zehn Meter weit zu werfen!" Die Wurfergebnisse waren auch bei den anderen sehr unterschiedlich, aber auf zwanzig Meter kamen sie fast alle. Vor allem war der Lanzenwurf beim Reiten sehr verschieden gut ausgebildet bei den Knappen. Nun aber wollte der unglückliche Eigenbrötler in die Gruppe der Fünflinge aufgenommen werden, die sich aber durch einen formellen Schulterschluss geschworen hatten, immer nur zu fünft zu bleiben und keinen Eindringling zu dulden. Der gemeinsame Schulterschluss war eine Zeremonie, bei der sie sich mit nackten Oberkörpern und mit zugewandten Gesichtern gegenüber aufstellten, so dass ihre Schultern und Oberarme jeweils zwei andere Muskeln berührten, zwischen denen ein Messer mit der Klinge nach oben so lange wie möglich gehalten wurde. Sie hatten die ganze Nacht so gestanden, bis mit dem Sonnenaufgang einer von ihnen umkippte und sich und die beiden anderen dadurch mit einem Schnitt der Messerschneide in die Oberarme verletzte, indem sie versuchten, sich fester aneinander zu drücken, als das Messer hinunter zu gleiten begann. Sie bluteten an dieser Stelle leicht und beschlossen sofort, dass alle anderen auch an beiden Oberarmen bluten müssten, damit der Kreis, der ja nun gebrochen war, vulnerabel wieder geschlossen würde. Wenn man es genau nimmt, kommt dieses Ritual einer gewollten Verletzung gleich. Aber sie drückten so lange ihre Oberarme im Kreis stehend aneinander, bis die Blutung gestillt war. Als sie aber den Kreis lösten und auseinander gingen, blutete die eine oder andere Wunde nach, da die Verkrustungen die Jungen aneinander geschmiedet hatten. Friedhelm aus Helrode, Ferdinand aus Loin, Friedrich aus Eschwilre, Fidel aus Dürewys und Findus aus Noitberg wollten unter sich, wollten Fünflinge bleiben. Gunter wurde zum Außenseiter, weinte nicht, weil seine gedankliche Verfasstheit keine Tränen zuließ, aber nahm immer wieder mit einer Hand sein Messer und schnitt sich in den gegenüberliegenden Oberarm ziemlich hoch oben, dass die jeweiligen ungeweinten blutig-roten Drachentränen und die nur leicht klaffende und sich schnell verkrustende Wunde unter dem Hemdärmel nicht sichtbar waren.

Wenn nun diese Fünflinge wieder im Wald gemeinsam Pilze gesucht hatten, wagten sie in dieser geschlossenen

Gemeinschaft gemeinsam, sich durch das Essen von Pilzen, die sie wegen ihres Aussehens Kahlköpfe nannten, deren Form des Kopfes aber mehr kegelartig war, zu stimulieren. Wenn die Fünflinge zusammen solche Pilze gegessen hatten, tanzten sie vor Euphorie, bekamen einen nicht mehr abklingenden Lachdrang, zeichneten kreativer als sonst etwas auf Erde oder ritzten mit ihren Messern etwas in die Rinde von Bäumen, oder sie palaverten philosophische, religiöse oder einfach nur wirre Gedanken in einem irren Ideenfluss, schwärmten von eingebildeten Verlockungen, ängstigten sich vor plötzlich in ihrer inneren Wahrnehmung auftauchenden verwunderlichen Erscheinungen, in denen ihnen eigentlich Alltägliches bizarr und bestenfalls faszinierend erschien, glaubten an ein tiefgehendes Verständnis der Dinge und machten vermeintlich lebensverändernde Erfahrungen, die sie oft als spirituell erlebten. Manchmal fühlten sie sich auf eine paradoxe Weise zugleich normal und völlig verändert, emotional sensibel und eiskalt brutal zugleich, und dann hätten sie in einer besonderen Verbindung oder Einheit mit anderen Menschen oder der Welt alles umarmen können, was sie hinlänglich und hinlangend auch versuchten, wobei ihr Zeiterleben sich aber dehnte wie in Zeitlupe oder aber plötzlich zusammenschoss wie eine nach innen berstende Brandkugel. Es kamen verdrängte Empfindungen und Gedanken oder Erinnerungen in ihnen hoch und sie hielten sich für Kämpfer bei der Verfolgung von Feinden, spürten aber auch schmerzhafte Eindrücke und Schläge gegen ihren Körper, die sie zu parieren versuchten. Angstvoll erlebten sie sich wie auf einem Schlachtfeld inmitten von erschlagenen Menschen, blutenden Körpern und abgetrennten Häuptern. Sie durchschritten kreidebleich einen Korridor zwischen schweigenden Ermordeten und jammernden Geschundenen, als sei es ein Defilee der Menschheitsgeschichte. Und in diesen Momenten verwarfen sie ihr Ich und bildeten sich ein, eine Pflanze oder ein Tier zu sein. Sie schlugen dennoch wild um sich, bis sie ohne Rücksicht auf Verluste ihre Schwerter wegwarfen und sich lachend und weinend zugleich in den Armen lagen. Nun hatte Gunter sie bei einer solchen geheimen exaltierten Situation gesehen. Er hatte die Bilder in seinem Kopf abgespeichert, wozu er eine ganz besondere Begabung hatte, und sie zuhause auf Papyrus, das er von dem Abt Arianus des Klosters Inda geschenkt bekommen hatte, rasch aufgezeichnet; insgesamt dreizehn Szenen der verschiedenen Handlungsphasen dieser berauschten Burschen. Dann hatte er noch mehrere von den Kahlköpfen gemalt, denen er allerdings teuflische Nasen und Augen und einen hämisch grinsenden Mund gegeben hatte, um dann diese Blätter dem Wehrausbilder an der Seite seines Bettes hinzulegen, damit er sie sehen würde, wenn er aufwachte. Und sein Kalkül ging auf. Als der Wehrmeister am nächsten Morgen diese Bilder fand, wusste er, dass der auf ihnen abgebildete Gegenstand kein Phantasieprodukt war, sondern wiedergab, was sich in der Nacht abgespielt haben musste, und er wusste auch, wer alleine es gewesen sein konnte, der diese Bilder zeichnerisch festgehalten hatte. Die Fünflinge waren so genau zu erkennen, dass es auch keine Zweifel über ihre Identität gab.

Nun kam es zur Anklage wegen ihrer verbotenen geheimen Umtriebe. Bei dem unmittelbar angesetzten Thing

unter der Eiche an der Quelle neben dem Wehrübungs-
platz wurde nicht lange gefackelt. Eigentlich war ein solches Thing nach Urväter Sitte nicht mehr gestattet, aber
in Helrode wurden nicht unbedingt immer die neueren Gesetze beachtet, sonst hätte man die Verhandlung vor dem
Vogt im Ort „Op do Waade" führen müssen. Zuerst einmal
musste der Grobschmied mit eiserner Zange die Ohrringe
der Jungen und bei zweien auch eine um den Hals ge-
wundene Eisendrahtstange aufbrechen und abziehen.
Was niemand ahnte war, dass an dem Prozess auch ein
Alchemist teilnahm, der genau herauszufinden versuchte,
für wen von den Jungen Drogen offensichtlich schon völlig
unabkömmlich waren. Er kannte sich aus mit Wurzelsub-
stanzen, Pilzen und Früchten, die in vielerlei Hinsicht an-
regend waren. Eine dieser Mischungen, die er in einem
geschlossenen Feuertopf auf beschworenen Flammen
herstellte, war eine so gefährliche Mixtur, dass sie tödlich
sein konnte. Er nannte sie Ecstasia und hielt ihre Zusam-
mensetzung vor aller Welt geheim. Erst tausend Jahre
später sollte man sie wiederentdecken. Eine andere zu
Perlen gepresste Droge nannte er LSD, also „Lachsalven
Droge!". Dieser Carolus lebte dort, wo ein lauter Bach die
oftmals gut hörbaren Geheimnisse seines Experimentie-
rens übertönte.

Nach den Aussagen der Gruppe, in denen sie jeweils die
abgebildeten Handlungsweisen zugaben, wurden die fünf
Knappen verurteilt zu einem Monat Frondienst auf dem
Feld, denn es war gerade Frühjahr und die Erde musste
aufgebrochen werden, damit man Getreide säen konnte.
Nach dieser Phase kamen sie in die Hände des Heildrui-
den, der mit ihnen eine Art „Ringelpietz mit Anfassen"

spielte – als Therapie zusammen mit drei Rittern, deren entdeckte vom ältesten dieser Ritter angestachelte Leidenschaft die beiden anderen zum öffentlichen Beischlaf am See verführt hatte. Diese Gruppentherapie wollte aber genau der nicht mitmachen, der dauernd auch andere angrapschte und sie heimlich subtil oder auch auf offener Szene zu streicheln versuchte, ja der sich seinen erlesenen Opfern seiner Ansicht nach unmerklich anschlich und sie im geeigneten Moment durch Berührung, Klammerung oder Zärtlichkeit wieder einmal zu domestizieren versuchte. Immer so, dass andere es nicht beobachteten. Alles musste nach seiner Fuchtel tanzen, aber sein Erziehungsmittel war nicht die Peitsche. Es muss eine permanente große Verlustangst in ihm ständig neu aufkochen, derer er sich aber im Moment des Übergriffs überhaupt nicht bewusst zu sein scheint. Schlimm war es ja nicht wirklich, was er anrichtete, aber wirklich lästig für fast alle betroffenen Mitknappen, weil sie es im Grunde ihres Herzens nicht mochten, aber sich aus diesem subtilen Spiel nicht zu befreien wussten. Hermann hatte öfter einmal den von Bolzengewalt platzenden Apfel vor Augen. Aber man lebte ja nicht mehr in einer Zeit Jesu, der ja auch Gedanken deswegen als Sünde sah, weil sie in seinem Umfeld tatsächlich fast immer der erste Schritt zur Tat waren. Man sollte sich vorher zu beherrschen lernen.

Nun, als diese Therapie vorbei war, so sollte man denken, würden die Fünflinge sich angemessen zu verhalten wissen. Aber es war nicht an dem. Sie veranstalteten zwar keine Orgien mehr, aber sie hatten den verräterischen Zeichner ins Visier genommen und richteten ihre Arglist nun alleine gegen ihn. Gerüchte, Diffamierungen, abschätzige Bemerkungen, Verleumdungen und Nachstellungen mit Übergriffen als Folge waren an der Tagesordnung. Sie verbreiteten die Unwahrheit, dass Gunter heimlich eine Nonne als Freundin habe. Sie behaupteten bei vielen Gelegenheiten, er beobachte nachts von verborgenen Positionen im angrenzenden Wäldchen eine Tochter des Gerardus. Sie nannten ihn so beiläufig im Gespräch den Geizhals, den Zöllner und den Pharisäer, ja sie bedienten sich des kompletten Arsenals von Negativfiguren aus der Bibel. Judas, Kaiphas und Herodes. Als sich eine Novizin des Zisterzienserinnenklosters St. Jorris in einer Wiese erhängt hatte, lasteten sie ihm nicht nur die geistige Verwirrung der jungen Frau an, sondern unterstellten ihm, er habe in einer weinseligen Verirrung seines Geistes diese Frau regelrecht in den Tod getrieben – und ihr beim Selbstmord assistiert, denn wie sollte sie denn alleine so hoch auf einen Baum gekommen sein, dass sie sich von dort hätte herunterlassen können. Und schließlich sei er ja befreundet mit dem Seiler im Dorf.

Wie denn endete diese unselige Situation? Da Gerardus als für die Ausbildung der jungen Knappen verantwortlicher Ritter die gesamte Misere herausgefunden hatte, griff er zu einer drakonischen Kurzzeitmaßnahme. Er ließ die Knappen sich ausziehen und steckte sie für einen ganzen Tag, genau gesagt 12 Stunden bis zum Hals in den Misthaufen. Er nannte es ein Gottesurteil. Er hatte auf einem Kreuzzug von einem Südländer erfahren, dass man Strafe lieber kurz und schmerzvoll als lang und sich quälend oberflächlich dahinschleppend vollziehen sollte. Wer diesen Tag überleben würde – den Gestank, durch den einem so übel wurde, dass man sich übergeben musste, die giftigen Dämpfe, die einen so benebelten, dass man mit dem Gesicht auf den güllegetränkten Mist zu fallen drohte, und die Entbehrung von Essen und Trinken, die das Ohnmachtsgefühl noch bestärkten – wer diese Qualen überleben würde, käme nie mehr auf dumme Gedanken, da sie sogleich einen Ekel und Brechreiz auslösen würden.

Seiler als Beruf war selten, denn nach einem ungeschriebenen Gesetz gab es nur jeweils einen in jeder Ortschaft, damit sein Verdienst auch hoch genug war. Insofern hatte ein Seiler ein festes Einkommen und meistens ein sehr gutes Auskommen, denn in einem Küstenort konnte er auch Segeltaue verkaufen. Hier in Helrode waren es Halteseile und Zeltseile sowie Seile für die Geschirre von Pferden und das Joch von Ochsen, obwohl hierfür auch geschmiedete Ketten verwendet wurden. Für die Zügel nahm man auch oft Lederriemen, aber Seile waren überall und immer nötig. Mit einem langen gestohlenen Seil hatten die Fünflinge nachts Gunter, als dieser schlaf- und weintrunken durch den Wald torkelte, da er unglücklich war, verfolgt. Nur nutzte ihnen das Seil, mit dem sie ihn umzingeln und fesseln wollten, im dicht bewachsenen Wald überhaupt nichts. Somit versuchten sie ihn wie bei einer Treibjagd mit Geräuschen aus dem Wald hinauszutreiben, doch Gunter war so klug, sich davon nicht abhalten zu lassen, in der Nähe von Baumgruppen immer tiefer in den Wald hineinzulaufen, sodass sie ihn nie fingen. Ein um das andere Mal stolperte einer der Fünflinge über ihr eigenes Seil und holte sich eine dicke Beule am Kopf, die für jedermann sichtbar war und zu vielen Fragen führte. Sie behaupteten, Gunter hätte sie mit einem Knüppel geschlagen. Aber dieser Spuk war ja nun vorbei! Nachdem alle fünf Schlimmlinge die Misttortur wie durch ein Wunder überstanden hatten, schworen sie Abbitte und versprachen, als Fünflinge ihr Leben lang in der Kirche und in Scheunen, auf Plätzen und bei Festen im Wald zu singen. Und als Sängerquintett unter dem Namen „Die Fünflinge" wurden sie auch auf der Stolberger Burg bekannt. Dort aber kannte keiner ihre brisante Vergangenheit.

Der Seiler war ein sehr findiger Mann. Da seine Frau Stoff mit Mustern bedruckte, die sie in das Wurzelholz von Eichen hineinschnitzte, hatte er die Idee, eine simple Form eines ersten Textdruckes zu entwickeln. So erfand er genau genommen den Holzschnitt, nur wusste das niemand, da es ja eigentlich gar nichts Besonderes war, wie im Zeugdruck – dem Druck von Mustern und Bildern mit Holzmodeln auf Textilien – auch Buchstaben abzubilden, die halt nur seitenverkehrt geschnitzt werden mussten. Sie druckten gemeinsam auf Leinen. Ihr Nachbar, der Herr Katus Rivulus, stellte aus Kuhhäuten Pergament her. Darauf nun druckten sie Texte. Ein fahrender Händler hatte ihm von etwas ganz Neuem erzählt, nämlich der Erfindung von Papier. In Italien gab es erste Papiermühlen und eine seit jüngst auch in Deutschland. Der Seiler Lammertius und der Schreiber Rivulus stellten ein Ortseingangspergament her mit dem Aufdruck „HELRODE IUXTA ASCVILARIUS". Nun sollte es schon bald Bilder geben – in Kirchen, Klöstern oder Herrschaftssitzen. Alle waren fasziniert, denn auch in Helrode konnte man kolorierte Bilder in der Kirche, in den Burghäusern, ja sogar bei sich zuhause in der Kate aufhängen.

Der Seiler hatte auch die Idee, aus feinen dünnen Seilen für den Bildhauer einen Mundschutz zu weben, weil er von einem Bildhauer am Oktogon der Marienkirche in Aachen dies als dessen letzte Botschaft zur Vorbeugung von Lungenkrankheiten durch den aggressiven Steinstaub als Hinweis bekommen hatte. Der Steinmetz war mittlerweile an Lungenversagen gestorben. Das Problem beschreibt der Medicus so: Die Lunge scheint das stärkste Organ des Menschen zu sein, sonst würden die Menschen ihr nicht so viel zumuten. Jetzt ziehen sie sich sogar noch freiwillig Rauch rein, als wenn die Kamine nicht schon genug qualmen würden. Man weiß auch von den Druiden, wie beliebt, aber auch gefährlich der Rauch von Räucherstäben und Rauchröhren ist. Der verstorbene Steinmetz hatte beobachtet, dass ein Bildhauer mit dauernd getragenem Mundschutz an der Kathedrale zu Reims nie hustete und nie krank wurde, und dieser rühmte sich dessen auch gebührlich.

Die Namen der Arbeiter in den Steinkuhlen waren folgende: Hannus Schafrot, Hennil Schaffrot, Cloze Schaffroth und Hans Schaffinrot. Sein Sohn, Noribertus Schaffroth, galt als Dorfweiser, und „Schaffrath" wurde zu einem ‚Übernamen', den man in Satzform mit: „Schaffe einen Rat!" wiedergeben konnte, also als Name für einen immer Rat Wissenden! Eines Tages kam Noribertus zum herrschenden Helroder Ritter und bemängelte das Verhalten der Kuhlenarbeiter in der Taverne, die zur Burg Kambach gehörte. An der Helroder Taverne, wo viele Knechte, Arbeiter und Meister des Burgdorfes sich abends trafen, gab es einen Hinterhof, in dem man sich zu später Stunde versammelte. Sie trieben dort etwas

Eigenartiges. An einen Baum hatten sie eine Holzscheibe gehängt, die so dick wie ein Daumen war und von einer Linde stammte, die fünfzig Jahre alt war. Man hatte die Scheibe mit roter Farbe von der Eibe unterteilt in verschiedene Bereiche und Felder, und nun warf man aus der Entfernung von anderthalb Mannshöhe mit halbierten Pfeilen, die eine kleine Spitze hatten und hinten ein Federkleid wie ein Vogel, auf diese Scheibe, die in Mannshöhe an einen Baum genagelt war. Man zählte aber nicht nur die Punkte nach der Anzahl der Ringe, sondern auch nach der Lage der Areale. Wer mit 501 Punkten gewann, bekam ein Becherglas mit Wein als Belohnung, das diejenigen bezahlen mussten, die nicht erfolgreich waren. Somit war auch klar, dass der Gewinner wegen des Alkohols höchstens noch zweimal gewinnen würde und damit bekamen auch andere, die nicht so gut werfen konnten, eine Chance. Die Spitzen der Pfeile waren eine Sonderanfertigung des Schmiedes Engels aus Kambach.

Schlimmer ging es zu am zweiten Baum, der in diesem Garten stand. Dort hing auch eine Baumscheibe, die aber dünner war und in der Mitte eine Bohrung hatte. Das Rad war so auf einen Rundbolzen, der im Baum befestigt war, gesteckt, dass man es drehen konnte. Damit es nicht abfiel, hatte man es nach dem Aufstecken vorne mit einer dünnen aufgenagelten Scheibe versehen. Dieses Rad war somit ein Drehrad, auf das man sechs Felder so eingezeichnet hatte, dass ihre Begrenzungslinien vom Zentrum weg zum Rand hin im jeweils selben größer werdendem Abstand zueinander verliefen. In diese sechs Dreiecke hatte man die Zahlen eins bis sechs hineingemalt. Auf einem Tisch lag dasselbe Modell ohne Drehloch und vor Beginn des Spiels legte jeder Spieler einen Schilling in eines der Felder. Über dem Rad am Baum war ein Nagel eingeschlagen, und nun drehte der Spielleiter das Rad, und die Zahl, die dem Nagel am nächsten war, über deren Feld also beim Stillstand der Nagel stand, hatte gewonnen, und derjenige, der in dieses Feld seinen Einsatz gelegt hatte, bekam die Hälfte der Münzen. Zwei weitere Schillinge waren für den Wirt Nikolaus und die verbleibende Münze für den Spielleiter als Lohn.

Nun gab es einige Vorfälle, die Gerardus überlegen ließen, ob er diese Spiele noch weiter zulassen könnte. Dies besprach er mit seinem Nachbarn, dem Aloisius Weberius. Der allerdings war der Meinung: „Jeder soll sein Leben so leben, wie er will. Und wenn jetzt einer süchtig wird, am Drehrad sein Geld zu verspielen, dann ist das eben so. Das ist dann sein Schicksal. Oder wenn einer sich mit dem anderen Spiel beim Spicken ruiniert, weil er aus Kummer, wenn er nicht mehr gewinnt, sich sinnlos betrinkt, dann ist das eben so. Das ist doch seine Sache! Guck mal hier, da habe ich eine Krebsgeschwulst. Die geht doch keinen Arzt etwas an. Da lasse ich keinen ran, das ist ganz allein meine Krankheit und meine Sache. Und wenn ich sterbe, ist es ganz allein mein Tod." „Na ja", meinte Gerardus, „wenn alle so denken würden, wären wir wahrscheinlich alle im Alter von dreißig Jahren tot. Und dann hätte dein Onkel, der Totengräber Cornelius, so viel zu tun, dass ich ihm noch drei Knechte zur Seite stellen müsste. Und wer müsste das dann bezahlen? Ich müsste die Abgaben erhöhen und dafür sorgen, dass ihr ihnen Hühner und Kapaune liefert, damit sie überhaupt diese Arbeit tun."

Aloisius: „Na ja, Gerardus, du weißt ja, dass ich unverheiratet bin und insofern keine Familie und keine Kinder habe. Darunter leide ich ja sehr. Wenn ich bei Nikolaus in der Taverne sitze und meinen Weltschmerz bekomme, ist da Gott sei Dank der Heribertus Lammertius, der drei Kinder hat und mich tröstet und mir beisteht. Wenn jetzt einer spielsüchtig wird, der Familie hat, dann ist das echt Mist! Der kann dann nicht mehr arbeiten oder er kann zuhause nichts mehr zu essen auf den Tisch bringen und leihen wird ihm ja auch niemand etwas. Wenn er abends von der Arbeit auf dem Feld oder aus der Schmiede zurückkommt, muss er in die vor Hunger weit geöffneten Mäuler seiner Kinder starren und wird noch trauriger. Und ganz dramatisch wird es, wenn seine Frau sich aus Verzweiflung anderen Männern andient, um heimlich ein wenig Geld zu verdienen. Das fällt dann irgendwann auf und dann gibt es Mord und Totschlag wie jüngst erst in Loin. Wer leiht schon einem abhängigen Familienvater etwas? Da ist doch klar, dass kein Schuldbrief zurückgekauft werden kann!"

Gerardus: „Nun gut, mein Lieber, dass du dies so einsiehst, wo du doch ein Verfechter der uneingeschränkten persönlichen Freiheit bist. Wie sollen wir also vorgehen? Soll ich das Spielen in der Taverne, die ja die lateinkundigen Ritter schon frei und frank „Domus magus", also Hexenhaus nennen, verbieten, oder soll ich irgendwie versuchen zu erreichen, dass sich alle vernünftig verhalten?"

A: „Wie willst du erreichen, dass Menschen sich vernünftig verhalten, wenn unser Wohlbefinden von Tätigkeiten abhängt, die man nicht vernünftig nennen kann? Jeder Hahnrei, der einen Seitensprung vollzieht, weiß doch, dass er unvernünftig handelt, aber er verkehrt trotzdem mit anderen Frauen."

G: „Aber das liegt doch nur daran, dass andere Frauen, wenn sie genauso unglücklich sind wie der Mann, mit dem sie dann schlafen – und umgekehrt – unzufrieden sind mit ihrem eigenen Dasein. Das ist doch die Wurzel allen Übels! Wenn wir mit dem zufrieden wären, was wir sind und erreicht haben, dann gäbe es weder Spielsucht noch Fremdgehen!"

A: „Gut, das kann sein, aber es ist doch wohl so, dass die meisten Menschen, wenn sie unzufrieden sind, auch heftig an sich selbst leiden. Und dann denken Ehemänner, sie hätten die falsche Frau geheiratet, weil sie so anders ist, als sie sie jeweils haben möchten. Genau dies ist das Problem; so wie sie sie jeweils haben mögen würden, ist keine Frau in einer solchen jeweiligen Situation. Insofern ist dies eine Zwickmühle, aus der man nicht mehr herauskann."

G: „Und was dabei eigentlich eindeutig ist, das ist die bedauerliche Tatsache, dass jeder ja den Partner bekommt, den er irgendwie verdient, weil für ihn aus unterschiedlichen Gründen gar kein anderer in Frage kam. Wer als Mann später gerne eine Frau mit deutlicherem Busen hätte, der muss die Gründe dafür einsehen, dass er keine solche gewählt hat. Da wurde er vielleicht von verborgenen

Ängsten geleitet oder seine Mutter hatte große Brüste. Weiß der Kuckuck!"

A: „Und hier sind wir doch nun beim Kern des Themas und das müssen wir allen Spielsüchtigen erzählen: Ihr leidet eigentlich am meisten an euch selbst! Natürlich abgesehen von Menschen, die in so schlimmer Not leben, dass man ihnen keine Vorhaltung machen kann. Aber diejenigen sind ja noch nicht einmal in der Lage, im Wirtshaus ihr Geld zu verspielen, da sie ja gar kein Hab und Gut haben!"

G: „Richtig, das sehe ich auch so! Derjenige, der sich da neulich aus dem Glockenturm hier in Helrode gestürzt hat, der hat nie ein gutes Haar gelassen an anderen Menschen, ihren Bemühungen und ihrem Können. Und er wähnte sich als weise und vermögend selbst in Dingen, die er nie in Angriff genommen hatte. Dabei hatte er doch eine Arbeit, in der er sogar geschätzt und geachtet war."

A: „Irgendwie ist das Ganze auch eine Krankheit, nicht nur eine Verschrobenheit oder ein böser Wille. Ich frage mich manchmal, was unser Wille überhaupt ist! Ist das vielleicht weniger eine Eigenständigkeit als Entscheidung als vielmehr eine Entscheidung in uns, die wir gar nicht so sehr beeinflussen können, die wir dann als Eigenständigkeit verstehen?"

G: „Das entspricht genau meinen Gedanken und Erkenntnissen, und deswegen müssen wir die Sache so anpacken, wie ich es über Karl den Großen in meiner Familie stets erzählt bekommen habe. Als er die Kategorienschrift des Aristoteles gelesen hatte, fragte er Alkuin bei allen Problemen, die es zu lösen galt, wo denn die „Differentia specifica" bei der Sache wäre. Und wo liegt sie hier in unserem Fall? Der eigentliche Unterschied zwischen einem Mann, der nicht spielt, und einem Mann, der sein Geld verspielt, ist seine gefühlsmäßig tief in ihm verankerte Hörigkeit gegenüber der Stimme der Vernunft. Spielsüchtige haben diese Hörigkeit nicht, sondern bei ihnen ist die Lust stärker, und zwar gepaart die Lust des zufälligen und unverursachten Gewinns ohne Mühe und Arbeit und der Reiz des Verbotenen, denn die Einwände der Familie und seine innere Gewissensstimme bilden eine untergründige Melodie, deren Missachtung eine dräuende unbewusste Spannung erzeugt.

A: „Nicht zu vergessen die Hure Hoffnung, die auf alles aufspringt und uns vorgaukelt, diesmal könne es aber gelingen und im Ende würde alles gut!"

G: „Aber die skeptische Hoffnung sollten wir niemals aufgeben! Deswegen bin ich ja eigentlich Zweckpessimist, weil ich meine, wir sollten das Ungünstige annehmen, um das möglichst Beste zu erreichen. Und deswegen werde ich folgende Maßnahme per Verordnung durchsetzen:"

-      Und nun las er mit weihevoller Stimme etwas vor, was er schon vorbereitet hatte:

 Ab sofort darf man nur noch in Wirtshäusern Glücksspiele betreiben, die dafür eine Erlaubnis bekommen haben. Dem Domus Magus in Helrode erlaube ich, dass einmal in der Woche an einem Abend von sieben Uhr abends bis 10 Uhr nachts Glücksspiel betrieben werden darf, und zwar Drehrad und Spicken. Kein Spieler darf bei beidem zugleich mitmachen, und mehr als eine Radscheibe und eine Spickscheibe darf die Kneipe nicht haben. Kein Spieler darf mehr als 20 Schilling an einem solchen Abend als Einsatz setzen. Darüber ist vom Spielleiter Buch zu führen!

Dass eine solche Verordnung bitter nötig war, musste auch der Wirt Nikolaus einsehen, denn es war wieder zu einer Schlägerei im Hof gekommen, als zwei betrunkene Spieler am Drehrad jeweils der Meinung waren, sie hätten mit ihrer Zahl gewonnen. Der Nagel stand halt genau über dem Feldbegrenzungsstrich, und für solche Fälle konnte der Spielleiter entscheiden. Dieser aber war der Schwager des einen, für den er sich auch entschied. Sie fielen übereinander her, einige mischten sich ein, es setzte Fausthiebe mit der Folge blutender Nasen und einer Betäubung durch einen Rundumschlag eines kleineren Mannes auf das Brustbein eines großen, die Büttel wurden gerufen und der Amtsmann eingeschaltet und auf der Vogtei der Eschweiler Burg gab es einen Richterspruch durch den Schultheißen, der auch den Wirt zu einer Strafe verurteilte, weil dieser es versäumt habe, die Drehscheibe mit dünnen aufrecht stehenden genau am Rand auf Höhe der Linien befestigten Lederlappen zu versehen, sodass der Nagel entweder im rechten Feld hängen bleibt oder es aber noch ins linke Feld schafft, sodass eindeutig sei, wer gewonnen habe. Der Vogt aus der Familie von Goer gab seinem Advokat Wunderlich den Auftrag, die Nachbesserung der Drehscheibe im Hexenhaus zu überprüfen, was dann auch geschah. Freitags war es dort nun jeweils gerammelt voll und es gab keine bemerkenswerten Vorfälle mehr.

Nun stand im Aachener Land ein großes Ereignis an, eine Wallfahrt aller Ritter des Jülicher Landes, aus Limburg und den Ardennen sowie des Dürener Bereichs nach Nothberg, das seit diesem Ereignis seinen Namen „Berge op der Inde" ablegte. Dazu wurde beim Künstler Gerhaert van Leyden eine große Pietà für die Kirche und eine Trinitarische Pietà bestellt, die den Schmerz des Vaters zum Ausdruck bringt und durch eine Taube die Dreifaltigkeit betont. Diese sollten dann in Nothberg eingeweiht werden. Vorher fand ein Consilium in Kintzwilre auf der Burg des Grafen von Jülich statt, und zwar als Zusammenkunft mit dem Grafen und dem von Breidenbend.

Dort erinnerte man sich am 28. Oktober 1312 an die Schlacht an der Milvischen Brücke. Die Geschichtsschreiber der Theologischen Hochschule Köln waren von Dominikanern beauftragt worden, und zwar durch eine Weisung des Markgrafen Wilhelm von Jülich und des Walram von Limburg, der den Auftrag vom Papst bekommen hatte. Das Dominikanerkloster Köln wuchs und wuchs, man erinnerte sich an Albertus Magnus, der dort begraben lag, und man organisierte in allen Städten und Dörfern der

166

Ordensprovinz Teutonia durch dieses Dekret eine Prozession wie in Lüttich und anderen Orts schon länger, in der die Hostie als Allerheiligstes in goldenen Monstranzen vom Geistlichen unter einem Baldachin durch die Straßen getragen wurde. Das war dann einige Jahre üblich gewesen, bis am 13. September 1346 Papst Clemens VI. dem Kölner Erzbischof Walram von Jülich befahl, die Tätigkeiten der Dominikaner zu unterbinden. Da sich die Dominikaner hiergegen zur Wehr setzten, mussten sie Köln 1347 vorerst verlassen. Der Besitz wurde ihnen abgenommen. Sie zogen ins Umland und gründeten Klöster und bauten Kirchen. Sie kehrten nach dem Schiedsspruch vom 23. Juli 1351 wieder zurück, durften jedoch keinen Grundbesitz mehr erwerben; der konfiszierte Besitz wurde ihnen nicht zurückgegeben. Sie waren dem Papst zu mächtig geworden. Aber diese Prozession wurde weiter durchgeführt und sollte vor allem das CHI-RHO als Zeichen für Christus weiterverbreiten.

Von solchen religiösen Festen wollten aber nicht viele Einwohner in Helrode etwas wissen. Zu sehr waren sie der Sonnenwendfeier, die ihnen noch von der Keltenzeit her bekannt war, verhaftet. Vor allem war es eine Gruppe junger Knappen um einen Ausbilder herum; sie spielten sehr gerne im Rahmen der Leibesübungen mit einem geflochtenen Inde-Weiden-Schläger, indem sie Kastanienweitschlagen veranstalteten. Dieses Spiel wurde bei den Jungen zu einem Renner, sie führten richtige Wettbewerbe darin durch und es war ein Jubel und ein Trubel. Im hektischen Durcheinander lockte der Ausbilder zwischendurch in den Pausen einzelne Knappen immer wieder in ein Zelt. „Ich vermesse mit einer Elle deine Muskeln, das muss sein, damit ich weiß, wie ich dich weiter fördern kann. Auch die Größe deiner Pomuskeln muss ich messen; zieh mal deine Hose aus!" Unweigerlich und erstarrend erstaunt folgten sie wie immer seinen Weisungen. Der Ausbilder hatte einen Komplizen, der den Zelteingang bewachte. Er musste im Auftrag des Ausbilders die Maße festhalten, indem er eine Schnellkohlezeichnung anfertigte mit den Längen, Dicken und Breiten als Bemerkungen an den entsprechenden Körperteilen. Auch er erzählte den Knappen, dass diese Messungen eine wichtige Voraussetzung seien für das weitere gezielte Training. Auch er betonte, dass sie nur ja nichts davon erzählen dürften, sonst würden sie auf ewig aus dem Kreise der Nachwuchsritter ausgeschlossen und müssten die Latrinen schrubben.

Nun fiel aber einigen aus der Ritterschaft auf, was da geschah, da aber der Ausbilder ein mächtiger Mann unter den Ministerialen war, unternahm man nichts dagegen und gegen ihn. Was ja nicht unmittelbar umbringe, mache ja nur hart!

Eines Abends kommt es aber zum Gespräch unter den Knappen: „Wir können das nicht mehr weiter hinnehmen, denn der Zeichner hat angefangen, sich an unserem Körper zu vergehen und uns zu bedrohen, es nicht zu verraten." „Auch mir hat er gesagt, er würde mich töten, wenn ich etwas sagen würde!" Als freie Ritteranwärter hatten sie sich geschworen, sich gegenseitig immer die volle Wahrheit ohne Scheu und Verschwiegenheit zu sagen. Diesen Assistenten des Missbrauchs ermordeten die Knappen gemeinschaftlich und der Ausbilder findet ihn morgens tot im Zelt liegend. Er selbst versucht die Leiche im benachbarten Merzbach zu entsorgen, der im Frühjahr viel Wasser führt, wird dabei aber ganz gezielt von zwei Knappen beobachtet und des Mordes angeklagt. Man findet die Zeichnungen, und die Knappen drehen die Geschichte vor dem dörflichen Thing-Gericht unter der Eiche so, dass der Ausbilder den Zeichner umgebracht habe, weil dieser diese Skizzen heimlich angefertigt hätte. Ein Thinggericht war in dieser Form eigentlich nicht mehr erlaubt, da es schon die Gerichtsstätten in den Unterherrschaften gab, also in „Dürrewijs", „op do Waade" oder „Eischwielo". Der Richter war Gerardus der Jüngere. Er bezweifelt wider Erwarten diese Version, da der Übeltäter in diesem Falle ja sicher zuerst die Blätter vernichtet hätte, aber die Knappen widerlegen dies mit der Version, dass sie die Blätter vorher schon an sich genommen hätten – kurz nachdem der Mörder zugeschlagen habe. Somit habe er sie nicht mehr finden können. Der Ausbilder erhält in diesem Prozess ein paradoxes Urteil: Der Richter verurteilt ihn nicht wegen Mordes, weil dies nicht nachweisbar sei, sondern wegen Schändung von jungen Seelen bei Jungen, deren Lauterkeit als zukünftige Ritter unabdingbar sei und die somit vielleicht in ihrer Laufbahn als Kämpfer für die gute Sache wegen ihrer seelischen Dauerbelastung ausfallen würden. Die Strafe bestand in zehn Jahren Zwangsarbeit in den Helroder Steinkuhlen und auf dem Gutshof des Gerardus.

Alle Welt trinkt, dachte Gerardus. Auch die jungen Frauen sind dem Bier verfallen. Das war ihm oft aufgefallen. Die Frauen, die von Germanen abstammten, brauten selbst das Bier ähnlich wie den Met, indem sie Getreide zusammen mit Honig gären ließen. Das war vor allem dann ein Genuss, wenn man noch am Tag vor dem Trinken etwas Wasser hinzugab und ein paar frische halbierte Früchte hineinsetzte. In Helrode hatte man noch ein paar Amphoren aus römischer Zeit im Gebrauch, die halb in der Erde eingegraben waren. Dort setzte man den Met an. Die Kunst des Brauens ist ja durch die Kelten verfeinert worden, indem sie die Rezepturen der Treverer ausprobiert und weiterentwickelt haben, die sie einem „negotiator cervesarius" abgekauft hatten. Allerdings war dies nur die Berufsbezeichnung für das Händlertum in Bezug auf die Ware Bier, denn aus dem Namen ging doch eindeutig hervor, dass es eine Frau war, nämlich Hosida Materna, die ihnen das Rezept verkauft hatte. Auch verwendeten sie andere Getreidesorten. War das Bier der Germanen hauptsächlich noch mit Emmer hergestellt, brachten die Belger den Dinkel zur Gärung. Die althergebrachte Neigung von Frauen zum Bier war auch in Helrode deutlich zu spüren. Sie tranken gerne immer noch eins und standen den Männern in nichts nach.

Nun war es Brauch geworden, dass vor der Hochzeit einer jungen Braut drei Tage lang der sogenannte Junggesellinnenabschied gefeiert wurde. Die Braut erwählte sechs Freundinnen und fuhr mit ihnen auf einem offenen großen Kutschwagen durch das Dorf, sie riefen „All-aav", was ein alter Begeisterungsruf war und hier bedeutete: „Alle ab, alle weg, hier kommen wir!", und schwenkten irdene Krüge mit Bier darin. Doch in Helrode gab es eine Kurve unten am „Ners", wo es dann plötzlich rechts herum in Richtung Kirche ging. Da der Kutscher immer wieder bei allen Meisjes am Krug getrunken hatte, war er hier besonders übermütig und kratzte die Kurve, die der Volksmund „En de Kiehr" nannte, zu scharf, sodass der Wagen wirklich den Kratzstein rechts berührte. Durch den Ruck fiel die Braut und drei andere der Mädchen in die Sood und holten sich Blessuren an Kopf, Schulter und Beinen. Das war ein Gejammere; mehr aus Wut als aus Pein! In drei Tagen sollte die Hochzeit sein! Da würde der Bader ihnen das ein oder andere Veilchen kaschieren müssen und die Mütter würden alle ihre Künste wachrufen, mit natürlichen Tunken blaue Flecken zu übertünchen. Zum Glück war keine dabei ums Leben gekommen. Eine Meid allerdings hatte wohl ein Schien- oder Wadenbein oder gar beides gebrochen. Doch die jungen ritterlichen Knappen hievten sie mit geschientem Bein auf eine Trage und so nahm sie an besonders pointierter Stelle an der Hochzeitsmesse teil, denn sie lag vorne rechts vor der Marienstatue. Solange ihr Herz nicht gebrochen ist, so schien Mutter Maria insgeheim zu denken, solange wird alles wieder gut! Ich selbst hatte ja weder Junggesellinnenabschied noch Hochzeit, aber die Flucht nach Ägypten war ähnlich spannend! So gesehen, bin ich ja auch entführt worden! Die jungen Herrn begingen den Junggesellenabschied übrigens weit weniger spektakulär, denn sie spielten eine Aventiuren-Verabschiedung nach; ihr Motto war: Zuerst kommt das Saufen und dann der Moralische. In anderen Ortschaften hatte es in dieser Phase der runterdrückenden Alkoholwirkung auch schon einmal Zoff gegeben, ganz selten aber Mord und Totschlag. „Bertolt, brecht euch nicht die Knochen und gegenseitig an!" rief ihnen der literaturkundige Totengräber Cornelius Weberius zu, als sie ihm begegneten.

Ein Problem war es natürlich, wenn ganz junge Knappen solche Szenen und auch Ritterkämpfe nachspielten. Einmal, im Jahr 1342 nach einer langen Dürre und einer anschließenden Jahrtausendflut, bei der das Wasser, wie ein fahrender Händler später berichtete, sogar gürtelhoch im Mainzer Dom stand, war irgendwie alles durcheinandergeraten. Sitten, Moral und Verhaltensweisen waren völlig aus dem Lot. Selbst in Helrode geriet das Gefüge der Gesellschaft ziemlich aus den Fugen. Man konnte sich auf nichts mehr verlassen. Gelder, die versprochen waren, flossen nicht. Der rhetorisch sehr begabte Knappe Fridericus Iridescentus, woraus später der Name Friedrich Zentis wurde, prophezeite weiteres Unheil. Schillernd sagte er: „Der Geisterseher war gestern in Helrode. Es ist der Apostel Johannes, der Lieblingsjünger Jesu, von dem es heißt, dass er auf der Erde bleiben wird bis zum Tage des Letzten Gerichtes." Auf dem letzten Kreuzzug hatte es aber geheißen, so wusste Gerardus sich zu erinnern, dass der Geisterseher der Weise Apollonius von Tyana wäre, der wie der ewige Jude auf seine Erlösung warte. Jedenfalls beschlossen im Rheinland einige Unwirsche, den Prozess der Vernichtung und Vertreibung unerwünschter Subjekte selbst in die Hand zu nehmen und den Volkszorn anzufachen wie ein schwach glühendes, aber im Kern heißes Glimmen. Sauerstoff aus zehn heißen Kehlen kräftig in eine solche Glut geblasen, entfacht ein loderndes Feuer, das Hunderte von Fackeln in die Welt tragen können. Einige von ihnen waren allerdings zu sehr selbstverliebte Geister, Hasardeure und Versager, deren Bemühungen schon an der nächsten Ecke den Versuchungen der neuzeitlichen Ablenkungen erlagen. Da gab es neuerdings auch eine Gruppierung, die von einer rot gekleideten Frau geleitet wurde, die viele für schön hielten, die aber einen sehr unregelmäßigen Haaransatz hatte. Hinter ihr versammelten sich viele ältere Herzenssamariter, die mit ihren bisherigen Bündniszugehörigkeiten sehr unzufrieden waren, gerne lauthals tönten, aber nur unregelmäßig zu den Treffen kamen, heimlich nur an den eigenen Vorteil dachten und viel zu faul waren, um sich mal in ein Nachbardorf zu begeben und dort ihre Meinung kundzutun. Gefährlich aber waren einige in solchen Gruppierungen von ihnen alleine wegen ihrer Penetranz und ihrer Gewaltbereitschaft. Ihre einzige Devise war die Vertreibung, ja die Abschiebung in ein Arbeits- oder Erziehungslager, deren Androhung und der Fememord, vor dem Freund und Feind nicht sicher waren. Nachts brachte man um, mit wem man noch abends am Lagerfeuer gesessen hatte. Zu Jesu Zeiten hatte man sie, wie Gerardus einfiel, in die Steinbrüche der Leprakranken geschickt, damit sie sich mit dieser schrecklichen Krankheit ansteckten und handlungsunfähig wurden. Nur Jesus besuchte die Erkrankten ohne Angst, um sie zu trösten. Und so gab es im Testament sieben Wohltaten. Diese sieben guten Werke der leiblichen Barmherzigkeit sind: Hungernde speisen, Durstigen zu trinken geben, Nackte bekleiden, Fremde aufnehmen, Gefangene befreien, Kranke besuchen und Tote bestatten.

Gerardus war keine einzige Minute in der Versuchung gewesen, an solchen Umtrieben teilzunehmen. „Duck Dich!" dachte er im Sinne der alten Helroder Sage, die ihm in die Hände gefallen war, als er wieder einmal in der Kiste gestöbert hatte. Was damit gemeint war, wusste er genau;

mit Gewalt kann man auch als junger Mensch die Welt nicht verändern. Man macht die Zustände nur anders. Es kommt aber darauf an, sie zu verstehen, sie anderen zu erklären und letztlich da, wo es sinnvoll möglich ist, sie zu verbessern. Veränderung alleine ist noch kein Fortschritt. Verbesserungen kann man aber nicht alleine oder gegen den Willen seiner Mitmenschen durchsetzen, sondern nur mit ihnen zusammen im gegenseitigen Verständnis füreinander. Ein Umsturz hatte noch nie etwas gebracht, das wusste er von den Erzählungen über das alte Rom und die Geschichte der Tyrannen. Schon deren erster Alleinherrscher Cäsar war doch heimtückisch ermordet worden. Ein Krieg würde auch wieder ausgehen wie die Kreuzzüge, die unterm Strich für nichts und wieder nichts durchgeführt worden sind. Tausende Tote ohne Sinn und Zweck! Seit den Kreuzzügen ist in Jerusalem doch erst recht alles in Unordnung geraten. Die Meinungen und Bedürfnisse sind verschieden und alles Land und jeder Fluss war einmal im Besitze anderer, die unter Umständen deswegen nicht mehr existieren, weil sie diesen Teil der Erde bis aufs Messer verteidigt haben, da sie ihn nur für sich alleine beanspruchten. Gerardus war der Ansicht, dass „die Welt untergehe", wie man so sagte, wenn dies die Doktrin der Menschheit bleibe: Wer irgendwann und insofern vermeintlich zuerst kam, darf ewig dort seine Alleinherrschaft ausüben!? Wer ein Gebiet eroberte, darf es auf Dauer besitzen!? Das waren doch alles menschengemachte Regeln! Er hielt es im Geiste mehr mit dem jüdischen Glauben, der davon ausgeht, dass alles Land von Gott nur geborgt, also nur auf Zeit zum Niesbrauch geschenkt, also nur gepachtet ist. Unterscheiden muss man davon natürlich alles, was man selbst gebaut oder redlich durch Kauf und Fleiß erworben hat. Entscheidend für ihn waren vier Punkte und ein Satz, die er für sich formulierte, ohne zu wissen, dass auch Aristoteles diese vier Ursachen und den Satz vom zureichenden Grunde schon formuliert hatte. ‚Es existiert nichts einfach so und aus sich heraus. Alles hat vier Wirkmomente, die zusammenkommen müssen, damit etwas geschieht: einen Handlungsgrund, ein Ziel, eine bestimmte Form und Material.' Der Schmied hämmert wegen einer bezahlten Bestellung auf ein glühendes Stück Eisen, um einen Ring für ein Butterfass für Fastrada herzustellen, die ein neues braucht. Aristoteles, das wusste er nun nicht, war genauso klug gewesen wie Gerardus, hatte aber das Griechische respektive nach Übersetzung das Lateinische als Berufssprache zur Verfügung, und darin nannte er diese vier Aspekte: die Formursache (causa formalis), die Materialursache (causa materialis), die Bewegursache (causa efficiens) und die Zielursache (causa finalis). Und der Geisterseher tönte in der Helroder Kirche, was aber niemand gehört hat, da zu dieser Zeit niemand dort war: „Es geschieht nichts ohne hinreichend bestimmbare Ursache!" Wenn man in einem Land wohnt, hat man Recht auf das Haus, das man baute oder kaufte, auf den Acker, den man bewirtschaftete, und auf die Früchte der Natur, die man sich mit den Tieren des Waldes und der Wiesen aber teilen muss. Das geborgte Land aber muss man mit anderen teilen: mit der Familie, mit den Nachbarn und Dorfbewohnern, mit den Menschen der Umgebung und mit denen, die in Not geraten sind.

Das sahen aber noch lange nicht alle so. Gerardus überlegte, welche Farben man diesen neurotischen Personaltypen zuordnen könne. Er kannte zu einem jeden Charakter eine Extremperson, so zum Beispiel einen Neider, der noch nicht einmal den Blumen die erfreuliche Sonne gönnt, dem Pferd den erquickenden Schatten nicht unter einem Baume. Niemand ist ihm grün! Er kannte Seelenverkäufer, die wirkliche Verräter sind, schleimige Denunzianten, die wie ein abgetakeltes Schiff auf der Lauer nach Berichtenswertem versteckt in einer schlammbraunen Bucht liegen. Er kannte Geiz, so gelb wie die Gesichtsfarbe eines Leberkranken, der sich selbst noch nicht einmal eine angenehme Umgebung gönnt. Er kannte Herrschertypen auf der Suche nach Vernichtbarem, und „wo ein Aas ist, versammeln sich die Geier". Wer hat das noch neulich gesagt? Ein solch schrecklicher Herrscher zieht also die Aasfresser an wie die Blüten die Bienen. Wer hat das gesagt: Mors ultima linea rerum est!? Der Tod ist die Grenze der Dinge! Die Seele aber endet nicht mit dem Tod. Denn die Dinge sind die Energien, die durch die Seele in Geist und Körper zu Lebendem und Wirkendem zusammengefügt werden, zu Atem und Wärme, zu Verdauung und Liebe. War das der Stein der Weisen? Hatte er ihn gefunden, den „Bonomischen Stein"? Sind es drei Kräfte, von denen zwei durch Energien gesteuert werden, sodass der Körper zerfällt, wenn die Energie des Geistes sich aus ihm zurückzieht, da die Seele, die dritte Energie, ihn wie ein fliehendes Pferd den abgeworfenen Reiter verlässt und die Zügel ihre Arbeit verloren haben? War es Energie, also Kraft und Leidenschaft, das treibende Geheimnis in den Dingen. Alles andere zerfällt doch!

dachte Gerardus. Aber die Energie, die bleibt doch im ewigen Wechsel ihrer Gestalt und Wirkung in der Welt. Dann muss Gott reine Energie sein! schlummerte Gerardus dahin an einem wahrhaft gedankenreichen einsamen Abend, an dem die Öllampe noch lange brannte.

Kapitel 8   Ein Heiliger in Helrode

Der Ursprung der Helroder war der Kampf. Dieser Krieg von Grimbergen ist für den Herrn Barthout und die Grimberger Ritterschaft damals nicht glimpflich ausgegangen. Die Burg zu Grimbergen wurde völlig zerstört, es blieb kein Stein auf dem anderen. Ein Ritterepos besang die Helden, so auch die Helroder Ritter, die auf der Seite des Landgrafen von Brabant gekämpft hatten. Vielleicht, so hatten die damaligen Kämpfer gedacht, würde der Kaiser ihm, dem Landgrafen Heinrich von Brabant, ja nun die Herzogwürde verleihen, indem er zum Reichsvasallen erhoben würde. Vielleicht könnten sie, die Helroder Recken, davon den Vorteil einer neuen Pfründe und eines Schöfenamtes erwerben.

Dieses Reimepos des Heinrich van Veldeke mit dem Titel „Orloog van Grimbergen" nannte sie alle, auch den edlen Goswin van Helrode:

„Daer quam her Gosen van Helrode
Met sine manneschap, die blode
En wonden heten in dem stride.
Dair quam tien selven tide
Mijnheer Jacob van Beringhen.
Oec mocht men teser sameninghen
Sien comen heer Janne van Calmont.
Oec quam dair te deser stont

„Da kam Herr Goswin von Helrode [Helrode]
mit seiner Mannschaft, die Blut

178

und Wunden hatten in dem Streit.
Da kam zur selben Zeit
Der edle Herr Jakob von Beringen.
Auch mochte mit diesen zusammen
kommen sein Gefährte Jan von Calmont.
Auch kam da zu dieser Stunde...]

Die Helroder Ritter waren es auch, die den letzten Kampf
für Brabant entschieden, indem drei von ihnen nicht vom
Pferd aus herunter kämpften, sondern sich lange leichte
Lanzen schmieden ließen sowie lange Enterhaken an einem leichten Holzstab befestigten – wie die Seeräuber.
Sie lauerten hinter einem Busch auf die feindlichen Krieger, sprangen hervor und erstachen die Pferde, holten die
Ritter vom zusammenbrechenden oder schon liegenden
Pferd mit den Haken herunter und erschlugen auf diese
Weise zwölf von den Verbündeten des Walter van Berthout. Durch den nahen Kontakt mit blutenden Körpern
waren sie selbst auch überströmt von Blut, Lymphwasser
und Urin. Walter ergab sich ohne Widerstand, denn er war
zu klug, um seine Chancenlosigkeit nicht zu erkennen.
Den Ridders van Helrode wurde Lob und Ehre zuteil, aber
einige bezeichneten dieses Guerillatrio als Piratenritter,
weil sie meinten, dass sie nicht im Sinne der Rittertugenden Mann gegen Mann wie echte Helroder Husaren
kämpfen würden, sondern feige aus einem hinterhältigen
Versteck. Die drei Helroder Kämpfer scherte das nicht besonders, denn der Dank der Sieger war ihnen gewiss.
Und fortan trugen sie nun gerne den Beinamen „Sieger".
Das Bierbraurezept von Grimbergen konnte auf die Abtei
Grimbergen gerettet werden, sodass ein Bruder Karol

Stutemass den ersten Versuch unternehmen konnte, nach diesem Rezept Bier zu brauen. Berthout selbst allerdings überlebte den Krieg und seine Familie errang die Herrschaft von Mechelen.

Lambert van Leuven – die Löwen waren ein Geschlecht mit langen Bärten – und sein Verbündeter Ritter Ben van Beurden machten sich nun auf, die Herrschaft über die Stadt Leuven zu erringen. Diese verlieh Landgraf Heinrich ihnen ohne Auseinandersetzung freiwillig, denn sie hatten in Leuven auf der Schlossstraat und der Parkstraat jeweils eine Luxusherberge hingesetzt und versprachen so, reich zu werden, wovon der Landgraf Vorteil zu haben sich erhoffte. Gleich nach 1183 (inzwischen hat auch die Unterwerfung der Grafschaft Aarschot stattgefunden) wird die Landgrafschaft Brabant selbst ein Herzogtum unter Heinrich I. von Brabant. Sein Vater Gottfried, Herzog von Nieder-Lothringen, zeichnete sich aus bei der Verteidigung der Stadt Jerusalem gegen Saladin. Als Belohnung erhob Kaiser Friedrich I. Barbarossa die Landgrafschaft zu einem Herzogtum. Es reichte mit der Grafschaft Limburg bis an die Grenzen der Stadt Aachen und schloss sogar noch den Burgflecken Alsdorf ein. Eschweiler – und Helrode sowie Kintzwilre gehörten nicht dazu, aber eine Enklave des Herzogtums Brabant bildeten die Burg und der kleine Ort Rurdorf. Und von dort machten sie sich auf, die ganze Heinsberger Gegend zu erobern. Der Hof Beek in Wegberg sollte schon bald der nächste sein, nachdem sie das Gangelt mit rein diplomatischen Mitteln und Heiratsverträgen erobert hatten.

Gerardus wusste nur zu gut, welch wichtige Rolle nach 1183 dem kleinen Dorf Helrode mit den zwei Burghäusern zugewachsen war, denn die anderen Burgen in Kintzwilre, Eschweiler, Röthgen und Weisweiler sowie der Hof Trimporten in Dürewijs und die Nothberger Burg waren ganz verschiedene Lehen und sie waren nicht alle Herr über sich selbst wie dann die Unterherrschaften Kintzwilre und Weisweiler. Da die Ridders van Helrode aus Brabant aber diesen kleinen Ort, der noch einen uralten Namen hatte, der ganz ähnlich klang wie Helrode, nämlich Helicracz, was sumpfiges Wiesenland bedeutete, als Pfründe erhalten hatten, waren sie damit nur noch schwach abhängig von Brabant, nämlich nur indirekt über die Verbindung mit dem Geschlecht der Ritterschaft von Palandt und den Limburger Grafen und nur in Bezug auf Rechtsvorgänge mit der Ritter- und Bürgerschaft von Aachen. Keineswegs hatte in Helrode der Erzbischof von Köln zu sagen außer, wenn es um die Rechte am und im angrenzenden Propsteier Wald ging. Die Burg Bovenberg hatte über die Boves van der Heyden Beziehung zu Richterich nahe bei der Kaiserstadt Aachen, Eschweiler aber als sich bildender kleiner Ort saß machtpolitisch gesehen zwischen allen Stühlen: dem Kurfürstenstuhl in Köln, dem Kaiserthron in Aachen, den Grafen- und Herzogsitzen Brabant, Limburg und Jülich. Im Westen und Süden diese Klammer aus Stadt und Burgen, im Osten die kaiserlich-kurfürstlichen Lehen als Bollwerke und im Norden und unmittelbar umringt von den Palandts und besitzergreifenden Jülicher Grafen. Hier konnte kein Rittergeschlecht sich etablieren, hier würden die Bürger und Handwerker schon schnell das Heft in die Hand nehmen, hier wird sich schon bald eine Kultur der Kohlen- und Erzgewinnung sesshaft machen, sodass reiche Bürger immer noch reicher werden würden. Hier würde Geld zu Geld kommen, dachte der Helroder mit Tränen in den Augen, weil sein bescheidener Gutshof mit Ländereien sehr arbeitsintensiv war und nicht viel für ihn selbst abwarf, und vor allem, weil die drei Steinkuhlen nur noch begrenzt Steine hergeben würden, denn es waren alte Bruchsteine der Eburonen und Römer und kein in der Tiefe des Bodens liegendes Felsgestein. Hier endeten die Wälder der Ardennen, die sie nach der keltischen Göttin Affila hier im Norden Eifel nannten. Hier war man zwar frei, aber eher arm. Die Helroder Bürger und Bauern würden, so sah er voraus, diesen wilden Ruch der Freiheit auf alle Zeiten beibehalten, wohingegen die braven Eschweiler ihre Mentalität des gewollten Hörigseins wohl nie aufgeben würden. Die Kintzwilrer würden ihren raffinierten Ideenreichtum pflegen und die Weisweiler ihre Geschäftstüchtigkeit. Die Nothberger Burgwächter hegten Unabhängigkeit und ihren Stolz und die Bovenberger kümmerten sich um eine andere Denkweise, die sehr naturverbunden war. Ihr Kräutermann Ulrich erklärte ihnen im Wald so manches Kräutlein und seine Güsse waren sehr heilsam, weswegen man ihn auch Güssjen nannte. Die Röthgener zelebrierten Ritter- und Reiterturniere, auf denen man eine Kugel aus Holz treffen musste, während hingegen die Dürwißer ihren Besitz an Land und Feldern ausweiteten und sich auch gerne gegen andere behaupteten. Ihre Namen begannen fast alle wie der des Grafen Wilhelm: Willms, Wings und Wienands, aber später auch Bausen, Hannen, Esser, Jussen, besonders viele Mandelartz, Müller, Pesch, Siegers, Thelen und Zimmermann. Ihr Prinzip war: Viel Feind, viel Ehr!

Den Ortsteil an der Wahnheide nannten sie „Velau" von Veluwe, was bei ihnen zuhause ‚Sandheide' bedeutet. Und ihr Name „Helrode" stand in Brabant für eine lange gerade Straße für alle Gefährte und Gelegenheiten, ähnlich der langen Straße hier als Weg von Aachen über Verlautenheide und den Hohen Berg durch Helrode und Dürwiß, Weisweiler und Mariaweiler, wo sie schon bald ein Kloster besaßen. In Brabant war es die alte Römerstraße von Leuven nach Antwerpen, die schnurstracksgerade durch Boortmeerbeek führte und eine Straße für alle, also eine „Hel-Rode" war. Was sie immer wieder geärgert hatte war, dass einige den Namen „Rode" gar nicht mehr mit „Straße" verbanden, sondern nur noch mit der Bedeutung „Einen Wald roden". So war es immer wieder einmal schwierig, solche Zweifler davon zu überzeugen, dass dieser Steinweg von Leuven nach Mechelen ein „Hellweg" war, also eine breite und künstlich angelegte Straße. Am meisten aber ärgerten sie sich, wenn jemand kam und meinte, dass ihr Name einfach nur „hellrot" bedeuten würde. Dabei hatten sie kein Rot in ihrem Wappen und der sandige Boden hatte keine hellrote Farbe.

Im Jahre des Herrn und der Gnade 1183 wird also ein Ritter aus Brabant vom Herzog von Brabant nach Aachen gesandt, wo er als Schöffe akkreditiert wird und die Pfründe „Hähle", was auch damals schon die Kurzform des Ortsnamens war, erhält. Es war Gerardus de Helrode d. Ä., ein Sohn von Deyso d. J. und Enkel des Ioannis II. Es war aber kein Wunder, dass die Helroder Ritter so kampfeslustig waren, denn sie hatten einen Motivations-trainer namens Jiedo Essener, der mit ihnen nach Helrode kam und am Maxweiher, der zu dieser Zeit auf Latein – noch als Relikt aus der Römerzeit – Lacuna martiellis genannt wurde, Kampf- und Parier-Training mit ihnen durchführte. Konkret bedeutete das Zerschneiden von zugeworfenen roten Äpfeln mit dem Schwert, die sogenannte Blutgrätsche, und Speerwurf auf eine Strohzielscheibe, die wie ein Burgtor geformt war, die sogenannte Torjägerübung, sowie die Abwehr eines zugeworfenen Lumpenklumpens, was die Burschen Stoppen nannten.

Und alle hatten scharfe Schwerter, die der Schmied Hubertus Baculum jede Woche nachschliff. Mit ihm zusammen hatten sie ihren Schwertern Namen gegeben, die sie von den nordischen Erzählungen eines fahrenden Sängers namens Eddus aus Wikipedia kannten. Nagelring hieß ein Schwert, wie in der Thidrekssaga. Die Klinge dieses mystischen Schwertes sei vom Zwerg Alprich gefertigt worden. Dieser habe es Dietrich von Bern übergeben, bevor der im Kampf den Riesen Grimm und dessen Frau Hilde tötete. Dazu habe Alprich dem Riesen das Schwert zuerst stehlen müssen. Das Wort Hilde heiße „Kampf". Ein anderer Knappe nannte sein Schwert nach dem zweiten Eisen von Dietrich von Bern. Später, als Dietrich von Bern das Schwert Eckesachs erworben habe, habe er Nagelring an Heime weitergegeben. Innerhalb der Saga sei das Schwert von besonderer Bedeutung für den Verlauf der Handlung gewesen. Dietrichs Vater war Dietmar, mit einem Karfunkelstein auf der Stirn als weithin sichtbares Leuchtzeichen. Dem Riesen Grimm schlug Dietrich das Haupt ab, aber seine Frau habe er nur zerteilt, sodass die beiden Hälften wieder zusammenflutschen konnten. Wo mag denn das Schwert jetzt sein? Die Handlung der Sage spielt zu Kaiser Karls Zeiten. Das Nibelungenlied erzählt sehr positiv von Dietrich, und deswegen hat sich eine Gruppe von Nachfolgern gebildet, die an die Untermosel wanderte und dort den Ort Burgen gründete. Sie nannten sich die „Dietzler", also die Söhne des Dieter. Dietrich von Bern könne ja vielleicht auch der König der Ostgoten gewesen sein, Theoderich der Große. Vielleicht bezogen sich die Moselbewohner aber auch auf Dietrich von Reuland, der von seiner Burg in der Eifel auszog, die Sarazenen das Fürchten zu lehren. Er starb aber bei Akkon. Theoderich herrschte vor Karl dem Großen im 6. Jahrhundert in Italien nach dem Untergang des römischen Kaiserreiches. Dietrich von Reuland lebte fast 600 Jahre später, die Dietzler stammen alle letztlich aus Dieblich.

Wie es sich für einen ordentlichen Helden gehört, konnte auch Siegfried nach der Nibelungensage, die manche Walter von der Vogelweide zuschreiben, sich im Kampf auf seine magischen Waffen verlassen. Zum einen war das sein Schwert mit dem Namen „Balmung", nach dem ein dritter Knappe sein Eisen benannte. Siegfried habe es von den Söhnen König Nibelungs erhalten, neben – zum anderen – dem legendären Mantel mit dem Namen „Tarnkappe", der ihn unsichtbar machte und ihm die Kraft von zwölf Männern verlieh. Diese Schwerter, die sich ihren Herrn selbst suchten, galten als ein Symbol für unbedingtes Königsheil.

Aufgrund der weiteren Entwicklung zum Frommen hin nennen die Ritter von Helrode sich nun auch gerne von

Heilraede. Noch lange Zeit später erzählte man die Legende vom Wahl-Helroder namens Dominicus. Er kam eines Tages den Hohen Berg hinunter ins Dorf und pochte an die Hoftür des älteren Gerardus. Schon gleich bemerkte der Helroder Ritter die Beredsamkeit des Mönchs in weißer, aber von einer langen Wanderung staubiger und auch hier und da heftig verschmutzter Kutte. Gerardus d. Ä. blockte nicht gleich ab, sondern hörte sich das Anliegen des Mönchs an. Das Anliegen war ihm in der Tat nicht fremd, denn Augustinus Dominicus gehörte zum Predigerorden des Dominikus, der in Südfrankreich wirkte, und warb Ritter ein für einen Feldzug gegen die Katharer, die dort eine wirksame Gegenkirche gegründet hatten. Sie standen der Welt feindlich gegenüber, weil sie sie für das Territorium des Bösen hielten, und sie feierten ihren Übergang im Tod zu himmlischen Gefilden als Erlösung vom Übel. Wenn im Vater Unser gebetet wurde „Enti losi unsih von a ubile" schrien sie dies fast laut und schauten sehnsuchtsvoll zum Himmel. Dominicus traf bei Gerardus nicht auf taube Ohren, denn auch er wollte nicht glauben, dass diese Welt nichts mit dem Himmel und der Himmel nichts mit dem Wirken der Menschen auf Erden zu tun hatte. Waren nicht die Freuden, die er erlebte, wenn er in gleißender Sonne sich einer ansehnlichen Frau näherte, so himmlisch, dass er sich nicht vorstellen konnte, im Himmel noch bewegtere Gefühle der Harmonie erleben zu können. Und war nicht das Wirken der schon gestorbenen lieben Mitmenschen nicht tagtäglich auch in seinem Leben zu spüren. Hatte er sie nicht in ihren täglichen Gebräuchen und Gesten vor Augen? Hörte er nicht ihre Stimmen, ihre Lieder und ihr Lachen? Spürte er nicht ihre verzweifelten Ängste und ihre verhaltene Freude, wenn sie dem Gang des Alltags ausgesetzt waren? Sehnte er sich nicht selbst nach den wenigen Augenblicken, in denen er einmal eine langsam aufkeimende Freiheit spürte, wenn sie sich aus dem Alltagstun herauswand und einige Stunden unbeschwerter Zufriedenheit schenkte. Wenn sie auch seine Seele einmal ganz löste von den Bedingtheiten der Zeit.

Eine letzthin scheidende Grenze zwischen Himmel und Erde hatte er nie akzeptieren wollen. Aber kämpfen für etwas, was die Kurie für einen Irrglauben hielt? Wollte er das? Man schrieb das Jahr 1208 und Papst Innozenz III. hatte die Soldaten Christi aufgerufen, der Ketzerei der Albigenser entgegenzutreten. Er hatte aber auch andererseits durch gut unterrichtete Ritter vernommen, dass Dominikus selbst das Leben der Katharer als sittenstreng und genügsam erfahren hatte, und so war er im Zwiespalt, denn die Bischöfe in den Landen um ihn herum waren ja alles andere als bescheiden und verhalten. Es war dieser innere Zwiespalt, der ihm dazu riet, dem Ansinnen des Mönchs vielleicht nachzugeben und für vierzig Tage oder etwas länger sich am Kreuzzug zu beteiligen. Vierzig Tage war die Mindestfrist, die der Papst angesetzt hatte, um ewiges Seelenheil zu erwerben. Man durfte sich dann ein Leben lang Kreuzzugsritter nennen! Und so hatte er den ältesten Knappen angewiesen, die braunen Walache zu satteln und sich darauf vorzubereiten, mit ihm vierzig Tage lang in Südfrankreich in der Gruppe des Jülicher Grafen, die von den Palandts aufgestellt worden war, unterwegs zu sein. Er erwartete voller Freude das Studium der französischen Burgenarchitektur, denn es war sein

Ansinnen, auch in Helrode eine neue Burg zu bauen, die an der Quelle der Helroder Bäche Fließ und Loll, unterhalb des Hohen Berges gelegen sein sollte und sein jetziges Hofgebäude umschließen würde, ganz nach dem Muster der Donjonburg, wie sie in einiger Entfernung schon entstanden war, wo die französische Burgenbauhütte genügend Kalk für den Mörtel hatte auftreiben können.

Sich jeden Tag die Predigten des Dominikaner anhören zu müssen, war natürlich nicht anspruchslos, aber die Ausführungen des Ordensmanns gaben ihnen schon genügend Beweggründe, auf dem Kreuzzug für Gottes Werk bei den Bauern zu betteln und notfalls auch Vieh und Getreide zu beschlagnahmen, wenn sie nicht gleich einsichtig waren, sie auf den Hof zum Biwak zu lassen und ihnen Speise zu bereiten. Manchmal mussten sie uneinsichtige Kätner oder Hufner bestrafen, was er aber den anderen überließ, denn sein Schwert war noch nie mit Menschenfleisch und -blut in Berührung gekommen.

Sein neues Schwert hatte er von einem französischen Architekten erhalten, der ihm nach dem Kreuzzug bis nach Aachen nachgereist war, weil dieser sich ihm in großer Freundschaft verbunden fühlte. Im Heerlager hatten sie sich eine Zeit lang das Bett teilen müssen und nolens volens die Vorzüge ihrer Körper kennengelernt. Er hatte beim Franzosen eine ordentlich kräftige Mensur gefühlt, als sie zusammen ihre Sehnsucht nach ihren Frauen und ihrer Heimat besänftigten. Nun war dieser Architekt, Jakob von Orleans, ein Spezialist für französische Donjonburgen, in Aachen eingetroffen und hatte für Gerardus ein neues Schwert mitgebracht. Das neue Schwert war aber in Wirklichkeit eine benutzte edle englische Wertarbeit, und für die Wertschätzung hatte Gerardus den Aachener Ritter Johann von Pont, Bürgermeister der Stadt Aachen und verheiratet mit Catharina Colyn, einer Schwester des ehemaligen Bürgermeisters Rikolf Colyn, dazu gebeten. Mit dem Schwert verbunden war ein Geheimnis, das Jakob von Orleans ihnen lüftete. Auf dem Schwert stand:

+NDXOXCHWDRGHDXORVI+,

wobei + die Inschriftgrenze markiert und X die jeweilige Wortgrenze. Also lautete dieser mysteriöse Schriftzug:

ND   O   CHWDRGHD   ORVI

Jakob deutete den beiden neugierig gewordenen Rittern dies als „Nova Dictum Ordinatum CHlodWich DRuidon GimiHalta Dragon OrcusVI" und man übersetzte es gemeinsam zu: „Neu benannt und geschenkt dem Druiden Chlodwig. Den Namen nennt Dragon: Orkus Nr. 6" Dieses Schwert nun übernahm Gerardus, da sein altes im letzten Gefecht zerbrochen war, gerne in der Hoffnung, dass dieser weihevolle Hintergrund ihn bei all seinen neuerlichen Kampfeinsätzen schützen würde. Er wusste nicht, dass es niemals von ihm eingesetzt werden würde. Dieser Architekt nun bekam den Auftrag zu drei Burgen nach dem Donjonprinzip in ihrer Gegend, jeweils mit vier runden Flankierungstürmen, deren Spindel eine Drehwendel so tragen würde, dass die meisten Angreifer als Rechtshänder massive Schwierigkeiten hätten, wenn sie versuchen würden, von außen in das Treppenhaus einzudringen. Demgegenüber könnte der Verteidiger von oben herab mit rechts sein Schwert frei schwingen lassen. Die Familie Palandt war an allen Projekten beteiligt und vermittelte Baumeister und Handwerker, aber nicht nach Helrode, weil Gerardus für eine große ansehnliche Burg kein Geld hatte, sondern nach Berge op der Inde, wo die alte kleine Nachfolgerfestung der Berger Motte durch einen Donjon ersetzt werden sollte, dann zur Nachbarmotte nach Bovenberg mitten im Wald, wo der Galan von Bongart zu der Heyden seine hölzerne Trutzburg zu Bove erweitern lassen wollte, und auch in Dorff bei den Erzvorkommen sollte eine solche Burg aus Stein entstehen. Dies zu koordinieren war eine große Leistung, denn die Burgbauhütte musste ja jeweils dort sein, wo eine solche Burg entstand, da es ja unsinnig gewesen wäre, die schweren Bruchsteine aus Steinbrüchen zuerst zu einer zentralen Burgbauhütte zu transportieren und dann erst nach Bearbeitung durch die Steinmetze zur Burg, zu der die Steinmetze dann auch immer wieder hätten anreisen müssen, um die Steine fachgerecht einzusetzen oder nachzubearbeiten. Der Burgbaumeister Zeune begründete es ja noch einmal so, als man es besprach: „Es ist auch leichter, Maße vor Ort zu nehmen. Der Aufwand wird meistens völlig unterschätzt, der im Zusammenhang mit der Kalkgewinnung für die neuerdings gemörtelte Burg nötig ist. Kalkmörtel kann ja nur vor Ort der Baustelle angerührt werden, muss also in Form von Kalkstein aus möglichst reinem und dann gebranntem Kalk zur Burg angeliefert werden." Zeune schilderte ihnen den großen logistischen, energetischen und menschlichen Aufwand zur Gewinnung von Kalk für Mörtel und geht davon aus, dass der Kalk vor Ort der Steingrube, wo Kalk gewonnen werden kann, in großen und temperaturfesten Öfen fachmännisch sauber gebrannt wird und dass der gepresste Kalkstein, der fast nur die Hälfte von normalem Gestein wiegt, dann zur Burgenbaustelle transportiert wird. „Nun liegen", so fuhr er fort, „in dem sehr spitzen Dreieck zwischen den drei Burgen Berge op der Inden, Bovenberg und Dorff genau in der Mitte die Cillen, die Hetzenicher Kalkhöhlen, und die weißen kleinwüchsigen Arbeiter dort, die „Cillewittchers", sind sehr fleißige Handwerker, die in ihren Brennöfen einen Kalkstein nach dem anderen brennen. Diese Steine werden dann verarbeitet und vertrieben, und zwar für Kirchen, Klöster und Burgen, von denen es ja genügend aus dieser Zeit im Radius um Hastenrath gab. Diesen Ort nannte man ja wegen der Schnelligkeit der Lieferungen auch „Hetzenich", ähnlich wie in Aachen der Ort „Eilendorf", wo es ja auch Kalkgruben gibt" Der Baumeister Zeune brachte uraltes Wissen aus Aachen mit, denn er war ein Nachfahre des Oktogonbaumeisters Odo von Metz und hatte tradierte Kenntnisse mit eigener Erfahrung anreichern können. So wusste er, dass an der Aachener Marienkirche über zwanzig unterschiedliche Gesteinsarten und mindestens fünfzehn Mörtelsorten verarbeitet waren. Auch bei den Burgen würde er den Eifeler Trassmörtel verwenden. Einige der Steinsorten kamen aus der unmittelbaren Umgebung: Aachener Blaustein, Herzogenrather Sandstein sowie schiefriger Sandstein, auch Grauwacke genannt. Andere stammen aus weiter entfernten Gegenden des Frankenreiches, so der Drachenfelser Trachyt aus dem Siebengebirge, vulkanische Tuffe aus der Eifel, helle Kalksteine von der Mosel oder ockergelbe aus der Umgebung von Metz. Er wusste auch, dass nicht alle Steine zum ersten Mal Verwendung gefunden hatten. Klammerlöcher in einigen der Quader zeugten davon, dass sie zuvor bereits Teile römischer anderer Gebäude waren.

Diese häufigen Zusammenkünfte mit dem Mann, der ihm und dem er auf den Kreuzzügen sehr nahegekommen war, der Mann mit diesem spontanen überschwänglichen Reden und Lachen, wühlten ihn so auf, dass Gerardus Fastrada treffen musste, wozu er ihr Depeschen zukommen ließ, sie möge zum Hohen Berg in die Steinkuhlen kommen, wo sie sich dann trafen. Hier nun erzählten sie sich zuerst von ihren Erlebnissen. Fastrada berichtete Gerardus von einem sehr peinlichen Vorfall, und zwar im stärkeren Sinne des Wortes, denn es wurde ihr letztendlich körperlicher Schmerz beigefügt. Auf dem Rindermarkt in Eschweiler, wo sie für einen jüdischen Händler Kunden angesprochen hatte, was sie immer wieder gegen dessen gute Bezahlung getan hatte, war ein großer Lärm von Kutschen und vom Abbau der Kleinviehstände entstanden; dazwischen hörten sie immer wieder und über längere Zeit das wechselnd laute Stöhnen und Schreien einer Frau in großer Geschlechtslust. „Geh' doch auch dahin, das passt doch auch zu dir, wo du doch nackt zu sehen bist, wenn du dein Kleid wäschst!" Sie dachte, nicht richtig zu hören, aber was der Cotzhausen aus Kintzwilre da von sich gab, hatte er nicht mit eigenen Augen gesehen, sondern in Erzählungen seiner Verwandtschaft aus der Burg Angeltorp gehört. „Sie", so setzte sie vorsichtig an, „verwechseln hier Schönheit und Geilheit!" Der Cotzhausen wieherte vom Pferd herunter: „Mich macht Schönheit halt furchtbar geil, da kann man nichts machen!" Sie erwiderte

192

mit gesetzter und besonnener Stimme: „Und ich erfahre nun wieder einmal, dass Geilheit nicht schön macht!" Im Weggehen reckte sie ihm den Hintern entgegen. Das laute Liebesgetöse hatte nachgelassen und war einem männlich verursachten Geräusch gewichen, das man als bäriges scheinbar nicht endendes Brummen deuten konnte. Sie sah deutlich ihr Problem, das Gerardus ihr aufgrund seiner vielfältigen Lektüre so erklärt hatte: „Nacktheit durchbricht die bürgerlichen Konventionen, denn der nackte Körper hatte eine hohe private Bedeutung; Nackte in der Öffentlichkeit waren immer Schimpf und Schande preisgegeben, denn es wird ein gesellschaftliches Tabu verletzt, weswegen man ausgestoßen werde. Nacktheit bedeutet aber auch Wildheit – ein Übergang zu freiem und unreglementiertem Verhalten. Sie nun werde von anderen Frauen des Mobs gequält, während hingegen Männer sie heimlich aus den Augenwinkeln anschauten und in ihrer Gegenwart verstummten." „Geschlagen haben mich zwei Frauen mit Reisigbesen, deren Lebenswandel fürwahr nicht vorbildlich ist. Ich habe noch heute schlangenförmige Striemen an den Beinen." Gerardus holte etwas weiter aus: „Der Körper einer Frau sei ein Spiegelbild von Adams Körper, hat neulich ein Geistlicher behauptet. Ich halte das für falsch. Das Geschlecht der Frau sei doch nicht einfach gleich einem männlichen, nur aber nach innen gerichtet, es ist doch viel geheimer, verborgener, sodass man nicht erkennen kann, was mit der Frau bei der Liebe wirklich passiert. Warum soll denn das nach innen Gerichtete Zeichen des Verbotenen sein, sündiger und verderbter als das baumelnde Gemächt oder das straffe Mächtige des Mannes? Wieso muss der

Mann denn Bewacher der Frau sein, weil man nicht sehen könne, was in ihr vorgeht? Wieso muss die Liebe der Frau unter der Kontrolle eines Mannes stehen?" Fastrada pflichtete ihm bei. Gerardus verfiel in einen Predigtton: Der Mensch habe seinen Leib in Ehren zu halten, weil der Leib der Tempel der Seele sei und beim Jüngsten Gericht wieder auferstehen werde. Wie denn das? Er hatte solche verwesten Leichname nach Wochen auf unaufgeräumten Schlachtfeldern gesehen, dass ihm dieser Gedanke völlig unmöglich war. Was von Maden und Würmern zerfressen war, was also als solches gar nicht mehr existierte, könne doch nicht mehr auferstehen. Das könnte doch höchsten ein Geistleib, ein Gespenst mit der Form des Leibes sein. Der Leib sei nur der Tempel Gottes und für sich genommen völlig bedeutungslos, da Gott sich vom Körper löse, da er zugleich in ihm und außerhalb von ihm und überall wirksam sei. Deswegen seien Liebe und Hass ja auch keine Körpergegebenheiten, sondern freigeistige Erscheinungen, die man mit den Sinnen nicht feststellen könne. Und alles, der Leib und die Seele und der Geist, Körper und Sterne, Flüsse und Berge, Vulkane und Brüste seien letztlich ‚energeia', nach dem Aristoteles also Energie, die sich irgendwann wieder zu anderen Synergien verbinde und zuletzt zur heimischen göttlichen Energie heimfinde in einer wunderbaren Wiedervereinigung. „In Frankreich hat ein Minnesänger und Geschichtsschreiber, Georgius Dubius, mir erzählt, dass vor allen Essen Wasser aus großen Kannen über die Hände und die Füße gegossen wurde, damit der Leib rein sei. Wenn ein fahrender Ritter ein Lager für die Nacht suchte, sei es Brauch gewesen, dass der reisende Herr von den Töchtern des Gastgebers nach dem Bad frottiert, gekämmt und gepflegt wurde." Gerardus hielt das zwar für der Phantasie von Männern entsprungene Geschichten. Das konnte er sich nicht vorstellen! Er dachte aber auch an die öffentlichen Bäder in Köln, die er einmal besucht hatte, mit strengen Verhaltensvorschriften. „Und in Cluny nehmen die Mönche nur zweimal im Jahr ein Vollbad, und zwar zu Weihnachten und an Ostern – ob sie es nötig haben oder nicht!" „Ich gehe nie in das öffentliche Bad. Aber das hat mir auch immer wieder Unbilden eingetragen." Bei Fastrada hatte man ihre Brustnippel sich abbilden gesehen, als sie in einem züchtigen Gewand im Dorfteich gebadet hatte. Sie hatte auch das Haar offen gehabt, was nur bei Kindern so sein durfte und bei Prostituierten üblich war. Gesittete Frauen mussten in der Öffentlichkeit sogar ihr gebundenes oder geflochtenes Haar unter einem Kopftuch verstecken, denn Haare wirkten auf die meisten Männer äußerst erregend. „Was das noch werden soll!" beendete Gerardus das Thema. „Die Welt wird irgendwann zwiegespalten sein: Die einen tummeln sich permanent nackt herum, können aber gar nichts mehr mit ihren Körpern anfangen, und die anderen dürfen sich noch nicht einmal tief in die Augen schauen, wie es den Bediensteten im Harem gegenüber den Gastfrauen unter Androhung von Todesstrafen verboten ist, und die eine Sorte von Frauen verschwendet sich für nichts und wieder nichts und die andere unterstellt sich der Gewalt von Männern und hat bestenfalls viele liebe und geliebte Kinder." „In jedem Fall und in jeder Hinsicht haben Männer die geheimen Fäden wie die Puppenspieler in der Hand und lassen die Puppen tanzen!" „Dann sind die Männer schuld daran, dass es irgendwann auf der Erde keinen Nachwuchs mehr gibt."

Wenn sie sich nach solchen sinnigen Gesprächen auf der weichen Moosbank in der oberen Steinkuhle heftig liebten, zogen sie sich nicht aus, sondern öffneten lediglich ihre Unterkleidung. So fand sie mancher Wanderer, der aber nicht wagte, sich bemerkbar zu machen. Allenfalls trug er das Abbild ihrer Leidenschaft in seinem Herzen davon und erinnerte sich bei Gelegenheit rührselig aufgewühlt daran. Das konnte natürlich nicht mehr lange so weitergehen. Die Frau des Ritters Gerardus, Catharina von Grein aus Alten Hofen, wurde von verschiedenen ihr eher wohlgesonnenen Frauen angesprochen, ob sie denn von dem Verhältnis ihres Mannes zu der Lustfrau Fastrada wisse. Sie wusste. Ob sie denn damit einverstanden sei. Sie war. Allerdings nur aus Resignation, weil sie wähnte, dass sie den Ernährer ihrer selbst und ihrer Kinder verlieren würde. Ob sie denn Groll gegen Fastrada hege. Sie hegte. Aber sie duldete und duldete, da sie den Hang ihres Mannes kannte, sich nicht hemmen zu lassen, wenn es um seine plötzlich aufkeimende Begierde ging. Sie duckte sich den Gegebenheiten, sie duckte sich weg unter der Last ihres beleidigten Herzens. Sie ergab sich den Verhältnissen der Gesellschaft, sie unterwarf sich der Alltäglichkeit und dachte dabei an ihre Kinder, aber willfährig war sie niemandem mehr. Sie beschwor sich täglich mit dem Imperativ „Duck dich!", aber sie wusste zu jeder Stunde, dass es falsch war. Sie schluckte die Kröte aber um der Familie willen, und sie als adlige Frau wusste um das ungeschrieben Gesetz, dass Ritter sich nehmen durften, während hingegen Frauen zu geben hatten. Sie war ja gut versorgt und versorgte ihre gemeinsamen Kinder gut: Ruland, Conradus, Wilhelmus, Margaretha, Joannis, Caecilia und Thekla de Helrode. Fünf, sechs oder sieben gemeinsame Kinder sowie zeitweise einige Kuckuckskinder, das war eine Seltenheit, dachte sie voller Genugtuung, und sie beneidete Fastrada nicht, die offensichtlich von ihrer Mutter gelernt hatte, wie man Kräuter anmischen und einbringen konnte, um nicht geschwängert zu werden – vor und nach dem Geschlechtsakt verrichtete sie Rituale und Waschungen. Davon hatte sie allerdings niemandem je etwas erzählt! Aber vielleicht war Fastrada ja auch nur völlig unfruchtbar!

Gerardus war sehr unsicher geworden, was er von Fastrada weiterhin erwarten durfte. War sie ihm ans Herz gewachsen? Aber das würde ja nicht heißen, dass er sie ins Herz geschlossen hätte. Er betete um Klarheit, und er betete um eigentlich sich Ausschließendes, empfand es aber nicht als widersprüchlich. Er betete um das Glück mit seiner Familie ebenso intensiv wie um seine Freude mit Fastrada. Dass er sie mehr als gut leiden konnte, war ihm bewusst; er hatte sie sehr liebgewonnen und hatte sie unverändert lieb; das war viel mehr, als sie bloß zu mögen oder ihr nur gewogen zu sein. Auch für viele andere hatte er etwas übrig, aber für sie empfand er das, was er auch zu seiner Frau gesagt hatte, als sie heirateten – auf Tuitsch, weil sie des Lateinischen gar nicht mächtig war und er es zwar lesen und halbwegs verstehen, aber nicht selbst formulieren konnte: „Du bist mi:n, ich bin di:n!" Karl der Große selbst, so war es in Erzählungen überliefert, konnte Latein und Griechisch verstehen, aber er konnte überhaupt nicht schreiben, sondern nur mit einem Haken abzeichnen, was er entschieden hatte. Gerardus wartete auf ein Zeichen des Himmels. Da hieß es plötzlich, der ewige Jude würde von Weiden herkommend, das Dorf passieren. Alt und Jung war auf den Beinen, um den Menschen zu sehen. Und wirklich, eine Stunde später, gegen Mittag, kam er auch. Gerardus sah ihn mit eigenen Augen. Er war ein sehr alter Mann, klein wie ein Zwerg, mit sehr langem Barte. Er hatte ein Bündel auf dem Rücken und sehr alte, zerrissene Kleider an. In der Hand trug er einen schweren Stock. Er sah sehr verkommen und verwildert aus. Der Bart war weiß und die Gesichtsfarbe gelb. Er hatte eine lange Nase. Kinder aus dem Dorfe wollten ihm nachlaufen; als er aber mit dem Stocke drohte, blieben sie ängstlich zurück. Auch einige der Erwachsenen fürchteten sich und waren bang. Woher er kam und wohin er ging, wusste niemand, denn er sprach mit keinem Menschen ein Wort. Keiner erhielt auf Fragen eine Antwort. Er ging langsam und vorsichtig und sah mit seinen funkelnden Augen scheu um sich her. Als er weg war, hat sich die Menschentraube so schnell verflüchtigt, wie sie sich gesammelt hatte. Gerardus aber dachte, dass ein armer alter Mann völlig verunsichert war und Angst hatte. Es war kein Verdammter, der sich da gezeigt hatte, sondern ein geächteter Außenseiter, ein Ausgestoßener, der sich nirgendwo mehr niederlassen konnte. Aber in der Nacht träumte dem Ritter vom ewigen Juden mit dem gelben Gesicht wie das eines Untoten. Auf dem letzten Kreuzzug hatte ihm ein Ritter aus Walacius iuxta Romanium von solchen unerlösten herumirrenden Seelen gesprochen, die nachts ihre Körper aus dem Grab holen und sich an ihren Widersachern aus dem Leben rächen. Man könne sie nur durch einen Stich ins Herz endgültig abtöten und unschädlich machen. Der kleine Alte verriet ihm im Schlaf seinen Namen – Hoffmann von der Waldau – und flüsterte ihm im Schlaf nun drei Sätze zu:

„Es wird der bleiche Tod mit seiner kalten Hand
Fastrada um die Brüste streichen!"

„Dein Glück wird großen Nöten weichen!"

„Im Ende werden sich die Reichen
wie auch die Armen
ohne Erbarmen
schleichen!"

Als er erwacht war, begann er zu überlegen, was dies bedeuten konnte. Aus diesem Leben schleichen mussten sie ja wohl alle, und ohne Erbarmen war ja wohl der Umstand, dass niemand im Normalfall sein Lebensende selbst beeinflussen konnte. Und dass es auch die Reichen treffen würde, besagte ja auch das Testament. Dass ihm Unglück geweissagt wurde, löste in ihm eine große Angst aus. Es hörte sich aber so an, als wenn die großen Nöte auch alle anderen betreffen würden, so z. B. durch eine lange Dürre und eine dadurch ausgelöste Hungersnot oder durch sehr harte und lange Winter oder eine Naturkatastrophe. Zwiespältig teilte sich sein Gedankenfluss, wenn er über Fastrada nachdachte. Sie würde also sterben müssen, aber wann denn und wieso wurde diese Weissagung bildlich so dargestellt wie ein Liebesakt? Bedeutete das etwa, dass er und seine Liebe für ihren Tod verantwortlich sein würden? Das konnte er sich aber gar nicht vorstellen, da er sie doch genauso herzlich liebte wie er seine Frau liebte! Er war ratlos und ratlos schlich er in den nächsten Tagen in Haus und Hof, in Feld und Wald herum.

Fastrada wollte und konnte diesen Schwebezustand nicht mehr ertragen. Sie stellte Gerardus mit den Augen der Empörung zur Rede: „Ich bin nicht mehr bereit, nur deine Konkubine, bestenfalls deine Zweitfrau zu sein!" Gerardus, der alles im Leben geduldig ertragen konnte außer, dass man ihn so unter Druck setzte, erwiderte voller aufkeimendem Erstaunen: „Du warst doch bisher eine Nomadin und als solche eine Monadin. Bisher hast du die Ortschaften öfter als die Kleidung gewechselt und dich seelisch vor allen Anforderungen so abgeschottet, dass du keines Herren Dienerin warst. Bei mir hast du das Glück der Liebe gefunden, und da du offensichtlich unfruchtbar bist, gab es nie Verwicklungen, wovon du selbst doch am meisten Vorteil gehabt hast." Gerardus hatte mittlerweile so oft mit ihr der Geschlechtlichkeit gefrönt, dass er sich nicht anders erklären konnte, wieso sie bislang nicht schwanger geworden war. „Dein Ansinnen ist sicherlich noch ein anderes als deine Liebe zu mir. Wegen meines Besitztums und der dir auf Dauer drohenden Verarmung nach dem Tode deiner Eltern kommst du jetzt auf den Trichter, mich an dich binden zu wollen. Deine Geschwister verleugnen dich wegen deines aus ihrer Sicht anrüchigen Lebenswandels!" Sie standen die ganze Zeit schon auf dem Hohen Berg bei Vrau Lissche unter den Buchen im abendlichen Sommerregen, nur halb bekleidet nach einer heftigen und kurzen Begegnung. Sie warf sich an seine Knie, sodass er nach hinten umsackte und sich so gerade noch mit den Händen im weichen Moosboden auffangen konnte. Sie bohrte ihren geschlossen weinenden Mund und ihre starrenden tränenden Augen in seinen Bauch und jammerte unsäglich erbärmlich schluchzend und ungemein zitternd vor innerer Bewegtheit, wobei sie an ihm hochkroch, und als ihre Augen sich begegneten, hauchte sie angestrengt und erschöpft: „Ohne dich bin ich nichts in dieser verdammten Welt!"

Kapitel 9   Der Kampf der Generationen

Rutcherius de Helrode ritt im strömenden Regen auf dem letzten Gaul, der ihm als Vasall der Palandts geblieben war, da diese seinen Sohn Jordan in eine langjährige Fehde gegen die Stadt Aachen verstrickt hatten, zu eben dieser geliebt- und gehassten Kaiserstadt. Dort traf er den Apokrisiar, den obersten Kaplan, den Palicii Capellanus der Pfalzkirche. Da dieser wohlweise Mann alle Gottesdienste anordnete, die in der Marienkirche gehalten wurden, und alles organisierte, was damit zusammenhing, wandte sich Rutcherius an diesen Bruder Hildebald, dem die Hofgeistlichen des Clerus Palatii unterstanden. Schon die Vorfahren hatten alles durch ihr freundschaftliches Verhältnis zu den Kapelanen als Hüter des höchsten und kostbarsten Reliquienschatzes der Merowinger und Franken, nämlich der „Cappa", geregelt. Die Cappa war der Überlieferung nach der Mantel des Heiligen Martins – als solcher aber sicher der Bischofsmantel aus der Zeit, als dieser Bischof von Tours war, denn der Soldatenmantel war ja von ihm selbst halbiert worden, so dachte Rutcherius jedenfalls. Wo mögen denn diese Hälften geblieben sein?

Die Renovatio imperii Romanorum mithilfe des Studiums überlieferter wissenschaftlicher Werke, die neues logisches Denken lehrten, hatte aber vor dem fränkischen Adel Halt gemacht. „Grammatik" und die „Kategorienschrift" des Aristoteles sowie die Überlieferungen zu den „Sieben Freien Künsten", den „Septem Artes Liberales" hatten im Bereich Frankens nicht zu einer inhaltlichen Auseinandersetzung geführt, sondern überall nur zu einer Jagd auf Hand- und Abschriften mit dem Erfolg, dass der „Codex argenteus", die Handschrift der ‚Gotischen Bibel', mehr Mammon als Gott sei Dank erhalten geblieben war. Rutcherius wusste von seinem Vater Conradus, dass eine Konkurrenz unter den Gelehrten in den Klöstern wegen der richtigen Doktrin zu großen Auseinandersetzungen und Verwerfungen geführt hatte. Die Klosterreform stand ja teilweise im Gegensatz zur Reichssatzung, wozu ein Beispiel ist, dass der Bau von Zehentscheunen nun auch am Zehenthof selbst erlaubt wird. Das hatte der Helroder aber anders als viele Bekannte und Verwandte von ihm, z. B. dem Ritter Heinrich von Caster, nicht erreichen können und insofern die Machtstellung des Klerus und der Äbte und Klöster nicht schmälern können. Das Kloster St. Jöris molk ihn wie eine Prachtziege, wogegen er sich zu wehren versucht hatte und zusammen mit den Palandts und anderen Adligen dafür gekämpft hatte, alleine für das Herzogtum und die Grafen die Lehensrechte wahrzunehmen.

Nun war ein Höhepunkt dieser Auseinandersetzung gekommen. Der Abt des Klosters Inda hatte die Tochter Johanna Wilhelmina des Herzogs Wilhelm von Jülich und der Maria von Geldern wochenlang in einer Schlangengrube im Klosterkeller gefangen gehalten, und dies unter dem Anschein, dass Räuber es gewesen seien, die sie entführt hätten und dass ihr Aufenthalt nicht bekannt sei. Der Abt nun war verurteilt worden und sollte gerädert werden. Der noch junge Rutcherius nun, der Sohn des Conradus reitet wie im Frühjahr auch im Herbst an drei Tagen in der Woche auf einem Maultier aus der Maultierzucht in Laurensberg nach Aachen zur Schule im Marienstift, stolz wie ein König über die Via Regia. Die Luurjagd in Lürken an der alten Burg hat begonnen sowie die Treibjagd Karls des Großen im Hambacher Forst. Erberich hieß „Dorf des Erbelandes"! In allen Waldabschnitten rührte sich etwas und rumorte es verhalten. Nicht nur Rutcherius hörte diese unerwarteten Geräusche voller Angst. Bei sich führte Rutcherius einen gestörten Mönch, der sich mit den letzten Papyrusrollen des Klosters, auf denen der Dialog ‚Timaios' des Platon überliefert war, in der Schwarzenbrucher Klostertoilette im Wald den Hintern abgeputzt hatte. Der Skandal schwappte hinüber bis Kornelimünster, wo man in einem aufwändigen Restaurationsversuch zumindest die Rettung des Wortlauts eines einzigen Zitates aus der Schrift hatte leisten können: „Umgibt nun des Tages Helle das den Augen Entströmende, dann vereinigt sich dem Ähnlichen das hervorströmende Ähnliche und bildet in der geraden Richtung der Sehkraft aus Verwandtem da ein Ganzes, wo das von innen Herausdringende dem sich entgegenstellt, was von außen her mit ihm zusammentrifft." Und Rutcherius, der kluge Junge dachte zwar auch, dass, wenn das Auge nicht sonnenhaft wäre, es die Sonne ja nicht erblicken könnte. Aber, so sinnierte er weiter, wieso könnte man denn nachts dann überhaupt nichts sehen, nicht einmal ein bisschen. Nachts sind doch alle Katzen grau und Farben kann man nicht erkennen, wie ein oberschlauer Mitmönch namens Bernardus nicht aufgehört hatte zu betonen. Ob nicht das Licht alleine von außen eindringt und das Auge ein bloßer Empfänger und Übersetzer dieser Sprache des Scheins sei, so überlegte

Rutcherius. In die Bibliothek im Aachener Marienstift durfte keiner rein, denn diese war geheim, da die Pfalzbibliothek nach Karls Tod ja offiziell aufgelöst wurde. Das Marienstift hatte ja keine Schreibstube, nur die Schreibstube des Kapelans, in der in einem großen Aachener Totenbuch die Stiftungsmessen eingetragen wurden.

Da man erfahren hatte, dass der Dialog des Kritias mit Sokrates, wie er im Timaos geschildert wurde, noch in anderen Manuskripten überliefert war, wurde der unglückliche Mönch freigelassen und der Abt begnadigt, aber nach Rom versetzt, wo er fortan nur noch langweilige Messen für sich alleine in einer Seitenkapelle lesen durfte. In Aachen eingetroffen, brachte der letzte im Aachener Land verbleibende Ritter de Helrode dem Apokrisiar eine Liste mit den Stiftungsmessen, die seine Vorfahren einst in der Marienkirche ins Register zur Eintragung beantragt hatten, die aber trotz erfolgter Markzahlung nicht eingetragen worden waren, sodass sie sich im neuen Aachener Totenbuch von 1239 noch nicht befanden. Im Beisein von Rutcherius trug der Apokrisiar eigenhändig – zuerst in schwarzer Tinte, die aber dann im Laufe des Schreibens bräunlicher wurde, und zum Teil etwas ungeschickt angehängt, wo interlinear kein Raum mehr war – diese bedeutenden Notae ein. Damit war auch ein- für allemal dokumentiert, wer aus diesem Geschlecht in Aachen als Schöffe gehandelt hatte und zwischen Marienkirche und Palas der Pfalz hin und her gewandelt war.

Wenn sie freudig zurückgekehrt waren von einem Kriegszug, wiederholte sich das Geschehnis der triumphalen Rückkehr vom Kreuzzug, als Jerusalem erobert war, oder von früheren Kämpfen gegen Sachsen, Langobarden oder Alemannen, ja schon zu Kaiser Karls Zeiten, wie die Familienerzählungen berichteten, war man in die Pfalzkapelle eingezogen, die ja schon vor der Kaiserkrönung Karls in Rom errichtet und eingeweiht worden war. Sicherlich hatte man sie immer wieder neu mit Eisenankern stützen und schützen müssen, denn die Zahl der Erdbeben in der Endphase der Herrschaft Karls war so gewaltig, dass man im Volk und in der Ritterschaft munkelte und unkte, Gott weise Karl dessen Grenzen und wolle ihm zeigen, dass er die Sündenlast nicht nur seiner Taten, sondern des ganzen fränkischen Volkes vor den göttlichen Richter zu tragen habe. Schließlich habe er nicht nur seine Brüder, sondern auch Neffen ermorden lassen oder sogar eigenhändig umgebracht – so genau wusste das aber niemand. Ja selbst vor der Tötung eines Sohnes habe er nicht zurückgeschreckt. Und darüber hinaus sei die Zahl seiner Kinder von verschiedenen Frauen so groß, dass unter der Voraussetzung, dass sie sich vertrügen, die Zukunft des Reiches gesichert sei. Das jedenfalls wusste man genau. Aber auch Inzest war ihm dabei nicht fremd gewesen. Und so spürte von Erdbeben zu Erdbeben, von Sturm zu Sturm und von Hagel und Regen zu Schnee und Eis Karl mehr die Last der göttlichen Schuldzuweisungen auf seiner Seele, weswegen er das Volk, die Ritterschaft und seine Geistlichkeit mit Dekreten überwarf, und aus seinen nur sehr verhalten Regeln angebenden Kapitularien wurden plötzlich drohende Weisungen in predigthaftem Ton, dass Notker, der sich selbst der Stammler nannte, weil er durch eine Kieferverwachsung und schiefe Zähne nicht imstande war, flüssig zu sprechen, ihn zu mäßigen versuchte, was ihm aber nicht gelang, weswegen der Benediktiner sich zu seinem älteren Mitbruder Benedikt von Ariane zurückzog, wo er geistliche Texte und Gedichte verfasste. Mit dem Einzug in die Pfalzkapelle und dem Segen durch den höchsten Geistlichen, der vor Ort war, endeten die Kriegszüge. Nach der Feierlichkeit belagerten die Kämpfer, ihr Tross und viele Konkubinen das Aachener Nachtleben.

Auch vor den Heereszügen, wenn die Grafen mit den rekrutierten Rittern, Knappen und bäuerlichen Reitern eintrafen, gab es in der Pfalzkapelle schwermütig-weihevolle Einschwörungstreffen in der Pfalz-Königshalle, so auch zur Unterweisung für den Frankreichkreuzzug gegen die Katharer. Schon von Beginn an stand dieser Albigenserkreuzzug unter einem schwarzen Stern. Es war fast so, als sei er betrieben von der dunklen Energie am Himmelszelt, die sich auszubreiten schien wie der Fluch und der Unglaube. Nicht das Licht der Sterne begleitete diesen Kampf gegen diejenigen, die man für Ketzer hielt. Es war ja schwer genug, im Frankenland, in Rom und in den angrenzenden Ländern durchzusetzen, dass man die Sohnschaft Gottes in das Glaubensbekenntnis einbezog. Das „filioque" kam den Albigensern nicht über die Lippen. Es ergab sich zu jener Zeit in Aachen, dass ein Unbefugter, ein Übereilter und Anmaßungsvoller sich zum Heerführer hochpreisen lassen wollte, und so setzte er sich auf den Thron des Kaisers Karl, den man über eine Wendeltreppe erreichen konnte und auf dem sitzend man von allen gegenüberliegenden Seiten der Kapelle gesehen werden konnte. Das war nun eine Attacke auf das rechte Glaubensempfinden, dass nur ein gewählter Kaiser diesen

207

Marmorstuhl, dessen Platten aus dem Heiligen Land stammten, besitzen – also besetzen – durfte. Nun gab es einen Mord, verübt an diesem Heerführer, und zwar unmittelbar während der Sedierung des Throns. Damit dies während der Aufstellung des Albigenserheeres, die einige Wochen in Anspruch nahm, nicht noch einmal vorkommen sollte, ordnete man für die Nächte Wachen an; je zwei Knappen mit Schwertern verbrachten eine langweilige Nacht auf der Thronempore. Und zwei angeödete Burschen von sechszehn Jahren ritzten in einer langen Nacht ein Mühlespiel in eine Außenplatte des Throns und spielten mit fettigen Daumenabdrücken Mühle. Dann plötzlich bereuten sie ihre Tat und zeichneten auf dieselbe Weise ungelenk eine Kreuzigungsszene, um zu kaschieren, dass sie sich etwas rein Profanes geleistet hatten. Beide Zeichnungen blieben aber vorerst unbemerkt, da die Platten eh schon Kratzer und Katschen aufwiesen.

Erzählt wurde immer noch vom großen Erdbeben um das Todesjahr Kaiser Karls herum; in Helrode spürt man den Tod Kaiser Karls, denn es riss der mit einem Marienbild bestickte Vorhang in der Ritterkapelle. Und in der Helroder Truhe lag auch ein Brief, in dem es hieß: „Aquisgrani terrae motus factus est." Er murmelte vor sich hin: „Ein Erdbeben ereignete sich in Aachen." In Helrode geisterten zu dieser Zeit verschiedene Geschichten zur Häresie und zum Unglauben bei den Mächtigen in Aachen, die Gott nun bestrafe. Der Beginn des Marienstifts kurz nach 800 war eine zügellose Zeit, denn nach der sonntäglichen Morgenmesse in der Pfalzkapelle ritt Kaiser Karl hoch zu Ross mit seinem gesamten Tross, der ihn vor dem Cattushof erwartete, zur Jagd im „Öscher Bösch", wie die

Einheimischen diesen urtümlichen und weitflächigen Wald nannten. Cattushof hatte ein römischer Gesandter diesen Hof genannt, da er tagtäglich von Katzen überfüllt war, die herumstreunten und von den Abfällen der Pilger lebten. Hofbischof in dieser Zeit war der legendäre Hildebald, der auch das Amt des Komputisten innehatte, das Karl der Große so förderte. Er war also der Berechner, denn seine Hauptbeschäftigung war die Errechnung der durch die Bibel und die Überlieferungen sowie die Konzile vorgegebenen Zeiten und Daten, weil man zwar Weihnachten schon auf einen festen Zeitpunkt gelegt hatte, aber Ostern nicht. Henricus, der Freund des Hildebald, hatte sich nicht durchsetzen können mit der Meinung, auch Ostern solle doch bitte in einem jeden Jahr zum selben Zeitpunkt sein. Warum nicht immer am ersten Sonntag im April? Oder am zweiten? Das würde alles viel einfacher machen! Gerardus, der Großvater des Rutcherius selbst, wie dieser wusste, hatte auch eine Umdeutung der Zahlenmystik des Oktogons versucht. In der Kiste befand sich ein Papyruszettel, auf dem folgende Zahlenreihe notiert war:

$1 \times 2 \times 3 = 6 = 1 + 2 + 3.$

Und die zweite Eintragung lautete nur $3 \times 3 = 9$; sie barg für ihn das Geheimnis der Überwindung der weltlichen Vollkommenheit und damit die Verbindung zum Himmel und zu dessen Wunder. Die Zahl 9 bedeutet die Überwindung der 8 Mühen nach dem 2. Petrusbrief, wie sie im Oktogon als Zeichen der Vollendung zum Ausdruck kamen. Die Schöffen Aachens hatten im Jahr 1305, also im 145. Jahrneunt nach Christi Geburt, wie man es berechnet hatte, den Nikasius-Altar hinter den Kaiserthron setzen lassen und im Hohlraum unter dem Thronsitz die „Bursa des Stephanus" verborgen, denn dieser war mit 29 Steinwürfen gemartert und getötet worden, die von 5 Männern geworfen worden waren unter den kritischen Augen des noch nicht bekehrten Paulus, des Heiden Saulus, der selbst Christen verfolgt hatte. Und dieses nun von den Helrodern, für die die Zahl 9 eine heilige Zahl war und das Enneagramm eine Überhöhung des Oktogons, derart als Mysterium gedeutete Jahr 1305 verbarg also mit diesem Neubeginn den Hinweis auf 29 x 5 weitere Jahrneunte. Und das Jahr 1305 + 1305 = 2610 skizzierte für die Helroder Sippe von dieser Zeit an damit das Ende der Menschheit, wenn man es bis dahin nicht schaffe, das „filioque" und das Geheimnis des Hl. Geistes „per filius" durchzusetzen. Vom Katholon sollte also die Zukunft der gesamten Menschheit abhängen, aber ohne Krieg und Kampf.

Das ganze Dorf mit allen 99 Bewohnern kam zusammen, als dieser fünfzigjährige Mann namens Albrecht das Dorf verließ und sich verabschiedete, nachdem er einige Wochen im Lindenhof gewohnt hatte und dort auch gezeichnet und farbig gemalt hatte. Nach Helrode gekommen war er, nachdem er zusammen mit seiner Frau Agnes über die Via Regia durch den Ort gezogen war und den Lindenhof als mögliche Werkstätte erkannt hatte. Seine Frau war dann aber weitergereist, um in Antwerpen bei Quentin Massys eine Unterkunft zu finden und für ihren Mann eine Werkstatt. Während der zweiten Reise von Albrecht Dürer nach Italien hatte sie in Nürnberg die Werkstatt geführt, denn sie kannte sich als Tochter des Goldschmiedes Frey sehr gut im Metier und in Bezug auf das Geschäftliche aus. Ihre Ehe mit Albrecht Dürer war kinderlos geblieben. Das traf ihn umso härter, bedenkt man, dass Albrecht siebzehn Geschwister hatte. Wenn Albrecht über seine Frau sprach, nannte er sie schon einmal eine alte Krähe und hielt sich mit derben Bemerkungen nicht zurück.

Auch hatte er gerne dem benachbarten Schmied bei filigranen Schmuck-Arbeiten geholfen, denn bei seinem Vater in Nürnberg habe er eine Ausbildung zum Goldschmied gemacht, und bei einem Holzschnittmeister und bei einem Maler sei er auch in der Lehre gewesen. Auf zwei Italienreisen sei er in Venedig mit anderen Künstlern zusammengetroffen und nun reise er auf Umwegen weiter in die Niederlande, um seine Abhandlung über die Proportionen, die er schreiben möchte, zu beginnen. Ermuntert habe ihn zu dieser Reise sein Freund Willibald, sein Gönner, durch geistige und gedankliche Inspiration. Selbst entwickeln würde Albrecht eine neue Art des Malens, die perspektivische Darstellung, indem er seine Erfahrungen aus Venedig in seinen Gemälden umsetzte. Man schrieb das Jahr 1520, als er sich dann in die Niederlande aufmachte. Da Maximilian I. verstorben war, durch den er eine Leibrente zugesprochen bekommen hatte, suchte Dürer dessen Nachfolger, Karl V. auf, um sich die Leibrente nachträglich zu sichern. Es war also eine reine Geschäftsreise, die ihm bevorstand, weswegen er hier in Helrode einige Wochen weilte, um in Ruhe künstlerisch zu arbeiten.

In der Zeit, in der er in Helrode gewohnt hatte, war viel geschehen, denn Albrecht war ein Freund der Frauen.

Wenn er um fünf Uhr nachmittags seine Arbeit im Schuppen des Wirtshauses beendet hatte, aß er dort, trank Bier oder Wein, und zwei Stunden später machte er sich auf den Weg mit frischen Abzügen von einem neuen Kupferstich, die er noch aus Nürnberg mitgebracht hatte. Es war das naturgetreue Abbild eines Hasen. Er ging von Haus zu Haus und bot diesen Druck den Frauen an, die ihn fortan wegen der Naturnähe dieses Bildes sehr schätzten. Wenn sie ledig waren oder ihre Männer freundlich, luden sie ihn ins Haus ein. Er sonnte sich in seiner Beliebtheit und erwiderte so manchen Liebesgruß. Der Hase wurde zum Zeichen der Verbundenheit und hing in vielen Häusern gerahmt oder pur an der Wand. Mit drei ledigen Frauen, von denen eine sehr jung, die zweite zweiundvierzig Jahre alt war und die dritte zehn Jahre älter als er, vereinbarte er ein Zeichen. Wenn er nach acht Uhr abends in ihrem Fenster den Hasen in gerahmter Form auf der Fensterbank stehen sah, konnte er ohne Aufhebens das Haus betreten und eine Treppe höher ins Schlafzimmer gehen, wo sie ihn sanft wie das Fell eines Häschens erwartete und er wie ein kräftiger Rammler sich für die Einladung bedankte. Seitdem trugen einige Frauen in Helrode gerne ein Häschenkostüm zu den wilderen Dorffeiern und er wurde als der „Spieljunge" derjenigen des weiblichen Geschlechts gehandelt, das sehr liebesbedürftig und erlebnishungrig war. Vor der Welt blieb es geheim, dass die jüngste der Frauen am 1. Januar 1521 einen Sohn gebar. Weil sie keine Anerkennung Dürers als Vater zu erwarten hatte, erfand sie den Tarnnamen „Dürrer" als Vater- und Sohnesnachnamen und zog von Helrode fort in die Nähe des Korkuswaldes bei Volkenraide. Als

Albrecht 1528 starb, wähnte man ihn kinderlos und den Familiennamen als aussterbend, da seine beiden Brüder auch kinderlos geblieben waren. In Wahrheit aber lebte das Geschlecht Dürers unter dem Namen Dürrer noch lange weiter.

Als er das Dorf am 1. April 1520 verließ, schenkte er der Gemeinde für die Kirche eine von ihm eigenhändig kopierte Marienikone und ein Originalbild mit dem von ihm 1502 zum ersten Mal gemalten Hasen. Die Ikone hängte man in der Kapelle auf, der Hase hing vier Jahrhunderte lang im Lindenhof, bis dieser renoviert wurde und als „Hexenhaus" sich einen düsteren Ruf erwarb.

Zu dieser Zeit war die Situation in Jülich sehr angespannt, denn der Herzog wollte ein für alle Mal durchsetzen, dass die Ritter und ehemaligen Ministerialen sich in ihrer Macht nicht weiter verselbstständigten und sich so immer weiter von ihm lösten. Schließlich war Jülich von 1356 an ein Herzogtum und es funktionierte immer noch nicht, dass alle Abgaben und Gelder in Jülich eintrudelten! Man hatte doch deswegen vor über hundert Jahren schon die Ämter eingerichtet, denen ein Amtsmann vorstand, der einen Schreiber hatte, ein Gericht leitete und den ein Vogt dabei unterstützte, die Belange auch durchzusetzen. Die gräflichen, vogteilichen, grund- und lehnsrechtlichen und weit verstreuten Besitzungen mussten nun endlich in eine einheitliche Herrschaft eingebunden werden, die im ganzen Herzogtum gewährleistet sein musste. Dazu hatte man viele Beamtenstellen eingerichtet, die dieses Gebiet verwalten sollten und die die Ablösung der nur jeweils gerichtlich erstrittenen Lehensrechte durch vertraglich verbriefte Verwaltungsakte absichern sollten. Groß waren diese Amtsbezirke und undurchsichtig waren die neuen Verhältnisse, weswegen es keine Befriedung gab, sondern eher eine neue reißende Welle von Auseinandersetzungen und Fehden. In manchen Orten war der Landfrieden gar fundamental bedroht. Reiche Bauern- und Handwerkerfamilien wollten diese Zustände nicht mehr und begannen, sich zu organisieren. In den Städten gab es nun Räte, Zünfte regelten das Arbeitsleben und Großgrundbesitzer legten bewusst ihre Adelstitel ab, wenn sie solche besaßen, um unabhängig von alten Bestimmungen wirtschaften zu können. Auch in Helrode heirateten einige Frauen aus der gleichnamigen Adelsfamilie und nannten sich nach dem Ortsteil ‚an der Vauch' nun „an der Vochen", „an ejen Eech" nach der Dorfeiche oder so ähnlich. Namen mit Bezug auf die Geographie wie „Von der Gracht", „Vandenbergh" oder „Brinkhues" – Haus auf dem Berg – waren beliebt. Die Nachnamen sprossen nur so aus dem Boden wie frisch gesäte Kresse. Der Amtmann von Wilhelmstein, erst später wurde daraus der neue Amtsbezirk Eschweiler abgetrennt, war zuständig für Helrode – und es war dankenswerter Weise Johann von Palandt zu Walramsberg. Friedensschutz, Rechtspflege, Landesverteidigung und Steuererhebung waren seine Aufgaben, die er für den Herzog von Jülich wahrnahm. Die Entstehung des Herzogtums 1356 hatten die Amtsleute bestätigt: „wir amptlude gemeynlich in dem lande van Guilghe". Neuerdings hieß der Stellvertreter des Herzogs nicht mehr „Truchsess", sondern „Drost". Manchmal wusste man nicht genau, worin sich dieses Amt vom „Senneschall" unterschied. Nur eines war klar: Der „Lan-

desrentmeister" kümmerte sich um die Landesfinanzen –
und dieses hohe Risiko wollte gar kein Adliger mehr ein-
gehen, sodass man hierzu Bürgerliche fand, die deswegen ein hohes lebenslängliches Beamtensalär bezogen.
Dies also war dann die Geburtsstunde des Berufsbeam-
tentums: die Feigheit der Mächtigen! Dies war dann auch
die Situation, in der eine Umkehrung der Machtverhält-
nisse stattfand: Die Mächtigen hatten kein wirklich eigenes Geld, und die Geldhaber hatten keine eigene direkte
Macht. Dennoch gab es eine Konstante: Der dritte Stand
war mittel- und machtlos!

Glatt war dieser ganze Prozess auch im Jülicher Land
nicht über die Bühne gegangen! Die Jülicher Ritter hatten
sich der Gefolgschaft versagt, da der Markgraf Wilhelm
sich mit seinen Söhnen Gerhard und Wilhelm völlig zer-
stritten hatte, die sich ihm im Verein mit Rittern der Umgebung widersetzten. Die Ritter wollten ein solches Territorium nicht, sie wollten sich Amtsvorschriften nicht unter-
werfen und bildeten zusammen mit den Söhnen des
Markgrafen einen Ritterbund, „die Gesellen von den fah-
len Pferden". Sie nahmen den Margrafen mit Unterstützung von dessen Söhnen in Müllenark gefangen, und die
Anklage lautete: „Verdacht auf Sodomie", weil viele den
Markgrafen für homosexuell hielten. Die politischen Gründe wurden natürlich nicht genannt, sonst wären die eigentlichen Gründe ja Gegenstand der Verhandlungen geworden! Da die Fürsten von Trier und Brabant eine solche
Ungeheuerlichkeit nicht zulassen konnten, hatte der Ritterbund keine Chance. Als die fürstlichen Heere sich Jülich näherten, sah man viele geforderte Pferde mit ent-
setzten Reitern Richtung Niederrhein stürmen. Nicht alle

Rosse und Stuten waren fahl, denn diesen Namen der Aufrührer hatten sie ja vom vierten apokalyptischen Reiter geliehen, der einigen Mächtigen den Tod bringen sollte. Sie blieben längere Zeit in der Ferne, bis Herzog Wilhelm sich am Aldenhovener Anführer Dietrich Schinmann rächte, indem er dessen Anliegen untergrub und ihn bis auf's Blut quälte, ohne Hand anzulegen. Seine herzoglichen Söhne fuhren in einer geschlossenen Kutsche für einige Wochen nach Bayern zu Verwandten, wo sie jeden Tag im Herrgottswinkel der Wohnstube eine Stunde lang ohne lange Hose auf einem Spaltholz knieen und beten mussten. Jede Woche ließ sich der Herzog den Lappen, auf dem sie knieten, zuschicken, um zu kontrollieren, ob er auch genügend blutig war. Aufgrund seiner mehrfachen Schlachterfahrung konnte er Tier- und Menschenblut ganz gut unterscheiden. Und somit kam eine Vereinbarung und Aussöhnung mit dem Vater zustande, der sowieso der Meinung war, dass man der Einsicht der Vernunft eines Menschen manchmal etwas nachhelfen müsse. „Wir haben genug Leid in der Welt, wie die apokalyptischen Reiter darstellen: An der Pest sterben in den großen Städten täglich 200 Menschen! Der Krieg lässt die tapfersten Helden nicht ungeschoren und vernichtet die Lebensgrundlage ganzer Völker! Die Teuerungen der Lebensmittel lässt ganze Landstriche verarmen, und der Tod erreicht uns irgendwann früher oder später ausnahmslos alle! Da müsst ihr nicht Schicksal spielen; es kommt von selbst zu uns allen, ob Knappe oder Kaiser, und oft, ohne vorher an die Tür zu klopfen!"

In Helrode selbst war es zu einer hässlichen Auseinandersetzung gekommen. Ein Tross von Papstanhängern war über den Heerweg durch den Ort geritten und in die kleine Kapelle eingekehrt. Dort hing nun diese Ikone Albrecht Dürers und vor ihr knieten Frauen, beteten das Bild an, berührten es unter lauter werdendem Beten, als sei es Jesus selbst, ja unten war Farbe vom Bild selbst abgekratzt worden und eine der Frauen raunte den adligen Besuchern zu, als diese sich über den Bildschaden wunderten, dass der Dorfkapelan Farbe von heiligen Bildern abkratze und in den Messwein oder in einen Kräuter-Wein-Heiltrunk als Fluidum mischen würde. Darunter litten natürlich auch die Bilder selbst, sodass sie nicht alt werden würden. Aus dieser Zeit würde die Nachwelt kaum Bilder überliefert bekommen. Was seit der Zeit Karls des Großen klar war: Man durfte die innige Verehrung von Bildern, die man so verwechselte mit den Heiligen selbst, ja mit Maria, Jesus und Gott höchsteigen, nicht hinnehmen. Ikonen sollten zur Verehrung der Heiligen anhalten, aber die Bildwerke selbst hatten keinerlei Stellenwert, weswegen man auch keine Künstlernamen darunter duldete. Noch toller, so erfuhren die durchreisenden Ritter, trieben es die Frau des Schinders und ihre Tochter. Sie wohnten „Am Schenneseng", also an der Nord-Ost-Seite des Dorfes Helrode, zwischen dem Dorfteil Velauwe und Helic Razd, damit der häufige Westwind den Gestank des Rauches von verbrannten Tierkadavern nicht in den Ort trug. Sie rieben abgeschnittene Teile von Fußnägeln einer Jungfrau und Hufstaub von im Heiligen Land gesegneten Pferden oder Eseln in Wein und nannten ihn dann den Heiligen Wein, von dem eine Zauberkraft ausgehe, die vor allem Unterleibsleiden heilen könne. Um etwas unten am Körper zu heilen, müsse man etwas von unten nehmen, und um etwas oben am Körper zu heilen, müsse man etwas von oben nehmen. Sie bezahlten deswegen junge Mütter oder Ammen für Muttermilch, mit der sie Rachenentzündungen behandelten. Eine redselige Frau fand kein Ende: „Allerdings war meine Nachbarin, die Wäscherin, da anderer Ansicht. Wenn sie starke Halsschmerzen hatte, gurgelte sie mit ihrem eigenen Urin." Und auf dieses Stichwort hin rasteten drei der Krieger aus, rissen ihre Schwerter heraus, zerschlugen das Bild, zerfetzten den Vorhang ganz und einer hieb wortgewaltig und mit starkem Arm das Schwert auf den Steinrand des Taufbeckens, dass dieser Streich für ewige Zeit an diese Drohung mahne! Dann ritten sie zum Wirtshaus in den Eburonenteil des Dorfes und zechten sich ihren Ärger von der Seele. Als sie aber nach Stunden weiterreiten wollten, hatte jemand ihren Pferden je ein Hufeisen abgenommen und dies weggeworfen. Um zu vermeiden, dass sie sich im nächstgelegenen Bauernhof am Vieh rächten, kam der dort gerade arbeitende Schmied und versah die Pferde je mit einem neuen Hufeisen.

Es war ja auch in Mode gekommen, dass man Bilder von Heiligen auch zuhause hatte, ja man baute sich neuerdings in der Ecke eines Zimmers kleine Altäre. Oder man präsentierte solche Heiligenabbildungen an Krankenlagern, wobei man die Kranken die Bilder küssen ließ, wenn man denn nicht ein Stoffstück eines wirklichen Gewandes eines frommen Mannes oder einer ehrwürdigen Frau zur Verfügung hatte. So wollte man Energie auf der Basis der Huldigung von Körperlichkeit auch den Kranken nahebringen, die ja nicht mehr wie die Gesunden auf der Straße Gewandsäume von Heiligmäßigen küssen konnten. Aus

Erzählungen wussten einige noch, dass damals in Konstantinopel eine Kaiserin herrschte, Irene, eine kompromisslos alleinherrschende Tyrannin, die ihren eigenen Sohn blenden ließ, sodass er fünf Jahre später verstarb. Sie förderte die Anfertigung und Verbreitung von Icones. Wollen Frauen Bilder? Dass Menschen, die die Heilige Schrift nicht selbst lesen konnten, Bilddarstellungen schätzten, verstand Rutcherius ja, aber er kannte Priester, die darauf bestanden, dass das Kreuz auf zentraler Position in der Kirche zu stehen habe. Als Mitkaiserin war Irene als „Augusta" von ihrem Sohn, den sie dienstbar gemacht und somit von Grund auf beeinflusst hatte, auf den Thron gehoben worden. Sein Großvater Gerardus war wie Karl der Große gegen zu üppigen und verehrten Bilderschmuck in einer Kirche. Er zitierte stets einen Eremiten: „Nicht jedes Bild dient zur Götzenverehrung, aber hinter jedem Götzen steht ein von Menschen gemachtes Bild." Also, so dachte Rutcherius, dürfe man Gott nur als unkörperliche Potenz, nicht als Körpervorstellung verehren. Jegliche Abbildung Gottes selbst verbiete sich also. Man müsse für Gott reine Symbole wählen. Und Rutcherius wusste ja auch noch von seinem Vater Conradus, wie heftig der andere Streit zu Zeiten des großen Carolus gewesen sei und dass die unentschiedene Haltung des Papstes mit daran schuld war, dass dieser Streit ein zu großes Ausmaß annahm. Es war die Frage, ob Jesus Christus wirklich Gottes Sohn war oder nur von Gott angenommen, also adoptiert worden war. Insofern wäre er ja nur wie wir alle ein einfacher Erdenbürger gewesen! Wir alle sind doch Gottes Kinder und nicht nur angenommene Waisen, redete er sich zu, also ist Jesus doch auch ein

Kind von der Substanz Gottes, also vom Allerhöchsten. Nur eben der Gesalbte, also der besonders ausgezeichnete und verehrte Lieblingssohn Gottes. Und was die Bilderverehrung anging, entschied er sich so: Man müsse also trennen zwischen „anbeten" und „verehren": Gerardus, sein großes Vorbild, hatte ja den Bewohnern Helrodes folgende Weisung gegeben: „Beten dürft ihr nur vor dem Kreuz, verehren und euch angerührt fühlen dürft ihr vor jedem Bild, das die biblische Geschichte richtig darstellt." Das hielt er für weise. Rutcherius also hatte für sich solche Scheingegensätze aufgelöst, und zwar mit einem neuen Wahlspruch, den er auf sein Wappen schreiben lassen wollte: „Omnes in unum, unum in omnia"! Und den Heiligen Hain auf dem Hohen Berg an der Helroder Quelle hatten sie zerstört und ließen ihn jetzt überwuchern, denn er ging auf den keltischen Naturglauben zurück und nach den Entscheidungen der Synode zu Frankfurt seien heilige Bäume und Haine zu zerstören. Zu Gott aber dürfe durchaus in jeder Sprache gebetet werden! Den Opferstein aber ließen sie unter dem Strauch- und Dornengewächs für alle Zeiten ruhen.

Jordan hegte eine heimliche Liebe zu einer Frau, deren Gewohnheiten er sehr gut kannte, da er sie oft beobachtet hatte, wenn sie ihren Vater Hermann, der Architekt war und die Arbeiten an der Helroder Kapelle geleitet hatte, begleitete. Und er freute sich offen, sie wie zufällig zu sehen, obwohl er sich angeschlichen hatte. Er war aber bewusst sehr zurückhaltend, bis er anfing, sie zu beobachten. Sie war blond, flocht einen langen Zopf zu einem gotischen Kreis, der um den Kopf herumgeschlungen befestigt war, und ließ einmal die unter Spannung stehende

Spitze mitten auf dem Kopf fünfzehn Zentimeter in die Höhe stehen. Ihre blauen Augen hatten denselben Außenabstand wie ihre Mundwinkel, wenn sie lachte oder lächelte. Ihre Nasenspitze saß genau im Schnittpunkt der diese Punkte verbindenden Diagonallinien und ihre Wangenknochen waren umschmeichelt von Lachbäckchen, die genau so breit wie ihre beiden leichten Stirnwölbungen rechts und links waren und sich genau in der Mitte des Kopfes präsentierten. Ihr Name war Uta.

Einmal aber war er in der Baubude, wo sie aßen, als sie nicht drinnen waren, und da passierte es ihm, dass er Wäsche hatte mitgehen lassen. Es war Unterwäsche, die sie zum Wechseln dort liegen hatte, da sie an diesem Tag sehr nass werden würde; es war ziemlich knapp geschnittene Unterwäsche ohne Schlitz, die er mitnahm und anzuziehen versuchte, was ihm aber nicht gelang, da sie äußerst schlank war, ja fast dünn. Jordan von Heilrade war nach dieser und ähnlichen Begebenheiten froh, wegziehen zu können, ja zu müssen, da er sich am Kampf gegen die Hussiten beteiligen sollte. Er war auch froh, dadurch aus der Fehde der Palandts, auf deren Seite er unweigerlich kämpfte, mit der Stadt Aachen aussteigen zu können. Er verblieb nun in Augsburg und heiratete eine Gräfin; sein Sohn Wienfried von Heilrath studierte in Bologna und wird fürstlicher Medikus am Hof zu Württemberg. Als Chirurg und bedeutende Medikus wird er sehr bekannt und wirkt lange als „herzoglich-württembergischer Leibdoktor" in Baden-Württemberg am Hof des Kurfürsten heilsam, und zwar unter dem neu interpretierten Adelsnamen „Heilrath" – „Hel" deutete er nun endgültig euphemistisch und glorifizierend als „Heil".

Rutcherius fand diese Entwicklung gut, denn er hatte in letzter Zeit heftige Wortgefechte mit seinem Sohn ausgetragen. Rutcherius musste einen Strauß nach dem anderen ausfechten und viele Streiche hinnehmen, und die seelischen Wunden, weil sein Sohn ihm nichts als Vorwürfe machte, vor allem wegen der wachsenden Verarmung der Helroder, wurden klaffender und blutiger. Es war, wie im Rittergedicht beschrieben: Der Helroder trug Blut und Wunden davon. Jordan ergoss einen Redeschwall über den Vater: „Ich werde mit wenigen Getreuen, dem Eburonenschatz und der Helroder Truhe nach Ingelheim fliehen zur alten Pfalz. Der Bildschmuck dort zeigt Karl Martell, Carolus Magnus und Pippin. Dort wird mir eine Eingebung kommen, wo ich mich sesshaft machen kann. Wenn ich für einen Solidus dort auch wie hier einen Ochsen kaufen kann, dann komme ich weit genug, mir ein kleines Bauerngut zu erwerben. Mich seid ihr dann los, denn hier hält mich keiner mehr. In diesem Flecken gibt es in einem jeden Frühjahr eine schrecklich lange Hungerszeit. Ein Hufner muss doch von seiner Tätigkeit eine ganze Familie ernähren können!" Rutcherius warf ein: „Das war doch schon immer eine hehre Einbildung. Und so bleibt es auch, da erstens die vielfältige, mühevolle und tageszeitfüllende Arbeit der Frauen nie mitgezählt wird und da zweitens auch die Männer vielen Nebenbeschäftigungen nachgehen und z. B. einen eigenen Garten haben oder dem Nachbarn helfen, ein Haus zu bauen. Frauen flicken die Kleidung, kochen und backen, und manche Männer versehen Botendienste als eilende Reiter. Schmiede gehen morgens früh schon mit aufs Feld und Fuhrleute bedienen neben ihren eigentlichen Aufgaben die Menschen noch mit Brennmaterial, wofür sie auch bezahlt werden." „Und abends sind alle so müde, dass sie stinkend ins Stroh steigen und ihre Frauen sich darüber freuen, dass sie in Ruhe gelassen werden, weil sie auch hundemüde sind. Ihnen allen tun doch sowieso schon sämtliche Knochen weh. Was ist das für ein Leben? Überall lauern doch die Betrüger mit falschen Papieren oder trügerischen Erbschaftsbotschaften. Man müsse nur einen Solidus mitgeben, damit der Bote die Erbschaft in Colonia auslösen und vorbeibringen könne." Rutcherius sah die innere Not des Jordan, musste ihm aber widersprechen: „Du kannst dich auf die meisten Menschen verlassen, wenn du etwas mit ihnen abgesprochen hast. Auch die Krämer betrügen dich nicht um bezahlte Ware und die Geldhändler leihen dir Geld und wissen, dass du es zurückzahlst." „In Aachen gibt es eine ganze Straße, die ist für ihre Wucherzinsen bekannt! Dort nehmen sie bis zu hundert Prozent an Zins. Das ist Wucherei, die nach der Bibel genauso schlimm ist wie Völlerei und Hurerei!" „Wir arbeiten doch schon lange dagegen!" erinnerte Rutcherius. „Wir haben gegen die verbreitete Falschmünzerei eine Münzreform erneuert, die schon auf die Aachener Synode zurückgeht und entschieden hatte, dass Münzen nur „in palatio", nur in der Königspfalz geschlagen werden dürfen. Mehr Angst habe ich neuerdings wieder vor den falschen Brüdern, den Häretikern, die Irrlehren verbreiten."

Diese Situationen zwischen Vater und Sohn zeigte das Ungemach, das Jordan empfand, und die Hilflosigkeit des Vaters, dem etwas Entscheidendes entgegen zu setzen. Sie gingen auseinander und setzten sich nie mehr zusammen an einen Tisch. Jordan wohnte bei seinem Vetter auf dem Hof an der Kirche, dessen verwitwete Nachbarin er sehr attraktiv fand, die aber nächtens noch einem anderen Dörfler beiwohnte, sodass er sich etwas einfallen lassen musste, um sie für sich zu gewinnen. Aber dazu wollte er sich Zeit lassen. Zuerst einmal musste er sich um den neuerlich wieder ausgebrochenen Kampf zwischen Kinswylre und den Cotzhausens auf Burg Kambach kümmern. Es war also letztendlich ein Kampf zwischen den Palandts auf Seiten des Jülicher Herzogs und den Vasallen des Kölner Domstifts, dessen Regent, der Erzbischof von Köln, und allen anderen Herzögen, dem Limburger und dem Brabanter sowie den Aachenern mit Rat und Schöffen, Geistlichen und Lehensherren im Propsteier Wald. Diese musste er auf seine Seite zu bringen. Die Aachener und Limburger versuchten, gegen die Interessen Helrodes das Gebiet der Helroder beim Merzbach für sich einzunehmen, das Häleter Feld und den Häler Kessel. Früher hatte dieses Gebiet "Marsunnon" geheißen, also "nasse oder feuchte Niederung". Das Gebiet war von feuchten Niederungen oder Sümpfen umgeben. „Merzbach" nannte man den Bach, weil er an dieses Gebiet westlich und nördlich in der Niederung angrenzte und es entwässerte. Die Cotzhausens versuchten schon mit den Aachenern zu verhandeln, ob sie am Hehlather Wäldchen, wo „de Häle Baach" entsprang, einen Wiesenplatz mit mehreren Feldern, kleinen Seen und einigen Sandgruben einrichten durften, und zwar als Ritterübungsplatz. Dagegen wehrte Rutcherius sich vehement, denn sie würden ja vielleicht den Bach anzapfen oder sogar umleiten, dabei hatten die Kambacher und Kintzwilrer doch den

Merzbach als eine unversiegbare Wasserquelle, der ja sogar noch weiter floss und die Burg Lurgos mit Wasser versorgte. Er saß nun dort am Quellchen, wie die Helroder den manchmal schweigenden Wasserstrudel nannten, und überlegte, wie er es so angehen könne, dass kein Kampf zustande kommen müsste. Er selbst würde zusammen mit den großspurig redenden Palandts ja höchstens noch 50 Mann auf die Beine bringen, die für ihn kämpfen würden. Auf Jordan und seine geschundenen Mannen war nicht mehr zu zählen. Und jeder würde ihm reinreden und mitbestimmen wollen, wie man vorzugehen habe. Rutcherius fragt sich nun, ob Kaiser Karl wirklich existiert habe und ob er und seine Mannen wirklich so unhinterfragt für die Einsicht gekämpft haben, die sie für richtig hielten. Es gab da einen Reisemönch aus München, der sogar behauptete, diese Zeit habe es gar nicht gegeben, sie sei eine erfundene Erzählung und alle Schriftstücke aus diesen Jahrhunderten seien geschickt hergestellt worden, um die Nachwelt zu täuschen, damit sie endlich für König, Kaiser und Thron, ja für die Regenten der Welt kämpfen und sich aufopfern würden. Wenn das wahr wäre, dann hätte es all das, wovon sein Großvater erzählt hatte, niemals gegeben: Karls Volk, die Franken, seine Paladine, seine Geistlichen und seine Ritter hätte es überhaupt niemals gegeben; alles, was er sich in bunten Phantasien ausgemalt hatte, hätte nicht existiert. Dass das nicht sein konnte, war ihm klar, denn die Schriftstücke stammten nicht aus anderen Händen als vom Pfalzhof und die Gebäude standen ja noch und er hat sie aus eigener Anschauung gesehen. Aber eines verstand er bei diesem Gedanken. Wenn diese Menschen so unwi-

225

dersprochen wie Marionettenpuppen gehandelt haben, sodass sie auch ihm wie Kunstfiguren und nicht wie Menschen aus Fleisch und Blut, mit Geist und Seele und vor allem einem empfindlichen Körper vorkamen, dann ist es so, als hätten sie nie existiert, denn solche Figuren kann man fürs Theater erfinden, aber im wirklichen Leben kamen sie doch wohl nicht vor. Wenn er sich vorstellte, er würde seinen Körper wie seine Vorfahren im Heiligen Land in die Schlacht gegen treffsichere Bogenschützen werfen und auf dem Schlachtfeld mit dem Schwert kämpfen müssen, erfror ihm alleine bei diesem Gedanken schon das Mark in den Knochen. Was er ja nicht wusste, ist, dass es durchaus auch bei den Karolingern Widerspruch und unterschiedliches Verständnis gab, den und das der König und spätere Kaiser allerdings stets geschickt und nachhaltig zu unterdrücken verstand. Viele Widersacher soll der bärenstarke Karl in jüngeren Jahren selbst um- und damit zum Schweigen gebracht haben. Der Rest war eindringliche Ermahnung, klare und widerspruchsfreie Anweisung und später, als Kaiser Karl das Gewissen gepackt hatte, er müsse persönlich vor dem himmlischen Gericht für alle Taten seines Volkes, nicht nur für die eigenen geradestehen, die plötzliche Weckung von predigthafter Begeisterung. Seine tägliche Fließkrankheit und seine schweißtreibende nächtliche Angst hatten ihn so im Bann, dass er selbst handelte wie getrieben und nicht wie von eigenem Geiste bewegt.

Noch als Rutcherius so dasaß und fast weinte, weil er die Ohnmacht seiner Generation plötzlich mit allen Sinnen spürte, kamen der von Cotzhausen und der Kintzwilrer mit ihren Mannen, packten den Helroder an den Armen und führten ihn ohne großen Widerspruch in den Rittersaal der Burg Kambach. Dort musste er, ob er wollte oder nicht, unterschreiben, dass Kambach ab sofort als eigenständiges Gebiet neben Helrode und Kintzwilre zu betrachten sei, dass die Hufen vor Kambach nicht mehr den Helrodern gehörten genauso wie der Martius-Weiher, den einst römische Legionäre angelegt hatten, um das Winterlager auf dem Hohen Berg zu entwässern, und dass man den Kintzwilrer Rittern erlauben würde, am Merzbach vor dem Broich zu Haaren ein Zisterzienserkloster zu errichten als Dankesgründung der Kintzwilrer auf dem Gebiet der Helroder. Rutcherius bedingte sich noch aus, dass das Häleter Feld weiter zu seinem Lehen gehöre und nur die Felder des Kintzwilrer Lehens dem Kloster zugeschlagen werden dürften, aber das musste wegen des komplizierten Wegerechts der Seitenwege dieser alten Heer- und Königsstraße von Frankfurt nach Aachen, die durch Helrode über den Hohen Berg nach Verluttenhutti führte, noch offenbleiben. Es blieb dem Helroder nichts anderes übrig, als dies zu unterschreiben. Insofern war es gelungen, den Streit ohne Krieg zu beenden, denn viel ändern würde sich für Kambach, Kintzwilre und Helrode nicht, aber das Kloster bedeutete eine neue und frohmachende Aussicht, denn an einem solchen Kloster am Wald- und Ackerrand entstanden meistens blühende Ortschaften. In Helrode selbst würde sich gar nichts ändern, denn die Bereiche des Dorfes zeichneten sich aus durch üppige Gärten, kleine Ziegenweiden, durch viele Obstgärten und Streuobstwiesen. Ackerland war hier sehr rar und umso begehrter, aber die Wahnheide in Richtung des Altenhofes, Lurgos und Dürrewijs war karg und sandig, eine dürre

227

Wiese, woher dann auch die Ortsnamen in dieser Richtung herrührten. Velau hieß noch Veluwe und dies war der niederdeutsche Begriff für Sandheide. Das Land war eine Wüstung mit einem Sandberg inmitten, und der zu nasse Hohe Berg auf der anderen Seite des Dorfes war nur schwierig zu beackern.

Als nun Rutcherius nachhause kam, liefen ihm zwei Knechte mit feurig roten Köpfen schon entgegen und riefen von einem Mord am Höfchen an der Kirche am vermeintlichen und unwissenden Nebenbuhler; der Mord wird entdeckt und die Schuld in den nächsten Tagen dem verarmten Jordan zugeschustert und die Tat selbst ihm in die Schuhe geschoben, der sich daraufhin einen schlanken Fuß macht und ein für alle Mal nach Süddeutschland entschwindet. Mit Rutcherius sollte dann der letzte Helroder Ritter sterben, der sich noch getraut hatte, seinen Adelstitel zu führen. Alle Nachfahren heirateten in Helrode unter einer anderen Firmierung. Sie blieben oder wurden Obstbauern. Einige aus Familien, die bei den Helrodern als Mundschenk gearbeitet hatten, ließen die Tätigkeitsbezeichnung einfach weg und waren fruchtbar wie das Obst fruchtig, das sie verkauften, und darin ist begründet, dass es in Helrode viele Familien mit dem Nachnamen Mund gab.

Vielleicht war dies nun eine Vorbotschaft der Tatsache, dass die Nachfahren auch im Süddeutschen im Bereich des Naturschutzes tätig sein sollten; wie ein Reichsritter entschieden sie sich dafür, nur „König, Kaiser und Gott über sich" zu haben. An den Raubrittertätigkeiten der Gruppe um Götz von Berlichingen wollten die Nachfahren von Jordan somit nicht teilnehmen, so gab es auch keine Reichsacht und keine eiserne Hand in Nürnberg unter Kaiser Maximilian, als Götz im Jahre 1515 zum Amtmann von Krautheim betonte: „Leck er mich hinten!" In der Phase des Landfriedens war ja auch begrüßenswerter Weise Schluss mit diesen Räuberpistolen. Teuer war der Dank, da die noch verbliebenen ehrlichen Ritter nun auch ihren Status opfern mussten. Dabei war doch ihr Wahlspruch gemäß dem Kaiser Maximilian: „Semper idem!" Schon Jordan hatte auch keine Lust auf Turniere gehabt, und seine Nachfahren waren voller Grimm, weil nun reiche Bürger begonnen hatten, Ritter zu spielen, und Kaiser Maximilian, wenn er selbst turnierte, manipulierte doch tatsächlich das Resultat. Götz hatte aber doch genau genommen nur die Rechte von Opfern wahrgenommen, und zwar gegen Bezahlung. Und die Mehrheit der Bauern zwangen Götz zum Anführertum der christlichen Haufen, da sie seine Disziplin und Gerechtigkeit suchten, aber Plünderung und Bereicherung selbst praktizierten. Darüber wurde in der Sippe von Heilrath oft gesprochen, und letztendlich wurde dem Ritter Götz von Berlichingen daraus ein Strick gedreht. Vom Kaiser aber wurde er begnadigt wegen der „Türken vor Wien". So wurde er ja auch 80 Jahre alt. Maximilians Ritter Stahlherz entwickelte und testete zu dieser Zeit Kanonen, und im Innsbrucker Zeugbuch findet man die Namen dieser Kanonen. Die meisten Ritter konnten diese Schießerei nicht leiden, denn sie kämpften doch wie Landsknechte: Feuerschlag – Reiterschlacht – Spießer mit Hellebarden – Masse statt Klasse. Die simple Form hieß Helmbarte. Und die Ritter wurden überflüssig und zum Anachronismus. Aber die Naturschützer unter den Heilraths sind noch bis heute zu kämpferisch tätig, allerdings ohne Waffen außer denen des wohlüberlegten Wortes. Sie fuhren in Kriegsgebiete und berichteten in mehreren Briefen mit klaren Botschaften über die aussichtslosen Kämpfe in zwiespältigen Situationen. Kein Krieg der Welt ist jemals etwas anderes gewesen als der Versuch, das Chaos zu beherrschen.

Kapitel 10   Frauen und Frieden

Als die feindlichen Brüder auf der Bovenberger Burg sich
wieder einmal so gestritten hatten, dass der aus der Burg
verbannte ältere von ihnen einige Knechte auf der Noth-
Berger Burg bei seinem Vetter um sich geschart hatte und
sie mit den verbliebenen Kreuzzugsschwertern der Palandts bewaffnet auf einen Angriff auf Burg Bove vorbe-
reitete, lief die sechszehnjährige Lukretia, eine Tochter
des Johann von Palandt, alleine zur Bovenberger Burg,
die ja nur eine halbe Stunde Fußwegs entfernt lag, um
ihre gleichaltrige Freundin, die Beatrice des Ritters Bove
op dem Berge zu warnen. Sie konnte aber zuerst einmal
nicht vordringen, denn die Fallbrücke war hochgezogen,
aber das Fallgitter im Burgtor war noch oben. Sie wusste
aber, dass hinter der Burg ein alter Kahn an einem Steg
lag, den sie nehmen könnte, um den Burggraben zu über-
winden, um dann hinten über die Abfalltür, die hoch über
der Müllkippe immer unverschlossen war, in die Küche
und so in die Burg zu kommen. Gedacht, getan! Es war
auch reibungslos vonstattengegangen, wenn man von einigen Ausrutschern auf faulem Gemüse und einem Tritt in
Hühnerknochen absah. Die Küchenfrau lag laut schnar-
chend in der Vorratskammer auf dem Stroh und bemerkte
nichts, als sie an ihr vorbeischlich, um über die linke Wendeltreppe in den Kemenatenbereich zu kommen, wo ihre
Freundin zu dieser Zeit sich aufhalten würde, weil sie von
der Kammerfrau im Augenblick lernte, Socken zu stricken.
Und richtig, da saß sie in der wohligen Wärme des Ka-
mins mit einem lang ausgestreckten Zeigefinger der rech-

ten Hand – sie war Linkshänderin – und bewegte die Hände und ihre Finger nach einem festen Rhythmus. Ob von Linkshänderinnen gestrickte Socken anders waren als die von Rechtshänderinnen gestrickten? Sie überlegte dies noch, als Beatrice ihre Nase im Türspalt entdeckt hatte und ohne etwas zu sagen die Strickerei ablegte und geräuschlos zur Tür tänzelte, durch den etwas weiter geöffneten Türspalt schlüpfte, Lukretia umarmte und auf die Wange küsste. Im Flur flüsterten sie schnell und fast ununterbrochen, manchmal gleichzeitig und sich trotzdem gegenseitig verstehend: „Mein Vater bereitet deinen Onkel und die Knechte in Berge op der Inde auf einen Schwerterkampf vor, sie werden schon bald hier ankommen und für Furore sorgen. Wenn sie wirklich kämpfen, wird es einen toten Burgherrn oder Onkel geben – auf deiner Seite oder auf meiner, irgendeinen wird es erwischen, das habe ich im Gefühl." „Wie können wir das denn verhindern?" „Zuerst einmal müssen wir erreichen, dass sie nicht auf unsere Burg können, aber mit unserem Vogt verhandeln könnten. Dazu müssen wir aber dafür sorgen, dass die Brücke heruntergelassen wird." „Ich weiß auch wie. Ich werde deiner Mutter sagen, dass die Wollenweber aus Eschweiler gerade bei uns waren und nun mit ihrem Treckwagen zu euch unterwegs sind. Dann veranlasst sie, dass die Brücke abgelassen wird, aber das Fallgitter am Tor heruntergefahren wird, denn zuerst muss man sich ja mal genau anschauen, wer da so ankommt, ehe man sie auf den Hof lässt. Wenn der Zottelbart dabei war, der ihnen gegenüber beim Preisverhandeln immer rabiat wird, handelten die Frauen immer durch das Gitter mit ihnen." „Wenn die Fallbrücke unten ist, können sie

aber doch umso direkter aufeinander losgehen!?" „Wenn
sie oben ist, werden sie die Burg belagern, sich rufend
beschimpfen und das könnte Tage lang dauern. Dann
wird ihre Feindschaft nur noch stärker! Nein, wir müssen
das Problem heute lösen!" „Sage ihr, dass der Zottelbart
dabei sei!" Einige Minuten später rasselten die Ketten. Zuerst die aufgespulten Ketten vom Fallgitter, was wieder
einmal zu schnell ging, sodass die Ketten ohrenbetäu-
bend laut absurrten, weil das Gewicht des Fallgitters nach
dem Lösen des Haltebolzens am Kettenrad den Rest der
Bewegung besorgte. Das Eisengerüst schlug mit einem
lauten Schlag in den Staub zwischen den Kopfsteinen.
Dann schnarrten die Ketten der Fallbrücke, aber da deren
Gewinde verrostet waren, ging dies langsam und nicht
ohne Quietschen und Knarren. Da von den Wollenwebern
aber noch nichts zu sehen war, gingen alle wieder in den
Hof, um nicht untätig zu sein. Vielleicht würden die Händler ja zuerst auch ins Dorf an das Kreuz gehen, das in der
Mitte der sternförmig dort zusammenlaufenden Straßen
stand. Nun war die Stunde der beiden Mädchen gekommen. Sie setzten etwas in die Tat um, das sie in einer geheimen Waldgruppe von gleichaltrigen Jungen und Mädchen schon ausprobiert hatten, denn sie waren es leid,
dass ihre Väter sich andauernd wegen irgendwelcher va-
gen Vorteile, die sie sich ausdachten, bekämpften. Am
Ende war doch immer alles bloß Schall und Rauch – ein
gewaltiges Gebrülle und ein lodernder Schuppen. Oder
eine manchmal auch schwere Verletzung. Sie hatten Harz
von Bäumen in einem kleinen Butterfass gesammelt. Das
hatten sie von der Tochter des Luurjägers gelernt, die ja
durch ihren Vater wusste, wie man Klebstoff herstellt, aus

dessen Verklebung mit einem Ast kein Vogel mehr ent-
weichen konnte, wenn sie ihm auf den Leim gingen. Der
Vogelfängerleim war eine Mischung aus Vogelkot, abge-
standenem Honig und diesem Baumharz, vermischt mit
Knochenleim und Pflanzenstärke. Das alles hatten sie für
einen möglichen Einsatz schon vorbereitet und es stand
fertig angerührt im Gewölbekeller unter der Burgküche.
Der Plan war durchdacht, aber nicht ohne Gefahr für sie
selbst. Ihr Vater würde, wenn die Gegner auf der Fallbrücke den Fehdehandschuh werfen und das Fehdeschrei-
ben übergeben würden, dem Kampf um seine Ehre nicht
ausweichen können und wollen und würde das Fallgitter
hochlassen, um mit den Feinden einen Schwertkampf auf
eigenem Burggelände zu führen. Dies mussten sie unter
allen Umständen verhindern. Sie holten die klebrige Masse und schmierten von innen das Gitter mit dieser Me-
lange mannshoch und jeweils so breit wie sie selbst in ihrem Kleidchen waren ein, dann pressten sie sich so fest,
wie es ging, mit dem Vorderleib, mit Füßen und Kopf gegen das Gitter und ihre langen Haare legten sich wie kleb-
riges Hanf an die Eisenstangen. Mit den Händen griffen
sie nach Querstangen links und rechts neben ihrem Kopf
und so warteten sie der Dinge, die da kommen würden.
Zwei Stunden lang geschah überhaupt nichts. Dann hörten sie Männerstimmen und schnelle kräftige Schritte am
Bauernhaus Bovenberg. Vor der Fallbrücke schrie der ab-
trünnige Bruder sein Geschwistergeschöpf heraus, der
wie versteinert die Szene betrat, denn er war weder ge-
wappnet noch konnte er sich erklären, was er da sah. Am
Eisengitter des Fallgerüstes standen wie festgeklebt seine Tochter und die des Nothbergers, der dies im selben

Moment auch bemerkte. Nur sah er die von ängstlicher Erwartung gezeichneten Gesichter der jungen Frauen von vorne und die Bovenberger sahen die Mädchen von hinten und konnten überhaupt nicht erkennen, wie ihre Situation war. Er herrschte sie an, sie sollten sofort verschwinden und sich in die Kemenate begeben und zusammen mit den Frauen warten, was geschehen würde. Das laute Geschrei hatte aber die Frauen der Burg schon auf den Hof getrieben. Sie umringten die Männer, die nun vom Vogt ihre Schwerter gebracht bekamen, sodass die Frauen zurückwichen und erstaunte Ausrufe von sich gaben. Sie verstanden nun langsam, was sich hier abspielte. Der Angreifer gab dem Angegriffenen durch das Gitter zwischen den Mädchen hindurch den Fehdebrief und warf einen eigens dazu mitgebrachten alten Ritterhandschuh hinterher. Die Mädchen konnten ihre Köpfe nicht bewegen, sie versuchten alles, durch Augendrehungen zu verfolgen. Der Bovenberger, nachdem sie die herbeigeholten Schwerter gefasst hatten, las den Text erst gar nicht und verwies die Frauen des Hofes, befahl das Heraufziehen des Gitters und sie streckten den schwertbewaffneten Arm in Kampfbereitschaft nach vorne. Als die Ketten zu rasseln begannen und das Falleisen sich zu heben begann, begannen die Mädchen zu zittern und zu jammern. Mit Haut und Haar, mit Stoff und Schuhen klebten sie am Eisen und konnten den Schmerz des Hochziehens nur dadurch lindern, dass sie sich mit den festpappenden Handflächen festkrallten und so das Gewicht verringerten, das ihre haftenden Körper- und Kleidungsbestandteile sonst alleine hätten tragen müssen. Es wäre zu befürchten gewesen, dass ihre Kleidung und auch schmerzlich ihre Haut gerissen wären. Ihr Gejammer ging über in weinerliches Schluchzen, wurde laut zum Geflenne und schließlich zum Geschrei, das durch Mark und Bein ging. Den Frauen erbebte die Seele und ihr Herz raste in schwer atmender Brust, sie neigten sich zueinander und hielten sich fest, um nicht zu fallen, und die Kämpfer erstarrten zu wenig heroisch anmutenden Steinfiguren, dann ließen sie die Schwerter sinken und berieten sich, wie sie den Mädchen aus der Verklebung helfen könnten. Der Torknecht Winifried bat um Hilfe, denn wenn er nun das Gitter einfach so wie sonst abschnurren lassen würde, wären die Mädchen spätestens beim Aufknall des Rostes auf die Erde schwer verletzt. Zwei Mannen halfen ihm, die Kurbel behutsam zu drehen, und die Väter und der feindliche Bruder hielten die Mädchen so erhaben, dass sie nicht zu Schaden kommen konnten. Alle befanden sich nun im Innenbereich der Burg. Nun aber war guter Rat teuer, denn wie löst man festklebende Mädchen von einem Eisengitter, ohne ihre zarten Hände und ihr hübsches Gesicht zu verletzen? Aber die Nichte eines verstorbenen Luurjägers aus Lürken, das noch Lurgos hieß, hatte die rettende Erinnerung daran, dass man Vögel, die irgendwelchen unwiderstehlichen Verlockungen auf den Leim gegangen waren, mit Leinöl vom Ast lösen konnte. Und während die Frauen sich erleichtert beruhigend und am Ende fast freudig kichernd eine geschlagene Stunde mit den Mädchen und ihren Verklebungen beschäftigten, tranken die Männer auf dem Burghof immer wieder abwechselnd über die eigene Dummheit mit dem Kopf schüttelnd ein Bier nach dem anderen und beschworen, sich nicht mehr auseinander-, sondern nur noch zusammen zu setzen, um Kontroversen zu lösen. Und die Mädchen fragten, ob man sich nicht von vorneherein vertragen und seine Streitigkeiten mit Worten austragen könnte. Aber ihre ledernen Alltagsschuhe waren leider nicht mehr zu retten. Ihre Gruppe im Wald nannten sie nun attacio, es sollte eine vorbildliche Gruppe werden: Sie verlangten im Jahr danach laut skandierend vor dem Hambacher Schloss, dass von dem Zehnten, den die Bauern jährlich abgeben mussten, die besitzlose Dorfbevölkerung den zehnten Teil erhalten soll als Grundlage für Feste und Feiern und somit für Tage, an denen die Ernährung aller Einwohner gesichert ist und keiner Hunger leiden müsste. Sie feierten ja auch aus diesem Grund drei Tage lange Feste, zu denen die Einwohnerschaft eingeladen war, wenn es eine Hochzeit von wohlbetuchten Familien gab. Mit dem Zehntzehnten würde man solche Feste auch für ärmere Menschen durchführen können. Und eine Jahreskirmes würde man von diesem Hundertsten der Ernte auch bestreiten können.

Man erzählte noch immer in Helrode von dem langen Tross, als dreihundert Jahre zuvor tausend Reiter – nicht alle davon wären aus der Sicht des Gerardus als comes zu bezeichnen gewesen – über die Krönungsstraße, die Via Regia einen jungen Mann von vierundzwanzig Jahren begleiteten, über Langerwehe, Weisweiler, Dürwiß, Helrode und Weiden auf dem Weg von Frankfurt nach Aachen, zuerst per Schiff mit einem kleinen Heer über den Main und den Rhein, dann auf dem Rücken der Pferde zwischen Sinzig und Aachen. Der junge Mann ist König und dann Kaiser Otto, er wird von seiner Gefolgschaft begleitet, zu denen auch Familienmitglieder und die Ministerialen gehören. Es war mittags am 7. August im Jahr 936, als Otto I., der in einigen Stunden im Aachener Marienstift, also in der großen achteckigen Kapelle an der Pfalz, gekrönt werden sollte, in Helrode in einem Bauernhof „An eijn eech", also an der alten und bedeutenden Eiche einkehrte, sich dort pflegte und etwas zu essen und zu trinken bekam. Stunden später würde er auf dem Thron Karls des Großen zu Throne sitzen und damit seine Krönung vollenden. Diese Via Regia ging ja überwiegend geradeaus bis zur Aachener Marienkirche mit dem Oktogon. Auch Richard Löwenherz, den Ridders van Helrode aus Meerbeek persönlich nach Aquitanien begleitet hatten, war durch Helrode gereist, als er ins Heilige Land aufbrach. Alle bereisten diese Straße, weswegen sie Handels-, Post-, Heer- und Pilgerweg war, mit vielzähligen Verzweigungen zwischen Kiew und Santiago di Compostela, zwischen Holland und Nord-Italien. Zum ersten Mal, so erwähnte man stets, wenn man darüber sprach, war diese Route auch Krönungsweg. Die Straße ging im Bereich zwischen Mariaweiler und Verlautenheide ja noch auf die Eburonen zurück, wie Cornelius Weberius von seinen Vorfahren wusste. Neben all den Römerstraßen, die seit der Zeit des Kaiser Augustus eingerichtet worden waren, wollten die Eburonen aus der Gegend von Niederzier und aus Helrode selbst einen geradlinigen Weg zu den heißen Quellen bei Burtscheid haben, um Kranke und Alte dorthin zu bringen. Kaiser Karl hatte den Tipp, dass dieses schwefelhaltige Wasser gegen die Fließkrankheit helfen würde, die vor allem im Herbstanfang und bei Beginn des Frühlings völlig unberechenbar sämtliche Sehnenansätze befiel und wechselnde Schmerzen verursachte.

Das war den Straßenbauern der Merowinger entgegen-
gekommen, als sie jenseits des Ardennenwaldes und
möglichst ohne heftige Steigungen eine schnellstmögli-
chen Verbindung der Orte Düren und Aachen suchten,
um die Aachen-Frankfurter Heerstraße zu vervollständi-
gen. Das kam dann auch Carolus Magnus zugute. Diese
Straße würde man in Helrode niemals vergessen.

Aber wie waren jetzt solche Ritter zu bezeichnen? Darüber hatte es mit Johann ohne Land nach dem Tod seines
Vaters Richard 1199 heftigen Streit gegeben. Es war auch
ein Streit über die herrschende Sprache unter den Vasallen auf Kreuzzug oder -fahrt. Der Streit rankte sich um die
Begriffe miles, comes oder eques: Ritter hieß in den gän-
gigen Landessprachen auch rîtære, rîter, riter, ritter, mit-
tellateinisch miles, neulateinisch eques auratus, franzö-
sisch chevalier, englisch knight, italienisch cavaliere, spa-
nisch caballero, polnisch rycerz, slawisch vitez, vityaz, un-
garisch vitéz etc. . Es war nun wieder einmal ein weiser
Ratschlag der Verwaltungsbeamten, bezahlte Gutachten
zu bestellen, wovon es natürlich gleich drei geben musste, denn man wollte die Frage aus verschiedenen Blick-
winkeln geklärt haben. Jedes Gutachten kostete so viel
wie drei Pferde, und so bestellte man, bevor es zu einem
Richterspruch kommen sollte, einen Historiker, Dietma-
rius Kottmanus, einen Straßenbaufachmann namens Bernardus Steinauris und einen Lateinfachmann, Arnoldus
Offermanus. Eine Einigung gab es nicht, denn der Richter
verweigerte den Gedanken, einen einheitlichen Begriff
festlegen zu müssen, denn die Funktion der Ritter würde
ja dadurch nicht berührt werden. Da es auf einer solchen
viel bereisten Straße Wegelagerei gab, war allen klar.

Geplünderte Kutschen und gestohlene Pferde berührten auch unmittelbar das Besitztum der Ritter. Kaiser Barbarossa stellte die Straße deswegen 1152 unter Königsschutz. Jeder Kriminelle, der erwischt wurde, wurde noch vor Ort bestraft, meistens mit dem Tod. Daher rührten die vielen Sühnekreuze, die noch am Wegesrand stehen, fiel es Gerardus ein. Man muss sie noch einmal allen ins Gedächtnis bringen! Auch heute wird wieder vieles gestohlen!

In Dürwiß gab es ein Rasthaus, in der Velau, die zu Helrode gehörte, stand ein Siechenhaus, aber zwischen Helrode und Verlautenheide fehlte eigentlich noch ein Gebäude, vielleicht ein Kloster. Gerardus wollte seine Tante, die sich dem Orden der Zisterzienserinnen angeschlossen hatte, um Rat fragen. Vielleicht wollten sie ein neues Kloster dort gründen. Bei diesem Gedanken fiel ihm ein, dass die Kintzwilrer Ritter vom Heiligen Georg aus Dankbarkeit ein Kloster gründen und dazu bauen wollten. Ideal wäre eigentlich der langgezogene Rücken hinter dem Hohen Berg in Richtung Broich und Weiden. Dieses Gebiet gehörte ihm, und dort vor dem Helleter Kessel am Helleterfeldchen wäre doch ein großes geeignetes Plateau, dessen Versorgung mit Wasser auch kein Problem sein dürfte. Dieses Kloster könnte auch eine Herberge sein und eine Pferdewechselstation, damit man in Aachen mit frischen Tieren einreiten könnte. Wenn er sich vorstellte, wie man der Erzählung nach am Straßenrand in Haaren und Aachen selbst gestanden hatte und Schimpfwörter den Rittern zugerufen hatte, leuchtete ihm ein, dass sie keine abgerackerten Gäule und Stuten dem Volkswitz präsentieren sollten. "Kick enns dat Halevjehangs op die

Mähr on dat Frommisch op der ahl Brack!" Die römischen „Equites" hätte man so nicht bezeichnen dürfen. Diesen altrömischen Titel nahmen auf dem dritten Kreuzzug, der unter Leitung von Richard stattfand, vornehmlich einzelne Adelige für sich in Anspruch; aber nach diesem Kreuzzug konnten ihn plötzlich auch Nichtadelige käuflich erwerben. Verkehrte Welt!

Die Via Regia führte auch am Maxweiher vorbei. Da dort oftmals Herrschaften aus ihren Kutschen ausstiegen, um ihr Geschäft zu erledigen und sich anschließend an den diversesten Körperstellen zu waschen, beschlossen die Knappen von Kintzwilre, solche prominenten Personen bei einer nächsten Gelegenheit reinzulegen. Da sie die Gefahren des Maxweihers genau kannten, wussten sie auch genau, wo am Rand eine Stelle war, bei deren Betretung man zwar meinte, auf sicherem Lehmboden zu stehen, aber in Wirklichkeit konnte man dort wie in einem Sumpf einsinken und war ohne die Hilfe anderer hoffnungslos verloren. Wie konnte man es nun erreichen, die edlen Fräulein und Ritter von Gottes Gnaden an diese Stelle zu locken? Da ja die Durchreisenden über eine jeweils lange Zeit ihrer Reise Hunger und Durst leiden mussten, überlegten sie sich, einige Äpfel und Birnen genau an diese Stellen auf Ruten und Ästen so aufzuspießen, dass sie wie natürlich im Weiher gewachsen aussahen und verlockend den Anschein erweckten, man könne sie durch einen Schritt in seichtes Wasser erreichen.

Nun war es ausgerechnet die Freifrau von Quadt, die man auch Josepha Quaden nannte, da sie gerne mit dem Volk plauderte („Mit Quaden schwaden!" war die Devise) und manchmal kein Blatt vor den Mund nahm, die die Äpfel nach ihrem Urinieren im benachbarten Strauch entdeckte. Die Knappen lagen im Helroder Wäldchen auf der Lauer und amüsierten sich über diese durchreisende hohe Gesellschaft, als ein lauter Schrei ertönte und die Freifrau von Quadt mit einem Apfel in der Hand schon bis zum Korsett im See versunken war. Gleich eilten die anderen reisenden Damen und Herren herbei und zogen an allen möglichen Stoffen und an den Armen, wobei Josepha vornüber aus dem Morast glitt und dabei die anderen umzog, dass sie ihrerseits in den Mutt fielen. Voll über mit Matsch bedeckt, krabbelten sie wie aus dem Lehm heraus und fluchten um die Wette. Sie wuschen sich notdürftig Hände und Gesichter und bestiegen die Kutsche, deren Weg sie nun nach Verlautenheide führte.

Doch wie so oft nahm das Schicksal eine unvorhersehbare Kehrtwende, indem ein tragisches Unglück als Folge des Scherzes in das Glück der Dorfkinder hineinlangte. Der Knappe Eric wollte nun die Äste und Ruten wieder aufrichten und mit neuen Äpfeln versehen und betrat im Eifer des Gefechtes die gefährliche Stelle am Weiherrand. Und schneller, als er diese Gefahr erfassen konnte, war er schon bis zum Hals im Sumpf versunken, konnte noch rufen und um Hilfe schreien, aber die Gefährten waren nicht in der Nähe, da sie im Dorf die Kunde von der lustigen Begebenheit verbreiten wollten, und so sank Eric rettungslos in den See und war verschwunden. Die letzten Luftblasen seines weichende Lebens konnte mangels Anwesenheit niemand vernehmen. Als man ihn am Abend vermisste, ahnten seine Freunde, was passiert war. Mit lodernden Fackeln zogen die Männer des Dorfes zum

Maxweiher, aber retten konnten sie Eric nicht mehr, denn dazu war es zu spät. Sie staken mit Stangen dort, wo Äpfelchen auf dem Wasser schwammen, und als sie auf Widerstand stießen, wussten sie, dass es der Leichnam von Eric sein musste, den sie nun mit den Widerhaken an den Stangen griffen und langsam, weil es nicht schneller möglich war, aus dem Lehmwasser zogen. Sie trugen ihn auf einer Bahre ins Dorf und reinigten ihn vom rötlichen Dreck. Dann schlugen sie seinen toten Korpus in ein Leichentuch ein, das der Totengräber Cornelius besorgt hatte, und trugen die Leiche auf der Trage zum Schreiner Heinrich Hutten, wo ein Sarg auf den unglücklich gestorbenen Jungen wartete. Hötte Hein, wie die Dorfbewohner ihn nannten, hatte stets Särge in allen Größen und zwei Preislagen vorrätig.

Einige ältere Frauen konnten es in ihrem diffusen Verarbeitungsdrang nicht unterlassen, von der Strafe Gottes zu reden. Wenn man andere Menschen hereinlegen wolle, müsse man damit rechnen. „Wer anderen eine Grube gräbt, fällt selbst hinein." sagten sie. Als Gerardus seiner Geliebten Fastrada davon erzählte, erwiderte diese ohne Zaudern, dass solche Unbedachtheiten nichts mit göttlichem Willen zu tun hätten, sondern einzig und alleine auf den Hang des Menschen, im Übereifer achtlos, leichtsinnig und unaufmerksam zu sein, zurück zu führen seien.

11 Ritters Ehre

Nach dieser Phase der eindringlichen Visionen und Erfahrungen, in der Gerardus längst Vergangenes, aber auch Künftiges deutlich vor sich gesehen hatte, immer wieder aber auf den harten Boden der trockenen Tatsachen zurückgeholt wurde, beschloss er, sich durch eine Ritterwallfahrt nach Nothberg zu reinigen. Diese Katharsis der Ritter des Aachener Landes zu Pferde nach Berge op der Inde und das vorherige Consilium in Kintzwilre auf der dortigen Burg des Grafen von Jülich sollten Klarheit bezogen auf die Verhältnisse in der Region um die Stadt Aachen herum und in ihr selbst bringen. Er traf dort zusammen mit den Ersten dieser Region, dem De Punt und dem Ritter Chorus von Aachen, den Brüdern von Palandt von der Nothberger und von der Kintzwilrer Burg sowie dem Weisweiler Schloss, dem von Hatzfeld von der Weisweiler Burg, den Dreiborns aus Dürwiß und dem von Broich und von Bourscheidt aus Roethgen sowie dem von Harff aus Alsdorf. Bei ihrer Zusammenkunft mit dem Markgrafen Wilhelm von Jülich und Falkenburg war eines der Hauptthemen die mögliche und erwünschte Erhebung des Grafen zum Herzog. Wie im Jahre 1183 die Grafschaft Leuven zum Herzogtum Brabant ernannt wurde. Dazu beschlossen sie gemeinsam, eine vereinbarte Petition an den Kaiser zu senden, in der die diplomatischen Verdienste Wilhelms hervorgehoben wurden – und wie im Fall des Brabanter die Meriten vom Kreuzzug. Dieses Ersuchen unterzeichneten sie im alten Rittersaal der Burg in Kintzwilre, und sie feierten dort mit einem Ritterschmaus, bei dem natürlich auch sehr viel getrunken wurde und der sechs Stunden lang dauerte, diesen Entschluss. Wegen der wachsenden Hitze an diesem Sommertag entledigten sie sich eines Kleidungsstücks nach dem anderen, bis sie in Unterwäsche den Ambrosianischen Lobgesang brüllten. Es hörte sich an, wie der Johannes Diakonus in Aachen und Metz zur Zeit Karls des Großen von den Laiengesängen in bairischen Kirchen berichtet und aufgeschrieben hatte, als wenn Lastwagen samt Zugpferden und Ziehochsen einen Abhang herunterrasselten. Das Personal in der Küche amüsierte sich köstlich, als die Hochwohlgeborenen nur noch lallend auf den Stühlen herumhingen. In der Remise fanden sie ein bereitetes Strohbett für diese exotische Sommernacht, in der der eine oder andere sich auf verschiedene Art entleerte. Die Zusammenkunft mit dem Markgrafen war also in jeder Hinsicht folgenreich. Und Wilhelm wurde schon bald als Herzog Wilhelm V. von Jülich und Graf von Falkenburg eingeführt. Die Wallfahrt wurde auf den Herbst verschoben. Wenn in Helrode und Kintzwilre getrunken wird, dann kracht die Schwarte!

Nun kam der Tag der Wallfahrt selbst, ein Pilgerritt nach Nothberg zusammen mit Rittern aus Kintzwilre, Lürken, Eschweiler (Schultheiß und Vogt), Drimborn (von Triporten), und aus Alsdorf wegen des aufkommenden Arianertums im Aachener Land; aber letztlich war es Gerardus selbst, der in einem Anflug von naiver Theologie den Streit überwindet zwischen den Thesen des Arius (ca. 260 – 327 n. Chr.) und dessen späten Anhängern, die sich in Verlautenheide niedergelassen hatten, auf der einen Seite und auf der anderen Seite dem Glauben der katholischen Kirche, dass Jesus und der Heilige Geist in Trinität absolut identisch seien mit Gott Vater. Arius sah darin ja einen Widerspruch zur monotheistischen Grundlehre, die aus dem Jüdischen überliefert ist, dass Gott alleine zu verehren sei und keine fremden Götter neben sich haben dürfe. In seiner antijüdischen Tendenz hatte Mohamed, obwohl er eine Zeit lang mit weisen Judenchristen zusammenlebte, betont, Gott zeuge nicht und sei nicht gezeugt worden und Jesus sei insofern kein Sohn Gottes, sondern ein Prophet. „Sagt nicht drei!" war seine Weisung gegen den Glauben der Trinitarier. In der holländischen Heide ließen Christen Thesen verlauten, nach denen die Lehre der Dreifaltigkeit eine Irrlehre sei. Als Vorbereitung auf die Wallfahrt hatten die strengläubigen Aachener Trinitarier am anderen Tag des Consiliums zu Kintzwilre nach dem Trinkgelage mit dreierlei Wein auf der Lehensburg des Grafen von Jülich, wo im Keller eine römische Badewanne steht, einen symbolischen Akt vollzogen. Es war eine Wiedertaufe der Ritter als ein neues Bekenntnis zum Glauben an die Dreifaltigkeit, den Gerardus so deutet: Gott Vater, Sohn und Heiliger Geist sind nur drei verschiedene Seiten als Potenzen des einen wahren Gottes. Indem man so den Gegensatz überwand, der die Kirche noch Jahrhunderte lang in kriegerische und ideologische Gegensätze stürzen sollte, unterstrich man, dass alle weiteren geistigen Auseinandersetzungen mit diesem Thema eigentlich völlig unnötig seien, dass alle kriegerischen Handlungen, die auf der Aufrechterhaltung dieses Scheingegensatzes basieren würden, nur die unnötige Vergeudung von Menschenleben bedeuteten und dass diese drei Grundpotenzen in einem jeden Menschen und in Gott in Reinform angelegt sind: Beziehung im Sinne einer Vater- und Sohnschaft, Geist als die Fähigkeit, das Dasein richtig zu verstehen, und Kraft der Persönlichkeit, seinen Mann zu stehen und die Umwelt nach seinem Bild zu formen. Die Frauen aus Helrode hatten Gerardus schon oft darauf hingewiesen, dass dies ja erstens auch auf sie als Frauen und „Dörepwievo" übertragbar sei und dass die Beziehungen, wenn sie nur in Händen der „Mannslüh" lägen, nicht besonders gut wären. Kraft der Persönlichkeit müsse ja nicht Muskelkraft des Körpers bedeuten, und geistige Durchdringung der Welt sei vielen Männern ja deswegen gar nicht möglich, weil sie ja überhaupt nicht lesen und schreiben könnten. Gerardus selbst war allerdings, das mussten sie zugeben, das glatte Gegenteil von solchen „Gouchs", also von „tumben Toren". Adlige Frauen waren gebildet im Lesen und geschult in der Handarbeit. Die Ritter stiegen der Reihe nach ausschließlich mit dem weißen Büßerhemd des Dominicus, das er ihnen zum Andenken überlassen hatte, in die römische Badewanne und ließen sich reinen Wein einschenken, indem sie in der Wanne sitzend drei Becher mit weißem Wein jeweils in einem Zug hintereinander leerten und dann den Rest des Kruges zum Zeichen der völligen Vereinigung der drei Personen in der Dreifaltigkeit in das Wasser gossen. Dabei riefen sie den lateinischen Glaubenssatz der Albigenser-Kreuzzügler: „Credo in unum Deum in tribus formis, amore, fide et spe. Sit laus Patri et Filio et Spiritui Sancto!" – und weit in die kommenden Jahrhunderte hinein schallte ihr Bekenntnis und ihr Lob – Ich glaube an einen Gott in drei Formen, Liebe, Glaube und Hoffnung. Lob sei dem Vater, dem Sohn und dem Heiligen Geist!

Nun ritten sie mit Gepäcktaschen voll Broten, Käse und Wein durch Helrode und die Velau nach Eschweiler und durch Bergrath über den Knipp nach Nothberg. Begleitet wurden sie nur von ihren Knappen, die etwas zurückblieben und vor jeder Kurve einmal probierten, ob der Wein noch gut sei. Aber auch die Zurückgebliebenen finden einen Weg zur Mutter der sieben Schmerzen, die da sind: Die beißende Pein Mariens bei dem Spruch des Simeon, jede männliche Erstgeburt solle dem Herrn geweiht sein. Die Mutternot bei der Flucht vor einem Kindesmörder nach Ägypten. Die panische Verlustangst, als der zehnjährige Jesus für drei Tage nicht mehr auffindbar war und bei seinem Auffinden im Tempel ehrlich und einfach, aber lapidar sagte, er sei doch nur im Hause seines Vaters gewesen. Die Mordsangst beim Kreuzweg Jesu, das brennende Verschmachten bei seiner Kreuzigung und der wehende Schmerz bei der Kreuzabnahme. Zuletzt die Leere des Verlassenseins bei der Grablegung Jesu. In der Kirche Nothbergs an den Benden angekommen, stellten sie ihre Pferde am gegenüber gelegenen Pilgerhaus ab und ließen sie dort versorgen. Sie selbst gingen dann zuerst zur Burg, wo die neue Schnitzfigur der Schmerzensmadonna mit dem vom Kreuz abgenommenen Sohn auf ihrem Schoß angeliefert worden war und vorübergehend stand. Von der Burg trugen sie auf einem Holzgestell diese Darstellung aus Lindenholz zur Kirche. Diese Übertragung der Madonna von der Burg zur Kirche hatten sie vorher durch einen Unterhändler durchgesetzt, denn die

Burgkapelle war zu klein für die Ritterschaft, die aber gemeinsam vor Maria beten wollten.

Sie als ehemalige Panzerreiter hatten ja das Problem, dass ihnen die Kosten wegliefen, weswegen sie diese auch Unkosten nannten – analog zu Wörtern wie ‚Untat‘ und ‚Untiefe‘, nicht aber zu ‚Unglück‘ und ‚Unmensch‘, denn wenn das Unglück klarer Weise ein Nicht-Glück ist, also eine Verneinung, ist eine Untat eine besonders schlimme Tat, deren Größe man nicht messen kann, folglich eine Steigerung, genauso, wie eine Untiefe im Meer eine besonders gefährliche Tiefe ist und ein Untier ein grausliches Phantasietier. Die Pietà hatte im Übrigen eine Unsumme gekostet. Dafür müsste noch eine Unmenge an Getreide geerntet werden! Das Lehenswesen war die Grundlage ihres Tuns. Auch wenn sie sehr erfolgreich waren, mussten sie für ihren Unterhalt sorgen, was nicht billig war. Eine vollständige Rüstung mit Streitross, Schild und Lanze kostete etwa 45 Kühe. Das entsprach dem Bestand eines ganzen fränkischen Dorfes im frühen Mittelalter. Helrode hatte nur 21 Kühe zu seiner Zeit. Zudem musste er seinen Körper stark und beweglich halten. Er übte deswegen auch in Friedenszeiten jeden Tag für den Einsatz im Krieg. Und für das Wohl seiner Familie musste er sorgen.

Das Land, das Gerardus der Ältere vom Grafen von Jülich erhalten hatte als seine Pfründe im Ausgleich zur Ausübung des Schöffenamtes und um im Notfall wieder einmal zu kämpfen, war nicht so groß, weswegen er den Hohen Berg mit den drei Steinbergen für sich beanspruchte, um weitere Höfe und eine größere Kirche bauen zu lassen. Geld war unwichtig. Die fleißigen Bauern von Helrode waren unfrei und mussten für ihn auf dem Land arbeiten. Der Graf erwartete neuerdings nur noch Treue, Rat und Gefolgschaft statt der früher üblichen Abgaben von Nahrungsmitteln. Vor allem die Unterstützung auf dem Schlachtfeld war ihnen wichtig. Als Vasall musste Gerardus seinem Lehensherrn im Kriegsfall bedingungslos als Panzerreiter zur Verfügung stehen. Das war neu und es war gut, sonst hätte der tapfere und schmucke Ritter längst die Segel streichen müssen, wie die Schiffer sagten. Den Treueschwur mussten die Ritter nun in Jülich alle paar Jahre leisten und dann bekamen sie eine Verlängerung ihres Ritterdiploms. Ohne die regelmäßige Aufschwörung würden sie ihre Privilegien verlieren.

Die Kirche hatte dem Ganzen zugestimmt und den Rittern die Waffengewalt erlaubt, weil sie diese für eigene Zwecke gebrauchen konnte. In Frankreich war das problemlos über die Bühne gegangen, wie die Geistlichen sagten, im Deutschen Reich lebten aber an den Höfen im Dienst der Fürsten sogenannte Ministeriale wie Walter von der Vogelweide, Hartmann von Aue, Wolfram von Eschenbach und Gottfried von Straßburg. Davon hatte der Barde Wikipedius Alemannus dem Ritter Gerardus beim letzten Kreuzzug am Lagerfeuer erzählt; er hatte es sich wörtlich gemerkt: „Sie hatten die Aufgabe, die höfischen französischen Romane ins Deutsche zu übersetzen. Darüber hinaus schrieben viele von ihnen selbst Heldenlieder und sangen als Troubadoure. Durch diese literarischen Vorlagen rückten sie die höfischen ritterlichen Tugenden ins Bewusstsein der Adeligen. Walther von der Vogelweide huldigte in seinen Liedern dem Rittertum. Ihre wahre Bestimmung fanden die Ritter aber erst mit dem Beginn der Kreuzzüge. Mit seinem Aufruf zum ersten Kreuzzug hatte sich Papst Urban II. 1095 an das ganze christliche Abendland gewandt: Könige, Fürsten, Adelige und Vasallen sollten als christliche Ritter ins Heilige Land ziehen und kämpfen. Durch diesen Appell erstrahlte das Rittertum in neuem Glanz. Ritter aller Stände fühlten sich durch die gemeinsame "gute Sache" verbunden. Aus einfachen Rittern, die sich häufig gegenseitig bekämpften, wurden Kreuzritter. Ihr gemeinsames Ziel: mit dem Schwert den christlichen Glauben verteidigen und Ungläubige bekämpfen. Die Kreuzritter zogen aus, um den christlichen Glauben zu verteidigen. Waren es Ritter ohne Fehl und Tadel? Maßgeblich für die Blütezeit ist die ritterliche Werteskala. Durch sie wird der einfache Reitersoldat zum eigentlichen Ritter. Am Beginn dieser Entwicklung stehen Tugenden, die aus dem Lehnswesen stammen: Gehorsam gegenüber dem Dienstherrn, Tapferkeit und Treue. Hinzu kommen die durch die Kirche eingeforderten christlichen Tugenden, wie die Verteidigung der Schwachen, der Schutz von Wehrlosen, die Barmherzigkeit gegenüber Armen, die Demut vor Gott, die Verteidigung des Glaubens und des Friedens. Doch eines fehlt noch zum perfekten Ritter: die feine höfische Lebensart, von der die Dichtungen, die Buchmalerei und Bildhauerei der damaligen Zeit erzählen. Als ideale Tugenden erscheinen in der mittelalterlichen Literatur häufig Begriffe wie "mâze" (Mäßigung), "milte" (Freigiebigkeit), "zuht" (Anstand), "manheit" (Tapferkeit), "êre" (ritterliches Ansehen, Würde), "müete" (Mut)."

Gerardus selbst hatte die sieben Rittertugenden in einem kurzen Gedicht zusammengefasst und gedeutet:

Ritters Ehre

Wir ehren euch, ihr habt der Ritter Tugend,
Gar sieben an der Zahl, von eurer Jugend:

Nit nur weltlich guot,
sondern hohen muot.

Gewalt herrscht uf der strâze,
doch du pflegst zuht und mâze.

Êre und triuwe sind dein Teil,
ein gouch nur kennt die Langeweil'.

Staete entgegen Lebenslügen,
milte, um Nächstenliebe zu üben.

- **hoher muot** ist edle Gesinnung,
- **zuht** ist Anstand und Sittenanstrengung,
- **mâze** der Leidenschaft Mäßigung,
- **êre** Ansehen, Würde, Bedeutung,
- **triuwe:** Treue, Aufrichtigkeit,
- **stæte:** Beständigkeit, Verlässlichkeit,
- **milte:** Nächstenliebe, Freigebigkeit.

Wir wünschen Gottes reichen Segen
Auf allen euren Ritterwegen!

Wikipedius Alemannus berichtete weiter: „Auch gute Umgangsformen und das Beherrschen der höfischen Etikette galten als wichtig. Sogar Gesundheit und körperliche Schönheit waren gefordert. Doch kein echter Ritter konnte ohne die höfische Tugend des Minnedienstes auskommen, der Liebe zu einer adeligen Dame. Diese durfte er jedoch nur aus der Ferne verehren, erwidern durfte die Umworbene die Liebe nicht. In der Realität konnten die meisten Ritter diese hohen Ideale und Tugenden nicht einhalten. Weite Teile der Ritterschaft versuchten jedoch, diese zumindest im Ansatz anzustreben. Denn sie waren, wie eine Tegernseer Briefsammlung aus dem 13. Jahrhundert berichtet, "die Quelle und der Ursprung aller gesellschaftlichen Achtung".“

Gerardus dachte an Fastrada und wusste, dass es Unsinn war, zwischen Hoher und Niederer Minne zu unterscheiden. Die Lust ist nicht ungeistig und der Geist ist nur dann lustlos, wenn er die menschlichen Bedürfnisse verdrängt und das Leben – meistens wegen seines äußeren Besitztums – entfremdet vom eigentlichen Menschsein lebt. Viele dieser Geistesträger hatten eine solche bührungsfeindliche Lebensweise zum Prinzip des ausgebildeten Menschseins erklärt, Gerardus aber wusste, dass auch ihnen die Lust kam, und da sie nicht gewohnt waren, damit im alltäglichen Dasein umzugehen, war ihr Leben und Lieben meistens ziemlich verkorkst. Nun hatten ja die

Kreuzzüge, wie Gerardus selbst wusste, dem Rittertum zu höchster Blüte verholfen, waren aber gescheitert, was sie alle sehr belastete. Was sie noch schlimmer beschäftigte, war der tägliche Gedanke, dass sie alle vergeblich und somit unsinnig waren! Sie hatten als Ritter eigentlich im Moment überhaupt keine neue Aufgabe mehr. Und das Geld als Zahlungsmittel wurde immer wichtiger, aber für landwirtschaftliche Waren wurde immer weniger bezahlt! Und für Feldarbeit mussten sie nun auch Landarbeiter bezahlen, die selbst keine Höfe hatten. Alle Ritter verarmten so langsam, wenn es so weiter gehen würde. Und in den Schlachten wurden nun sogenannte Soldaten – also bezahlte Kämpfer – eingesetzt und keine Ritter mehr. Die konnte man ja auch einfach wieder entlassen, wenn der Krieg vorbei war. Und die neuen Waffen wie die englischen Langbögen waren auch unübertroffen gefährlich. Sie mussten ja deswegen ihre Rüstungen verstärken und Kettenhemden in Köln kaufen, die teuer waren. Aber gegen die schwer bewaffneten Söldner, die wie Kriegsmaschinen ins Land zogen, hatten sie keine Chance. Wohin würde diese Verfremdung, die allen Rittertugenden Hohn sprach, sie noch führen?

In Merreter, einer Honnschaft am Kloster der Mönche zu Gladbach, wo sich Fuchs und Hase Gute Nacht sagen, verbrachten sie diese wunderbare Nacht auf ihrer Reise zu einem verwandten Mühlenbesitzer. Dort wollten sie sich über neue Mechaniken im Bereich der Mühlen erkundigen. Man hatte hier ja neben Wassermühlen auch Windmühlen und baute sehr geschmeidige Mahlwerke. Davon hatten sie gehört durch einen wandernden Müllergesellen. Die alten Mühlen brachten ja nur Arbeitsstellen für

Menschen aus den Burgflecken selbst. Aber erste Wanderarbeiter zogen durch das Land und die Dörfler waren ihnen gegenüber sehr verschlossen und misstrauisch. Das Fremde machte Angst. Wer weiß, wer da zu ihnen kam? Fastrada aber hatte durch ihr aufgeschlossenes Herz eine offene Empfindung für neue Menschen und insofern auch für neue Techniken und Entwicklungen in jeder Hinsicht.

Fastrada und Gerardus schliefen auf einem Hof, wo man Flachs zu Leinöl verarbeitete. Den ganzen Tag über hatten sie sich informiert, sich unterhalten und alles sehr neugierig aufgesogen. Sie flachsten die ganze Nacht herum und haben Zukunftspläne gesponnen. Sie hechelten sich in höchste Glücksgefühle hinein und hatten die Zeit vergessen, sodass sie sich in der Freude des Lebens auf vielfache Weise verheddern sollten. Wo sich Fuchs und Hase gute Nacht sagen, da gibt es selbst keine Gegensätze, ja selbst Fressfeindschaft nicht mehr. In einer Honnschaft hatte ja auch kein Graf oder Herzog das Sagen. Wie einst Orpheus durch seinen Gesang die Tiere befriedete, ja selbst verfeindete grimmige Untiere zu gemeinsamem Gesang ausfreundete, da erlebten sie einen Zustand der Übereinstimmung und des Wohlseins, wie sie ihn bis dato nicht kannten. „Allwo die Wölfe einander gute Nacht geben", raunte Simplicius, wie Fastrada ihn gerne nannte. Später sagte ihr gemeinsamer und allzeit zitierfähiger Freund Wikipedius, es sei die verlassene Gegend, „wo sich die Füchse gute Nacht sagen", und noch später seien nach seiner Aussage in den Legenden aus feindlichen Tieren ursprünglich gleichartige Wesen geworden, die sich dann später erst zu Fuchs und Hase entzweit hätten. Sie alle lebten in Urzeiten fernab aller menschlichen Zivilisation. Fuchs und Hase sind seitdem erst Gegenpole. Die beiden verabschieden sich weder zur Nacht noch stehen sie anderweitig in Kontakt. „Die Aussage der alten Redensart wird also noch einmal gesteigert: Es muss schon ein seltsam entlegener Ort sein, wo sich diese Tiere überhaupt begegnen, geschweige denn einen freundlichen Umgang miteinander pflegen.", so sagt eine heutige Quelle der weiterführenden Literatur: Röhrich, Lutz: Lexikon der sprichwörtlichen Redensarten, Freiburg u. a.: Herder 2003.

Die Liebesnacht zu Merreter war einzigartig, weil sie äußerlich still und sacht in die Nacht hineinlebte, aber innerlich ein Meer der Innbrunst an das felsige Gestade der nackten Küste warf, die noch niemand ohne Verletzung erklommen hatte.

Später, kurz vor seinem Tod, erinnerte sich Gerardus an diese urtümliche Zeit und ihre frisch zur weiten Blüte aufgeknospete Liebe, indem er eine Liebeselegie schrieb:

Erinnerung

Weißt du noch,
als unsere Seelen sich küssten,
als wenn sie Abschied nehmen müssten
für immer von dieser Welt?

Fühlst du noch,
wie unsere Herzen sich rührten,

als wenn die Blicke weg uns führten
für immer aus dieser Welt?

Spürst du noch
unsere Leiber sich drücken
und Liebe die Sterne vom Himmel pflücken
und schenken unserer Welt?

Aber die Seelen der Liebenden fanden einen Schleichweg
aus der schäumenden Brandung heraus entlang einem
schmalen Grat im Schatten zwischen den ragenden Steinen der Küste. Fastrada hatte zuerst einmal Erfolg mit ihrem Vorgehen. Sie selbst wusste nicht, ob es unbewusst
geplant war, aus sich heraus notwendig entstanden war
oder sich nur durch den Reiz der zufälligen Empfindung
ergeben hatte. Jedenfalls war die neue Gefühlssituation
als täglich beeinflussende Gedanklichkeit nicht mehr aus
der Welt zu schaffen. Alle redeten jetzt von der mehrfach
beobachteten Beziehung, sie wird ins Unermessliche erweitert und mystifiziert; es kommt Gerede auf, sie sei eine
Hexe. Solche Gedanken wurden ja nun immer mehr ver-
breitet, da die Geistlichen dieses neue Instrumentarium
der Beichte im geheimen Kasten so ausnutzten, dass sie
die Frauen und Männer befragten, ob sie im Dorfe schon
einmal davon gehört hätten, dass sich nachts Frauen in
Katzen und damit in Hexen verwandeln würden. Sie bekamen allerlei liebliche Geschichten zu hören, die sie zuhause aufschrieben, womit sie eine Anklage vorbereiten
wollten. Es gab im Dorf eine Frau, die man allgemein für
eine Hexe hielt. Das habe sich eines Tages bewahrheitet.
Als eines Abends ein Büttel nach Hause ging, folgte ihm

die ganze Zeit über eine Katze nach. Ärgerlich schlug er ihr mit dem Säbel auf den Kopf. Am anderen Morgen begegnete der Schutzmann der verdächtigten Frau, sah eine Kopfwunde und urteilte, dass sie wirklich eine Hexe wäre, da sie offensichtlich am Abend vorher in Katzengestalt den Schlag auf den Kopf erhalten hatte. Ein weiteres Beichtstuhlgeheimnis lautete literal wiedergegeben: „Ein junger Mann aus Helrode verkehrte in einer Familie, von der man sagte, Mutter und Tochter wären Hexen. Um sich Gewissheit zu verschaffen, ging der Mann hin. Lange Zeit konnte er nichts in Erfahrung bringen. Zuletzt stellte er sich schlafend. Nun hörte er, wie alle besorgt waren, er möchte noch länger im Hause bleiben. Auf den Rat der Mutter gab man ihm ein heißes Ei in die Hand, um ihn so zu wecken. Vergebens! Immer unruhiger wurden die Frauen, und die Mutter drängte zum Aufbruch, sonst kämen sie zu spät zum Hexentanz. Aus einer Nische beim Ofen holten sie nun ein Töpfchen hervor und bestrichen sich mit seinem Inhalte und sprachen dabei die Worte: „Övve Hegge on Zöng!" [Über Hecken und Zäune!] Sofort sind die Frauen verschwunden. Der junge Mann hatte alles beobachtet und versuchte jetzt selbst die Flüssigkeit. Er versprach sich aber und sagte: „Dörch Hegge on Zöng!" [Durch Hecken und Zäune!] Kaum hatte er die Worte gesprochen, als er sich fortgerissen sah, und zwar durch Hecken und Zäune, wie er gesagt hatte. Mit zerrissenen Kleidern kam er endlich an den verborgenen Ort, wo die Hexen ihren Tanz aufführten. Er erkannte Mutter und Tochter. In höchster Not entrangen sich ihm die Worte: „Jesus, Maria und Joseph." Sofort war der Spuk verschwunden. Es blieb nur noch einer zurück. Der hatte einen Pferdefuß."

Eine Geschichte erzählte der Geistliche des Ortes selbst dem Bischof im Rahmen einer Visitation. Nachts musste er das Allerheiligste zu einem Kranken bringen. Um den Weg abzukürzen, ging er und der Küster durch einige Gässchen. Plötzlich sahen sie sich von einer solch großen Schar schwarzer Katzen umringt, dass es unmöglich war, weiterzugehen. Beide mussten umkehren. Er habe danach von der Kanzel die Geschichte erzählt und gesagt, er hätte einige von den Hexen erkannt, und wenn es noch einmal vorkäme, würde er sie namhaft machen.

Die Frau des Gerardus fleht ihn an, sich von Fastrada loszusagen, sie sei eine Hexe und habe ihn verzaubert, er sei ja nicht mehr Herr seiner Sinne, nicht mehr er selbst, nicht mehr ganz bei Trost. Tränen und Geschrei waren wochenlang an der Tagesordnung und eine körperliche Auseinandersetzung in der Küche ließ kein Küchengerät unbenutzt. Wie in dem „Buoch von dem übbeln Wi(e)be" aus Ambras wurde der komplette Hausstand missbraucht: Pfanne, Besteck und Geschirr, Gläser und Töpfe, Schüsseln und Schürhaken, im Tirolischen als ‚Ovenstürel' bezeichnet, und im Rheinischen als ein ‚Steucheliese", also ein „Stocheisen". Zuletzt resignierte Gerardus, wie es der Dichter über die Reaktion des häuslichen Delinquenten auf die Forderungen vom „übbeln Wiebe" beschrieb: „Ich redete niemehr in diesem Haus, weil, wenn ich spräche, sie dann den Frieden bräche." Catharina von Grein hatte sich als Frau und Herrin durchgesetzt. Es kehrte Burgfrieden in der guten Stube ein. Man saß zusammen und die Trennung „von Bett und Tisch" war bald überwunden.

Nun aber wird Gerardus als Zeuge im Templerprozess nach Poitiers und anschließend nach Paris gerufen. Der Papst will durch seine Kommission erreichen, dass die Templer weiter agieren können, obwohl sie von Philipp dem Schönen brutal verfolgt wurden und ihr Vermögen konfisziert werden sollte, ja zum Teil schon eingesackt worden war. Philipp IV. von Frankreich hatte die Templer verleugnen lassen und sie gefoltert, bis sie gestanden, blasphemische Riten zu haben. Gerardus hatte sich 1270 vor Tunis mehrere Monate lang zum Selbstschutz einer Gruppe von Templerrittern angeschlossen, um sich zu schützen, was auch gelang. Nun war er zwar nicht selbst in Verdacht geraten, ein Templer zu sein, aber er konnte Aussagen dazu machen, dass die Rituale der Templer – wie zum Beispiel das dreimalige Spucken auf das Kreuz hinter dem Altar – reine unbotmäßige militärische Initiationsriten waren, die nur erreichen sollten, die Feinheit des eigenen Gewissens zu testen und ähnlich wie bei einer Mutprobe die Selbstüberwindung zu erproben und zu ertüchtigen. Gerardus erreicht mit seiner Aussage, dass die Templer nicht hingerichtet werden, aber der Papst verbietet den Orden. Als Gerardus erfährt, dass nun nicht der französische König das riesige Vermögen der Templer erbt, sondern der Johanniterorden, schweigt er und verrät nicht, dass sein Neffe dort gerade zum Komtur ernannt worden ist. In der Tat war er ja keineswegs befangen, da er ja davon im Vorhinein nichts wusste.

Die Rückreise war beschwerlich. In Noyon bricht sein Pferd unter ihm zusammen und liegt zwei Tage in einer Scheune wegen einer Kolik. Am Abend vorher war der Hengst Artur schon unruhig gewesen, hatte geschwitzt und sich im Gras gewälzt. Immer wieder krampfte er im Liegen. Tags zuvor hatte er offensichtlich zu viel Grasschnitt gefressen, als sie an der frisch gesensten Wiese Rast gemacht hatten. Darauf hatte er nicht geachtet, weil er selbst dort zwei Stunden geschlafen hatte. Jetzt war die Bescherung da. Der alte Hofbesitzer, der viel Erfahrung mit Pferden und ihren möglichen Erkrankungen hatte, kam hinzu und verriet ihm ein Naturrezept. Vom Flachsanbau hatte er flaschenweise Leinöl in seinem Schuppen; er nahm nun eine Flasche und goss einen bitteren Kräuterschnaps hinein, den er Els nannte. Von dieser Mischung bekam Artur alle zwei Stunden einen Mundguss. Nachts legte Gerardus sich zum Hengst und band ihm einen plattgedrückten Sack mit sehr warmem faulenden Gras vor den Bauch, das zufälliger Weise noch nicht entsorgt worden war. Das stank zwar scharf und unangenehm, aber nach zwei Tagen war das Tier wieder gesund. Gerardus sprang nach einem Brotgericht, von dem er seinem Hengst wohlweislich nichts abgab, nackt in den Hofteich und wusch sich mit Binsen ab, damit der Geruch verschwand. Dann zahlte er dem Bauern etwas für den Aufent- und den Unterhalt und verließ Richtung Urbs aquensis urbs regalis den Ort und die Gegend und das Land in großer Freude, Helrode wiederzusehen.

Wie geht nun diese Geschichte der bewusst gedrosselten Verhaltensweisen weiter? Eine feurige dunkelhaarige Freundin der Fastrada, eine Spanierin aus Bourheem namens Rosita, die vielen anderen Frauen durchaus als dafür bekannt war, dass sie auch gerne eine Nacht bei einer anderen ledigen Frau verbrachte, frönte eine Nacht der Fröhlichkeit und Freundlichkeit Fastradas, die sich solchen Reizen nicht verschließen konnte und wollte. Rosita war so empfindsam, dass sie alleine durch das Gestreichelt-Werden an den Brüsten in lauttönende Verzückung geriet. Beim sich steigernden Liebesspiel beschließen die beiden nun auf den drängenden Vorschlag der Spanierin hin, die Frau des Gerardus zu vergiften, und sie vollenden ihre Wollust mit Stöhnen und Kreischen.

Aber auch Catharina von Grein fand in ihrem Leid ungewollt einen Verbündeten. Der blonde Knappe Gunter war 17 Jahre alt geworden und hatte die kräftige Figur seines Vaters bekommen. Wenn seine graublauen Augen sein Gegenüber anfunkelten, fühlte es sich lüstern von einem Jungwolf beobachtet. Wenn er badete, sah man jede einzelne Rippe und jeden Muskel unter der Haut seiner kräftig gewölbten Brust, seiner Arme und Beine. Wenn er aber sprach, war es die mädchenhafte sanfte Stimme, die besonders die Frauen anzog, wenn sie sich vernachlässigt fühlten oder gar geschunden wussten und die in einem solchen Augenblick offen waren für neue Verzückungen. Durch eine heimliche Begegnung mit der Freundin eines anderen jungen Ritters angestachelt, nähert sich Gunter nach dem Mittagessen jeden Tag der bildhübschen Tochter Margaretha bei Catharina zuhause oder auch anderswo etwas enger, hilft ihr bei der nachmittäglichen Hausarbeit und kommt ihr dabei körperlich nah. Genau genommen rückt er ihr jeden Tag ohne es bewusst zu spüren etwas näher auf die Pelle, streichelt mit dem

Handrücken ihr Linnen und berührt mit den Fingerkuppen ihr nackten Schultern und ihre kräftigen Oberarme. Er setzte immer da an, wo er zuvor aufgehört hatte. Wenn er ihr einen Löffel in die Hand drückte, berührte er mit seiner Handkante die ihrige, wenn er ihr dabei half, etwas zu tragen, umschlang er ihren Puls. Es kam der Moment an einem regnerischen Nachmittag, in dem sie nun aus Überdruss mit ihrer ans Haus gebundenen Situation ihn umarmt, küsst und ihn in ein Schlafzimmer zieht. Catharina vermochte ihrer Neugier nichts entgegenzusetzen und belauschte sie. Und in der Zeit, in der Gerardus in der Scheune arbeitet und alle anderen Kinder dort spielen, bemüht Margaretha das Bett im Speicherzimmer, wo bis vor zwei Jahren ihre Großmutter geschlafen hat, um den Kindern keine Schlafstätte wegzunehmen. Wer diese interne Aventüre aus Gründen seiner eigenen schwachblütigen Vorstellungskraft anzweifeln möchte, der schaue doch einfach einmal aus der verengenden Sicht seines zugewachsenen Hauses heraus und in die Lebendigkeit der Welt hinein, wie sie tagtäglich tausende solcher Verhaltensweisen vorfindet. Man wird laut tönen, Liebe kenne kein Alter und kein Geschlecht. Der Knappe konnte den Horizont seiner Erfahrungen jedenfalls ungemein ausweiten. Und wenn sich das Leben der restlichen Familie im Haus abspielte, treffen sie sich durchaus auch heimlich in der Scheune, wo sie in gebotener Eile zum Zuge kommen müssen, denn Gerardus war nie lange im Haus. Wie es nun aber kommen muss, so kommt es – und es kam. Der Knappe Gunter wurde abhängig von der Gunst der Frauen, ein neues wildes Spiel, das aber irgendwann wie jedes Spiel auch wieder beendet sein würde und müsste.

Noch aber gelang es ihnen fast täglich, eine Runde weiter, eine Ebene höher zu kommen, als sei es ein Spiel mit Fortsetzungsepisoden!

Nun aber war es so, dass beide, der sich einigelnde Gerardus und seine ihren Beobachtungen nachgehende Frau ihre Kinder vernachlässigten. Nicht nur eines davon entfaltete sich moralisch und geistig nicht mehr weiter. Eines dieser Kinder erhielt im Urteil der Bevölkerung sogar den Ruf eines Rüpels, eines Systemsprengers. Die in dieser grauen Vorzeit dafür vorhandenen Begriffe waren allerdings andere. Nichtsnutz und Tunichtgut, viel später auch Drückeberger, bei Handwerkern eher Faulenzer, Faulpelz und Früchtchen, bei Bütteln Galgenstrick und Galgenvogel, und im Süden Haderlump, Hallodri, oder im Osten Herumtreiber, Lüderjahn, Müßiggänger, Niete, Null oder Rowdy und Krawallo, in Wien böser Schlawiner, im Norden Tagedieb und Taugenichts, Versager und andere mehr. Jedenfalls brachte er fast wöchentlich das ganze Dorf durcheinander. Er rührte sich Naturfarben zusammen und bemalte damit die Wände der Feldscheunen. Da er nicht dumm war, fielen ihm dazu anstachelnde Sprüche ein. Er quälte Tiere, zerstörte die Radnarben und bestahl Menschen. Aufgeblasene und geplatzte Unken bezeugten seine Untaten. Den Bauern zerbrachen plötzlich ihre Strohwagenachsen mitten auf dem Feld und ältere Frauen vermissten ihre spärlich gefüllten Geldbeutel. In dieser schwierigen Zeit war die Welt der Helroder in völlige Unordnung geraten.

Derweil flirrten die Gedanken in Rositas Kopf wegen der sorgfältigen Vorbereitung des Giftmordes. Verschiedene

Möglichkeiten schwirren ihr im Hirn, und als sie sich für eine nach ihrer Meinung todsichere Lösung entschieden hatte, rechnete sie nicht damit, sich zu irren. Es geschieht aber Schreckliches. Aus Versehen nimmt der Knappe das Gift zu sich, das sie Catharina in den Wein gegeben hat, als er bei ihr in schweigender Verschworenheit auf Margarethas Gunst wartete. Und nun wird ihm auf dem Höhepunkt seiner Begegnung mit der brünstigen Tochter schlecht und er stirbt – aus dem Hause herauslaufend wie ein äußerlich brennender Junge und erbärmlich schreiend, um alle Geister des Himmels gegen die Gorgonen der Hölle zu bewegen. Er übergibt sich in den Misthaufen und fällt kopfüber hinein. Das Schreien wich einem Röcheln, das immer schwächer wurde, einem kläglichen leisen Jammern, und mit einem letzten Blick zu Catharina, die ihn gelähmt anstarrte, und aus dem Kopf starrenden Augen hauchte der Knappe Gunter mit all seiner neuen Erfahrung sein Leben aus, dem gehörnten Gerardus, der hinzugelaufen war, ins Gesicht schauend. Margaretha lag noch Stunden lang paralysiert auf dem Lotterbett. So kehrte das Schweigen in das Haus des Gerardus ein. Aber es war die Ruhe des Friedhofs, die Stille schmerzender Seelen, die für ihr weiteres Wohlsein befürchten mussten und deren alte Wunden wieder aufbrachen, denn alte Wunden vernarben zwar, aber sie verschwinden nicht. Wer denn kann verwinden eine solche Schmach?

Und weil dies sich wirklich ertragen hat, muss man alle späteren Geschichtsschreiber*innen warnen, dies zu bezweifeln, denn nach der nüchternen Denkweise der Historiker*innen hätte es wohl die halbe Menschheitsgeschichte nicht gegeben, weil sie stets den Wahrheitsge-

halt dessen bezweifeln, was ihre Vorstellungswelt über-
steigt. Fantasie aber ist der Ausdruck einer höheren Wirklichkeit als die, die sich ein trockener Theoretiker träumen
zu lassen vermag. Das Geschehen der Welt richtet sich
nicht nach theoretisch konstruierten Wahrscheinlichkeits-
werten lebensferner Philosophen und Historiker.

Um die Kinder kümmern sich ein Dorfbewohner und dessen Frau, die kinderlos geblieben waren. Sie sind durch
einen Thingbeschluss dazu ermächtigt worden. Unter
Protest und Gejammer von Angehörigen und Menschen
des familiären Umfeldes holen sie die Kinder zu sich und
bestehen darauf, dass sie bei ihnen bleiben, da sie nach
Rücksprache mit der Ritterschaft und mit Akzeptanz des
Rates der Weisen den Eltern Vernachlässigung vorwer-
fen. Es war eine schwierige Inobhutnahme, da Catharina
verzweifelt um den Verbleib der Kinder kämpfte, zumal sie
die Schuld bei ihrem Mann und dessen Verhalten sah.
Auch die Pflegeeltern wollten die Kinder nicht mehr hergeben, und dies nicht nur aus uneigennützigen Gründen.
Ein Büttel muss nach dem Gerichtsspruch des Jülicher
Amtmannes von Wilhelmstein, Johann von Palandt, zusammen mit dem Ehepaar des Jugendamtes und im Beisein des Vogtes der Burg zu Berge op der Inde die sieben
Kinder herausholen; drei Kinder wollen bei ihren Pflegeeltern bleiben, drei ältere wollen zu den leiblichen Eltern zurück, der kräftigste Sohn Ruland aber läuft zum Hohen
Berg und weiter über die Via Regia nach Verlautenheide,
wo er in der Wagenschmiede schläft. Von dort begibt er
sich aufgrund eines Ratschlags zum Meister von Haaren
und verdingt sich da als Schmiedelehrling. Catharina von
Grein tobte im Haus der Pflegefamilie, die Kinder weinten

und schrien, drückten sich aneinander, eines, das jüngere Mädchen Caecilia, trat die eigene Mutter gegen die Schienbeine, dass sie der Länge nach hinklatschte, zwei krallten sich am Rücken des Pflegevaters fest, zwei hatten sich hinter Gerardus verschanzt und hielten sich an dessen Wamst. Das kleinste der Kinder, ein waches Mädchen, hatte sich in einer Kleidertruhe, einem kleinen Kasten versteckt. Die Familie wurde auseinandergerissen. Drei blieben bei der Wahlfamilie, die drei älteren wurden wieder den Helrodern überlassen, und Ruland sollte in Aachen noch als tapferer Held bekannt werden.

Von der Flasche Els, diesem Kräuterbitterschnaps, hatte Gerardus eine Pulle mit nach Helrode genommen, aber dort entsprach das nicht dem feinsinnigen Geschmack, denn man hatte eine Methode entwickelt, aus dem Getreide Emmer in einem bestimmten Verfahren, das ihnen ein Alchimist auf der Durchreise gezeigt hatte, einen Korn zu brennen, der so klar war wie das Helroder Quellwasser. So nahm er den Els mit nach Nothberg, und durch die Verbindung der Palandts über das Herrschergeschlecht der Walrams von Nideggen nach Montjoie entwickelte man nun dort ein Brennverfahren und überließ es den Kräuterfrauen, den Geschmack des Els nachzuahmen, was gelang. In Nothberg, das der Volksmund immer noch Walramsberg nannte, wurde dieser Bitterfusel zu einem beliebten Getränk. Allerdings gewöhnten die Frauen sich nie daran. Sie tranken lieber Cabaeneus.

Wie alles im Leben hatte aber dieser Skandal noch ein Nachspiel. Der Vater des gestorbenen Knappen, Trudwin, lauert Fastrada auf und setzt sie gefangen, die ihn aber davon überzeugt, dass nicht sie, sondern ihre spanische Freundin, die Kräuterfrau Rosita die Idee zum Giftmord hatte und auch das Gift angerührt habe. Dennoch hält er sie in einem Verlies einer nahen zerfallenden Burg geheim gefangen, bis eine Gruppe von Jägern ihre Rufe hört und sie befreit. Daraufhin tötet Trudwin Rosita – „da hatte ich plötzlich diesen Krug in der Hand" gesteht er seiner Tochter Maria – und flieht über alle Berge der Ardennen und ward nie mehr gesehen. Seine Frau war ja längst aus Gram gestorben, nur ihre Tochter lebte vor Ort weiter; als fromme Frau in einem großen Bauernhaus beschloss sie, alte Menschen gegen Bezahlung bei sich aufzunehmen und dort bis an deren Lebensende pflegen zu lassen. So wollte sie das Verbrechen ihres Vaters sühnen. Ihr Pflegeheim nannte man „Haus Maria".

Der Gerichtsprozess fand auf der Burg Walramsberg op der Inde statt; den Burgflecken nannte man ja neuerdings auch Nothberg; der Jülicher Amtmann von Wilhelmstein, Johann von Palandt, ist Richter; Gerardus wird freigesprochen, Trudwin in absentia schuldig geheißen; Margaretha und Fastrada werden gleichermaßen der Hurerei angezeigt, Catharina wird als Kupplerin angeklagt. Gerardus darf über ihr Schicksal entscheiden, da der Richter dies nicht entscheiden wollte. Er zitierte dazu eine Stelle aus dem „Eneas", einem Roman des Heinrich von Veldeke, als der König Latinus selbst nicht richten wollte zwischen Eneas und Turnus; und er begründete es damit, dass Gerardus wie ein zerrissener Liebender zwiegespalten sei zu urteilen einerseits über die Ehefrau und die Tochter und andererseits über die Freundin:

„Ouch sage ich û daz vor wâr,	[Auch sage ich euch das als wahr:
ich wil daz man mit rehte var	Ich will, dass man rechtmäßig verfahr'
und ze fûgen bescheide,	und der Ordnung gemäß entscheide,
unde sich die hêren beide	und sich die hohen beide
bedenken dar enbinnen	nun innerlich bedenken
und nâch mînen sinnen	und nach meinem Denken
und mîner frunt und mîner man."	und meines Freundes u. m. Mannes.]

Gerardus erwidert mit einer Stelle aus Hartmann von Au-
es Roman „Iwein", die er seit dieser genussvollen Lektüre
auf dem letzten Kreuzzug immer dann zitierte, wenn man
von ihm eine Entscheidung verlangte:

„Mir ist ze spilne geschehen	[Mir ist zur Entscheidung begegnet
ein zegâch geteiltez spil,	ein beachtlich geteiltes Spiel,
dazn giltet lützel noch vil,	das gilt weder wenig noch viel,
niuwan alle mîn êre."	sondern alle meine Ehre.]

Gerardus sieht sich immer wieder in der Situation, Entscheidungen wie ein Spiel zu empfinden, damit nicht alle
seine Ehre auf dem Spiel steht; ihn hatte einst ein Philosoph namens Joannis Paulus Sarterius in Jerusalem darin bestärkt, sich zu dieser Empfindung zu bekennen, indem er ihm in einer schwierigen Situation zugeflüstert hatte: „Entscheide, das heißt erfinde!" Und so findet Gerardus die Lösung darin, beide Frauen, Catharina und
Fastrada, gleichermaßen dazu zu verurteilen, bei ihm zu
bleiben, ihn und sein Haus zu pflegen und die Kinder zu
versorgen, die jetzt wieder bei ihm waren. So löste er drei

Konflikte zu seinen Gunsten auf einmal und kam sich vor wie ein hochwohlweiser Gelehrter, der nie etwas Unrechts getan hatte. Margaretha sprach er mildernde Umstände zu. Drei Kinder freuten sich, drei Kinder fügten sich und der kräftige Sohn Ruland fuhr immer wieder zu Besuch nach Helrode, aber nie, ohne über den Herzog von Jülich zu schimpfen, den er zu hassen begonnen hatte. Die beiden Frauen hatten sich schnell aneinander gewöhnt und sprachen vor allem in Erwartung kälterer Herbsttage und frostiger langer Winter ab, wer jeweils bei Gerardus schlafen würde, der aber schon bald in einer größeren Kammer ein Bett für drei Personen bauen ließ. Hötte Hein baute nicht nur Särge in allen Größen. Sie finden sich ohne jegliche Hinterfragung zurecht und leben vermeintlich ein Leben zu dritt ohne weitere Störung ihres bei Fortuna geliehenen Glücks. Einige Monate später offenbarte ein Gespräch am Brunnen in Helrode an der Eiche rückblickend allerdings vielleicht die Wahrheit, eine weitere Misere – und das nicht nur aus der Sicht der Bevölkerung. „Fastrada konnte ab einem gewissen Moment, als sie die Feindschaft zur Familie von Grein überwunden hatte, mit dem ständigen Betrug durch die Daueraffäre mit dem verheirateten Gerhard nicht mehr umgehen. Und dann hat sie beschlossen, sich seiner Frau, der Catharina anzuvertrauen." „Und ich habe gehört, dass sie schon von diesem Tag an ein Dreierverhältnis gelebt haben. Fastrada wurde nicht nur seelisch abhängig von der Familie des Gerardus, sondern auch finanziell, sodass sie dort wohnte und verschiedene Arbeiten verrichtete." „Mein Mann, der nach seiner Italienreise neue sowie auch althergebrachte ärztliche Kenntnisse mitgebracht hat, hat sie mehrfach monatlich besucht. Sie hatte auf ihn eine anziehende Wirkung. Ihr ging es aber von Woche zu Woche schlechter." „Kein Wunder; sie aß ja auch täglich mit ihnen. Catharina wird ihr den Saft der Teufelskirsche, der schwarzen Tollkirsche, ins Essen gemischt haben. Sie bekam ihre Portion erst immer, nachdem die Familie fertig mit dem Essen war. Sie sah dann immer Gespenster und zog sich auf den Speicher zurück." „Sie erkrankte nach Aussagen meines Mannes aber plötzlich auf sonderliche Weise – wie durch kleine Arsenikosgaben vergiftet, sagte er – und sie starb nach einiger Zeit im Beisein von Gerardus in den Armen seiner Frau, die ihr kurz zuvor noch den Mund und das Gesicht gewaschen hatte, denn sie hatte sich vorher übergeben, was mein Mann daran sah, dass einer ihrer Pantoffeln bekotzt war. Es ist ziemlich eindeutig." „Aber hatte sie denn nicht ein lustvolles und schönes Leben ohne den Zank und den Streit innerhalb einer Familie und ohne den täglichen Wahnsinn an Anstrengung und Mühe für die lieben Kleinen?" Als die Frauen auseinandergingen, fluchten, jammerten und lachten sie um die Wette, jede nach der Art ihrer Ansichten. Für sie selbst würde eine solche Selbstüberhebung nie in Frage kommen! Für sie als Frauen wäre, so dachten andere wiederum, eine solche Selbstbehauptung doch eigentlich auch wünschenswert!

Geschichten von verdammten und verirrten Seelen lagen ihnen schwer im Hirn. Der Ewige Jude als Schicksalsnomade, zwielichtige Landstreicher, aber auch harmlose Lehrlinge auf der Walz, alles das gab es zu dieser Zeit irgendwann zum ersten Mal und die Männer in den Spelunken und Frauen und Nonnen in den Hospizen raunten:

„Wehret den Anfängen!" Händler zogen über die Heerwege, Soldateska, wie es neuerlich hieß, über Königsstraßen und Pilger über die verzweigten Jakobswege, auch dunkle Gestalten gehen über das Land oder durch schmale Gassen und tiefe Grachten, Krämer mit ihrer Bürde auf dem Rücken, so die Glasverkäufer aus dem Hunsrück und Schwarzwald, Verfolgte tauchten mit Pferd, Wagen und Kindern auf; selten waren solche Versprengten Frauen wie die verwitwete steuerflüchtige Adlige aus Frankreich in Bovenberg. Täglich stieß man auf Migranten und Passanten. Die gesamte Geschichte der Menschheit, so dachte Gerardus, ist letztlich eine Geschichte der Migration. Eigentlich sei niemand irgendwo zuhause, sondern nur auf Jahre hin sesshaft. Alle Heimat ist nur eine Leihgabe auf Zeit! Gerardus, der mit einem Engländer auf dem letzten Kreuzzug oft am Lagerfeuer über Literatur gesprochen hatte, entdeckte viele Gemeinsamkeiten mit dessen Denkweise, „Along parallel lines", so hatte dieser Julian Scutts es auf einen Nenner gebracht – gleichverlaufende Linien verirrter Seelen auf dem Globus. Dieser selbst eigenartig verwirrte Julian Scutts, der einem nicht in die Augen schauen konnte und in einem jeden Gespräch nervös einen Bezugspunkt suchte, den er ein Leben lang nicht finden würde, wollte ein Itinerar der streunenden Seelen zeichnen, als wenn man die Irrwege der Menschen wie römische Karten die Landwege festhalten könnte. In der Tat verlaufen sich einige Menschen psychisch gesehen immer an denselben Weggabelungen. Sie wandeln im Kreis oder gar nur ewig hin und her, so dachte Gerardus, der eine gewisse Sympathie für diesen Julian Scutts entwickelt hatte. Da seine Gedichte wenig

Erfolg hatten und von kaum jemandem wahrgenommen wurden, schrieb er sie auf kleinere Buchenrindenblätter und hängte sie mit Holznägeln angeschlagen an Bäume im Wald, wo sie auch keiner las. Weisheit und Worte waren noch nie Verkaufsschlager! Ach könnten meine Blätter doch fliegen, hatte er gedacht und gesagt, woraufhin der Troubadour im Zeltlager das Lied vom fliegenden Blatt gesungen hat: Das Blatt wünscht sich, ein Vög'lein zu sein und zwei Flügel zu haben, dann „flög' ich zu dir!", womit das Burgfräulein gemeint war. Da dies aber ja gar nicht und niemals sein könnte, beschloss das Blatt, am Baume zu bleiben. Und wenn man sich nun vorstellen würde, dass die liebeshungrigen Damen des Hofes solche Blätter nach Belieben zu sich rufen könnten, entweder nach bestimmten Stichwörtern oder nach ihren Autoren, vielleicht aber auch nur nach den Farben der verwendeten Tinten, aber auch mit Bildern, wäre dies eine phantastische Angelegenheit. Diese Vorstellung des gerufenen Blattes und eine dadurch sich ergebende Liebe als geplantes Ergebnis wäre doch eine besondere Freude, oder? Liebe als spontanes Ereignis muss doch zuerst einmal immer verstanden werden und kämpft doch sehr oft um ihre Daseinsberechtigung, während hingegen eine herbeigeorderte Liebe doch wie ein von vorneherein erwartbares Erlebnis einer Kreuzfahrt unter vollen Segeln wäre, oder? Was bedeutet es denn, einem anderen Menschen verfallen zu sein? Heißt das, dass das eigene Ich unbedeutend geworden ist und man nun das weitere Leben in Abhängigkeit verbringen muss? Und wenn ein Paar sich gegenseitig verfallen wäre, wo wäre denn da noch eine Leitlinie in ihrem Leben außer der tägliche Konsum? Dann doch lieber ein Netz der Beziehungen über viele Meilen hin, wie der Engländer gesagt hatte, und er nannte es „Internet" mit der Möglichkeit zu beschreiben, wen man als Partner*in suche, heiraten wolle oder ganz einfach nur damit die Nacht verbringen würde. Gerardus hatte wegen seiner Beziehungserfahrung mit Fastrada neben seiner Frau und Familie Sympathien für solche Begegnungen, die Julian Scutts „One night stands" genannt hatte, woraufhin Gerardus aber erwidert hatte, dass solche intimen Begegnungen in der freien Natur – und nun nahm er auch kein Blatt vor den Mund – unwiderstehlich seien. Die Zukunft der Menschheit würde sich diesen Verlockungen vehement – also wie einem Sturm – ausgesetzt fühlen, sich davon unweigerlich überschwemmen lassen, aber sich ab einem gewissen Ausmaße dieser Verzückungen ungemein und außerordentlich dagegen wehren und sich davon absetzen müssen. Die Zukunft der Menschheit würde davon abhängig sein, wie man körperliche Exzesse und seelische Entblößung vermeiden kann, indem man sie zügelt. Entscheidend dabei würde der Schutz des Menschen vor sich selbst sein – für eine lebenswerte Zukunft einer glücklichen Menschheit.

Kapitel 12   Das Ende der Ritterschaft von Helrode

Eines Tages wanderte er über den Hohen Berg. Niemand hatte ihn erwartet. Sein letzter Besuch war lange zweihundertfünfzig Jahre her, weswegen ihn keiner kennen konnte. Alle Vierteljahrtausend zeigte er sich am Horizont. Es war kein gutes Zeichen.

Er ging dahin über den Hohen Berg zum Hohen Stein, hin zu einer alten Bodenöffnung im Atuatukaschen Walde – kurz nur „Zur Atsch" genannt, und verschwand dort wie einst mit lustigen Menschen, die sich ihm aufgrund seiner verführerisch bunten Kleidung und seines anlockenden Pfeifens freiwillig und ausgelassen herumflachsend in der Urbs Aquensis angeschlossen hatten. Sie waren ihm wie neugierige und hungrige Ratten in eine Höhle gefolgt, die niemand mehr kannte, und dort verschwanden sie.

So nannte man ihn den Rattenfänger, den bunten Pfeifer, den fröhlichen Stadtpfeifer, den Vogelfänger mit der zauberhaften Flöte, den Sonnengeborenen – er war der Wanderer zwischen den Welten und lockt immer noch Menschen an, die den Schritt in die Anderswelt wagen würden, wenn sie denn wüssten, wo der Zugang wäre und wie man hineingelangt. Man schrieb das Jahr 1221. Immer am „Dormitio", dem Tag der „Entschlafung Mariens", dem Tag, den Cyrill „Mariae Himmelfahrt" nannte, kam er um 12 Uhr mittags aus der Sonne über dem Hohen Berg heraus und ging Richtung Röhe.

Manche träumen von der wundersamen Fähigkeit, einfach an einer bestimmten Stelle immer durch dieselbe Mauer ins Zauberreich schreiten zu können. Einige erdenken sich eine Auffahrt in die Lüfte zu unbekannten Regionen himmlischer Gefilde, begleitet von transistorischen Engeln, wiederum andere erflehen sich die Begleitung eines windigen Teufels, eines Leviathans oder Belians, eines Luzifers oder Beelzebubs, um zu mutieren, und neuerdings erkaufen sich viele für teures Geld die Hoffnung auf eine Transformation ihres Verhaltens zur Realisation des wirklichen Ichs, ohne zu bemerken, dass diese Heilsverkünder keine Visionäre, sondern fleischlich schwitzende Ausgeburten bestimmter Menschentypen sind, also transpirierende Erdenbürger, die sie ins Ungewisse führen, und weitere erträumen sich einen irdischen Erlöser, einen Schwanenritter, den Lohengrin aus Brabant, der mit seinem Schwan den Rhein herunterkomme und bei Köln seiner geliebten Elsa beim dritten Mal leider ihre schicksalhafte Frage beantworten musste, woraufhin er für immer verschwand. Seine profanen Nachfolger legten die Erde in Schutt und Asche, einmal, zweimal und ein letztes Mal.

Und nach der Behauptung einer ewigen Wiederkehr des Gleichen im Sinne des Zarathustra gibt es für alles einen Turnus, den wir Menschen meistens aber nur ahnen können. Was denn erzählen uns diese Mythen, fragte sich der Ritter. Sie setzen alle Illusionen gleich Wanderern, die am Horizont, vom Himmel oder aus der Erde auftauchen, Wunschträume wecken und wiegen, und wieder verschwinden aus dieser Welt, die ja leider – oder dem Himmel sei Dank! – nicht von Illusionen lebt.

Wenn Schwäne sterben, singen sie:

Einsame Wolke

Als einsame Wolke erwanderte ich
dereinst das Firmament,
die wilden Winde packten mich
und haben mich entstellt.

Zerfetzt und aufgetrieben
verlor ich mein Gesicht.
Zerronnen und zerrieben
mein wässriges Gewicht.

Nun regnen meine Tropfen
zum Erdenleben hin
und wässern Malz und Hopfen
und Weizen mit Gewinn.

So sind des Lebens Wege,
das eine löst sich auf
und schon wird Neues rege
und lebt und wächst zuhauf.

Das Paradies, es war vorbei – nicht nur räumlich weg, sondern auch zeitlich vorbei. Es war vielleicht nur ein Ausbund der Sehnsucht, ein eingebildeter Urzustand. Gerardus glaubte nicht, dass Jesus ein solcher Scheinriese war wie der gleißende Lohengrin oder ein Irrgänger wie der seltsame farbenfrohe Flötenspieler, sondern ein wegen seiner unverbrüchlichen Liebe gescheiterter Mensch in bitterem Leid, der sich ja nach seinem Tod, wie berichtet wird, nicht seiner Verantwortung entzog und sich in Luft auflöste, sondern unter der Jüngerschar wandelte wie ein Geist des Erinnerns. Paulus sagte: „Die Juden verlangen Zeichen, die Griechen suchen Weisheit. Die einen hassen Jesus und die anderen lachen über ihn. Doch wir, wir werden mit ihm stark, wenn wir schwach sind." So sah es und so glaubte es der Ritter. Wie Jesus selbst zuerst für eine gewisse Zeit, so vermochte auch seine Liebe, allerdings für immer, die Menschen nicht zu verlassen. Immer wieder, wenn Menschengruppen oder gar -massen sie zu verdrängen oder gar zu ersticken versuchten, keimte sie wieder auf wie die Wüstenpflanze nach vielen Jahren bei ersten Regenfällen. Die Wüste, die Gerardus selbst kennen gelernt hatte, war für ihn die eigentliche Heimat des einsamen Jesus gewesen, und die nie versiegende Jesuanische Liebe wurde für ihn verkörpert durch die unverwüstlichen Pflanzen der Wüsten dieser Welt. Die Wurzeln und Keimlinge im Wüstensand keimen plötzlich und schnell selbst nach monatelanger Trockenheit. Für Jesus galt keine Grenze zwischen Sein und Schein, er bewegt sich nicht wie eine Chimäre am Horizont unserer Erkenntnisse, um zu verschwinden und dann wiederzukehren wie der ewige Jude, sondern er bleibt uns ein Leben lang auf Tuchfühlung.

In Frankreich hatte man Lohengrin ganz anders genannt, nämlich den Elyas – als Großvater von Gottfried von Bouillon, und er wirkte zu der Zeit des Kaisers Otto in Nimwegen am Niederrhein in der dortigen Kaiserpfalz. In Kleve errichtete man deswegen eine Schwanenburg und pflegte die Erinnerung an diesen Erlöser in den Burghäusern Geldern und Rieneck. Viele Adelshäuser führten ihre Abkunft auf den Schwanenritter zurück. Jesus war durch Menschenhand geschunden und gekreuzigt worden, aber nicht verschwunden. Das war anders als diese Illusionsmärchen es erzählten. Der Rattenfänger raubte den Menschen die Seele, und die liebesträchtige weiße Schwanenseele, die ja schon Leda körperlos geschwängert hatte, raubte den hoffnungsvollen Menschen Lohengrin, damit er zurückkehre zum Heiligen Gral. War dieser Gral nicht eine neuere Vorstellung von der Bundeslade, die ja vielleicht auch nur goldenes geweihtes Gerät war, das in einem Kasten eingeschlossen aufbewahrt wurde, nun aber irgendwo herumgammelte und keinen Nutzen mehr hatte, weil es keine Verehrung mehr gab? Bedeutung hat nur, was verehrt und geachtet wird, und sinnlos ist alles, dem keine Bedeutung zukommt! Zumindest ein wenig Beachtung braucht der Mensch, um sich wertvoll zu finden. Schlussendlich ist die Verehrung wichtiger als der heilige Gegenstand.

Gerardus dachte es noch einmal und immer wieder neu, wenn er in der Heiligen Messe die Eucharistie empfing: Nicht der Heilige Gral des Parzival hatte Bedeutung, nein, es war seine eigene Seele, die sich mit der Seele Jesu vereinigte, wenn er die Hostie aufnahm und schluckte. Das war gemeint mit dem Leib und Blut des Herrn, die lebendig machende Substanz. Nicht Fleisch und Blut und Knochen, sondern die Essenz allen Geistes und der Antrieb aller Körperlichkeit; die Seele als anima moventis allen Daseins.

Wie ernüchtert war er dann wieder, wenn er zwischen den Übungen mit den Knappen sein menschliches Geschäft verrichten und auf den neuen Latrinenbalken oder an der hölzernen Pinkelrinne vor dem Wäldchen blöde Sprüche lesen musste wie:

Wer hier in Ruhe pinkeln kann,

das ist ein schätzenswerter Mann!

Doch wird er bald mit Schild und Schwert

wohl eines Besseren belehrt!

Da befielen ihn Existenzängste und er dachte über höhere Wehrhaftigkeit durch Aufrüstung nach. Gerardus fand in seinem Vetter von der Engelsburg einen sehr aufmerksamen Gesprächspartner:

„Ich denke über ein kleines Söldnerheer und über einen Krieg gegen die Stadt Aachen nach. Der Palandter hat uns gebeten, für ihn zu kämpfen! Aber selbst habe ich keinen Anlass und deswegen auch keinen Antrieb dazu"

„Der Palandter hat doch schon eine Fehde der Stadt Aachen angekündigt!"

„Nach und nach verneine ich aber den Gedanken, der Krieg sei die Fortsetzung der Verhandlungen, nur mit einer härteren Gangart. Ich muss immer an die beiden Töchter der Marketenderin in Frankreich denken, und komme zu dem Schluss, dass Prostitution und Söldnertum dasselbe Schicksal bedeuten."

Im Sommer feierten einige Bewohner von gegenüber dem Hexenhaus die Sonnenwende als Sinnenwende jeweils ab dem 22.06.1221 und dem 21.12.1221.

Morgens in aller Herrgottsfrühe zogen alle Dorfpfeifer und -trommler durch den Ort, um die Bevölkerung aufzuwecken. Mit Tamtam kommt vorne Herr Schramm, dahinter die Hintsen und Lintsen, mit Witz die Witsler und Schnitsler, auf die Pauke hau'n die Brüder Braun, Taram, taram, die Brammerts und Lammerts, die Lontsen und Contsen und wie sie alle hießen. Sie erbten das Amt der Spielleute von ihren Vätern. Sie spielten eine schwungvolle Weise mit dem Text:

„Freut eu-euch des Lebens,

so lange die Öllampe glüht,

pflücke-et die Blume, eh sie-ie verblüht.

Heut kommen zu euch die Spielleute,

sie spielen, dass es euch freu-eute.

Steht auf und kommet zuha-aufen

aus allen Richtungen gelaufen,

freut eu-euch des Lebens,

so lang es noch geht."

Danach veranstalteten die Schauspieler eine Art Mysteri-enspiel. Die Allegorien schmiedeten einen Plan gegen die Wurzelsünden als Fallen des menschlichen Verhaltens. Sie richteten sich gegen das rücksichtslos grassierende Rasen mit Pferdekarren, gegen Überholmanöver, fal-sches Parken der Kutschen, Halten in zweiter Reihe. Va-ter Gerardus hatte sich auch im kalten Winter zur Winter-sonnenwende im Dezember 1221 auf den Thingplatz an der Eiche in Helrode begeben. In der finstersten Dunkel-heit bildeten sich dort plötzlich Figuren ab, die man zuerst nicht genau erkennen konnte, doch dann bemerkte Ge-rardus, dass es Widerscheingestalten waren. Sie spielten im Himmel unter Anleitung des verstorbenen Schriftstel-lers dieses sakralen Dramas, Henricus Theodorus Severi-nus. Die nebelfeuchte Nachtluft der Wintersonnenwende spiegelte das himmlische Theatergeschehen wider. Man-ches klang wie eine noch unverständliche zukünftige Sprache noch ferner Zeiten:

„Auf der Bühne sitzen in einem Neuneck die 9 spezifisch gekleideten Personen.

Der Revolutionär *(steht auf und zeigt auf das Publikum)*
Es kann nicht sein, dass diese Welt
noch lang' in sich zusammenhält.
Drum will ich, was wir wenden können
mit aller Macht, notfalls Gewalt
an ihrer traurigen Gestalt,
umstürzen und verbrennen.

Der Engel Michael *(weiß gekleidet, fahl beleuchtet durch das Mondlicht)*
Du könntest mit etwas Geduld
des Menschen Willen deiner Huld
wohl gnädig stimmen, überzeugen
von guten Ideen und rechten Gedanken,
fern der gewaltvollen, kalten und kranken,
und heilen, wo Herrscher die Rechte beugen.

Teufel *(schwarz gekleidet, imitiert die Zeigegeste aggressiv)*
Ach was, nun lass den Powermann
nur walten, wie er will und kann *(Zeigt staccatoartig in verschiedene Richtungen.)*

Die Helferin *(steht auf, breitet empfänglich die Arme aus)*
Es darf nicht sein, dass viele Schwache
verderben ihre eig'ne Sache.
Drum liebet mich, ich will euch sagen,
was ihr dagegen, so ihr wollt,
mit Dankbarkeit unternehmen sollt.
Ich liebe euch und will euch tragen.

Der Engel Michael *(geht nun herüber zum Helfer)*
Du könntest – ohne Zwang und Schwur
der Dankbarkeit – in Liebe pur
den armen Menschen in der Not
in ihren bitteren kalten Tagen,
voller Seufzer, Angst und Klagen,
helfen gegen Hunger und Tod.

Teufel *(imitiert die Umarmungsgeste aggressiv)*
Ach was, nun lass die Powertante
nur tun, was sie als Heil erkannte. *(Macht betuliche Zuneigungsgesten.)*

Der Stolze *(steht auf, verschränkt angeberisch die Arme auf der Brust)*
Es darf nicht sein, dass meine Taten
doch jemals außer Acht geraten!
Ihr werdet meine Politik
noch Jahrzehnte später rühmen und ehren;
so wird mein Ansehen sich mehren.
Gerechtfertigt ist null Kritik.

Der Engel Michael
Du könntest wichtig sein für viele,
nur nicht nach Ruhm und Ehre schiele!
Lass doch den Stolz, denn deine Erfahrung,
dein großes Wissen und dein Denken
vermögen andere sicher zu lenken,
ohne eine missliche Kränkung.

Teufel *(imitiert die Angeber-Geste aggressiv)*
Ach was, nun lass den stolzen Pfau
sich blähen. Den Knall hört ihr genau! *(Imitiert das Platz-geräusch.)*

Die Andersartige *(steht auf, setzt sich dann aber und nimmt die Haltung der buddhistischen Meditation ein, wo-bei sie „OMMMMM..." singt)*
Es muss nicht sein, dass euer Denken
meine Gesinnung vermag zu lenken.
Drum will ich anders sein als ihr,
um jeden Preis, zu keinem Zweck,
denn euer Dasein steckt im Dreck.
Und ihr seid nicht mehr als ein Tier.

Der Engel Michael
Du könntest ganz in deinem Sinn
für andere werden zum Gewinn,
wenn du mit Toleranz und Würde
die restliche Welt nicht verachtetest,
die Einfachen nicht verlachtetest,
sodass dich jeder verstehen würde.

Teufel *(imitiert die Buddha-Geste aggressiv*
Ach was, nun lass die Alternative
nur schmollen wie eine junge Naive. *(imitiert das OMMM)*

Der Analytiker *(steht auf, fasst sich an die Stirn)*
Es ist ein großes Unterfangen
das Wissen der Welt komplett zu erlangen.
Deswegen lese ich und grübel'

mitunter lange, Tag und Nacht,
wie unser Kosmos ist gemacht.
Intuitives Leben ist übel.

Der Engel Michael
Du könntest mit etwas mehr Schwung,
ob du nun alt bist oder jung,
ein wenig weniger nur denken,
stattdessen gute Werke tun,
verstandesmäßig etwas ruh'n
und deinen Geist etwas beschränken.

Teufel *(imitiert die Geste aggressiv)*
Ach was, nun lass den großen Geist
vertrocknen, bis er Pulver sch. ... *(zeigt Ruhe gebietend
mit dem Zeigefinger bei „sch" auf seinen Mund)*

Die Loyale *(steht auf, fasst die Hände über ihrem Bauch
zusammen)*
Es ist das Wichtigste im Leben
dem Vorgesetzten Recht zu geben.
Sein Wunsch sei immer mir Befehl,
was immer er im Schilde führt.
Allein dem Chef Ehre gebührt!
Aus Treue mach' ich keinen Hehl.

Der Engel Michael
Du könntest aus eigenem Verstand
mehr Gutes tun für Stadt und Land.
Du darfst getrost nach Normen handeln,
wenn sie dir sinnvoll scheinen,

doch solltest du nicht weinen,
wenn du den Tenor leicht musst wandeln.

Teufel *(imitiert die Geste aggressiv)*
Ach was, auf dass die liebe Treue
keine Unterwerfung scheue! *(macht einen Kratzfuß)*

Der Vielseitige *(steht auf, wirbelt langsam mit den Armen durch die Luft)*
Egal, was, wann, an welchem Ort,
ich kann alles, und zwar sofort.
Drum sind wir Tausendsassakerle,
wir Männer für alle Fälle,
auch immer gleich zur Stelle,
denn wir sind jedes Vereines Perle.

Der Engel Michael
Du könntest dich etwas beschränken.
Du solltest an's Ergebnis denken!
Weniger ist meistens mehr,
verwirkliche, was du vermagst,
damit du nicht am Ende klagst
und jammerst über Maßen sehr.

Teufel *(imitiert die Zeigegeste aggressiv)*
Ach was, lass Hans Dampf in allen Gassen
nur mit seinen Kräften protzen und prassen *(Zeigt rundum.)*

Die Herrscherin *(steht auf, reckt sich aufwärts mit ange-legten Armen)*

Es macht hier jeder starr und still
unwidersetzlich, was ich will.
Denn wer mit meiner Macht sich misst,
der hat im Leben nichts zu lachen,
den wird mein Ingrimm stets bewachen,
sodass er alles Glück vergisst.

Der Engel Michael
Du könntest, wenn du gütig wärest
und auf die Herzensstimme hörtest,
viele Menschen recht ausrichten,
sie auf gute Wege lenken,
dass sie deiner wohl gedenken
und ihr Tagwerk gut verrichten.

Teufel *(imitiert die Befehlsgeste aggressiv)*
Ach was, die stolze Femina
ist heimlich eine Domina.   *(steht ironisch starr, lacht
und hebt den Kopf in die Luft)*

Ein friedliebender Mensch *(steht auf, räkelt sich müde)*
Wir alle könnten uns kürzer fassen
und uns alle ganz in Ruhe lassen.
Ein jeder tue, was er will
und lasse einen guten Mann
den Herrgott sein, wie er nur kann,
und genieße die Freuden des Lebens still.

Der Engel Michael
Ach, guter Mensch, dein Lebensgenuss
bereitet anderen oftmals Verdruss.

Du solltest deine Pflichten erfüllen,
und wenn du gestört wirst in deiner Muße,
solltest du, ehrlich und ohne Buße,
den Stab nicht brechen und nicht so brüllen.

Teufel *(imitiert das Räkeln aggressiv)*
Ach was, dem Jährzorn-Jammerlappen
lass seine Gefühle überschwappen! *(aus dem Räkeln
wird ein wildes aggressives Fuchteln)*

Der Engel Michael steht vor einem vom Mond beleuchte-
ten Kreuz (mit Korpus).
Der Teufel fühlt sich geblendet und flieht beim Vernehmen
der Stimme Gottes immer mehr.

Gott der Herr *als Stimme aus dem währenddessen er-*
leuchteten Kreuz hörbar
Ich mag es länger nicht ertragen,
wie viele los sich von mir sagen
und nur noch glauben an die Kraft,
die ihnen ihr Charakter schafft.
Ohne Furcht und schlimmer als Tiere
leben manche sich einfach aus.
Sie ersaufen in den Sünden,
ohne dass sie es empfinden,
achten nur auf irdisches Gut
und nicht darauf, was im Glauben ruht,
kennen nicht Gott und kein Gebot,
aber klagen in der Not
hadernd und verhandelnd mit mir
wie ein waidwund geschossenes Tier.

An den Bund, den wir einst fügten,
denken nicht die stets Vergnügten,
dass der Sohn am Kreuze starb
ihnen die Stimmung nur verdarb,
dass sie der Erlösung bedürfen
bedenken sie nicht beim Schampusschlürfen.
Drum will ich nun wohl Jedermann richten,
die Ärgernisse der Welt zu vernichten.
Der Mensch ist, wenn er stumpf ist, schlecht,
doch Unkraut jäten kann ich nur recht.
Versucht er selbst es in seinem Wahn,
reißt er den Weizen mit aus der Bahn.
Wo bist du, treuer Bote Tod,
tritt vor mich hin, groß ist die Not!

Tod
Hier steh' ich, Herr, und will nicht ruh'n,
was du befiehlst getreu zu tun!

Gott
Besuche Jedermann sofort,
egal an welchem Daseinsort,
und sage ihm, verbindlich und leise,
dass anstehe seine letzte Reise
und dass er sich Rechenschaft muss geben
über sein Wirken in diesem Leben.

Tod
Ich renne und rase durch die Welt,
die beherrscht ist von Gut und Geld,
und an jeder Ecke finde ich einen,

den du wirst mit der Weisung meinen.
Doch wird ihre Selbsteinschätzung allein
ein Loblied auf ihr Ego sein,
nur wenige werden dich weinend bitten
sie zu befreien von wirren Schritten.

Gott
Ach, guter Tod, du uralter Wicht,
das zieht bei den heutigen Menschen nicht.
Sie sehen sich autonom und autark
und treiben es rücksichtslos und arg,
ich fürchte, in dir walten und wohnen
gutgläubige Lebensillusionen!

Tod
Warte ab, wenn sie mich erkennen,
werden sie selbst schnell zu dir rennen
und einklagen ihre verbrieften Rechte
als gutversorgte Wohlstandsknechte.

Gott
Nur wenige wird es wahrlich geben,
die Güte und Mildtätigkeit im Leben
haben von sich auf and're gelenkt
und verzichtend dem Ärmeren etwas geschenkt,
denn dies widerspricht dem Wirken der Gene,
die alles Wachsen der Welt bedingen,
ohne die nicht würde gelingen
des Biologischen Kraft – und das Schöne."

Vater Gerardus konnte in dieser Nacht nicht mehr schlafen. Seine Verantwortung für alle Menschen um ihn herum – nicht nur für seine Familie – plagte ihn so, dass er beschloss, nie mehr in seinem Leben eine Rüstung anzulegen. Von diesem Moment an vergammelten sein Harnisch, sein Kettenhemd und sein Helm in einem Schuppen auf dem Helroder Hof. Sein Schwert wurde in geöltes Tuch eingewickelt und die Heilige Lanze erfuhr eine äußerst profane Anwendung als Stange am Misthaufen.

Und so ist nun der Schluss prosaisch. Der Sohn Rikalt und der Enkel Jordan von Helrode gen. Von Koettingen hatten sowieso wegen der Fehde der Palandts gegen Aachen und ihrer Beteiligung daran und darüber hinaus an der Fehde gegen das Kölner Domstift das Land verlassen müssen, und nachdem man Jordan den Mord an einem nur vermuteten Nebenbuhler dichterisch angelastet hatte, verließ dieser Hals über Kopf bei Nacht und Nebel ohne Mann und Maus, nur zusammen mit seinen restlich verbliebenen drei Getreuen Richtung Süden das Rheinland. Er hatte ohne Erlaubnis die Truhe mit dem Eburonenschatz mit zum Ammersee genommen und im Keller der Burg am Schanzenberg deponiert, den man später wegen des Gerüchts, dort liege ein alter Schatz verborgen, auch Schatzberg nannte. Jordan nimmt auch den Schöpfungshymnus mit nach Bayern, wo er zwischenzeitlich im Kloster Wessobrunn Zuflucht fand, weswegen er diesen heiligen Text den Klostermönchen als Dankesgabe schenkte.

Woher stammte die Heilige Lanze? Gerardus des Ä. Vater Konrad d. Ä. hatte die Heilige Lanze in Paris heimlich ausgetauscht, wo man also immer noch glaubte, sie zu besitzen. Gerardus wusste ja bestens Bescheid, denn die Helroder Ritter aus Boortmeerbeek hatten auf dem letzten Kreuzzug diese Lanze des Longinus an sich genommen; die Legende erzählte, dass mit ihr der Zenturio Longinus dem gekreuzigten Herrn die Seite geöffnet habe, sodass Blut und Wasser aus dem Hohlraum zwischen Rippen und Lunge traten, und Jesus hätte durch diese Erleichterung überleben können, wie ein reisender Medikus erklärte, wenn er nicht schon am durch seine Schmerzen ausgelösten Schockkoma gestorben wäre. Wahrscheinlich war es Johannes van Helrode gewesen, der diesen Lanzenspeer vor den Händen der Muslime schützte, die sie im Rahmen des Albigenserkreuzzugs nach Konstantinopel bringen wollten. Aber Gerardus der Jüngere, der andere Sohn des Rutcherius, hatte keine Lust, durch die Ausstellung der Lanze z. B. in der neuen kleinen Kirche, deren Bau er veranlasst und ermöglicht hatte, viel fahrendes Volk anzuziehen und die Idylle des Ortes Helrode zu zerstören. So meinte er zu seiner Frau: "Die Lanze, die die Seite unseres Herrn durchbohrte, gehört nicht zu den Reliquien, sonst müsste ich sie nach Paris oder Konstantinopel bringen. Wer sollte sie da vor falschen Händen schützen? Die Macht der Griechen nimmt überall ab, sie könnte in die Hände der Feinde des Glaubens fallen, denn sie wurde ja schon in Paris mit wenig Ehrfurcht behandelt. Ich will diese Lanze in Ehren halten und nicht selbst für den Krieg verwenden, zumal sie als alte römische Wach-Lanze gefertigt und viel zu schlank und zu zerbrechlich für den Kriegseinsatz ist." So scholl's über den Hof, und er stellte die Lanze im Hof unter einem Vordach ab und be-

293

kreuzigte sich jeden Tag vor ihr, bis er ihr Dasein vergaß. Dass sie eines Tages dort nicht mehr stand, beobachtete er insofern gar nicht mehr, so sehr hatte er das Metallstück aus dem Blick verloren. Sein Knecht Jürgen hatte sie weggenommen, ja ihm diente diese Lanze nur noch als Eisenstab, um immer wieder den Abfluss des Misthaufens frei zu machen, damit die stinkende Brühe abfließen konnte, bevor sie den Hof unter Wasser setzte. Somit lag sie quer vor dem Misthaufen und tat gute Dienste.

An der Lanze war schon Blut, das vielleicht noch das Blut des Erlösers war, da Goswinus – oder doch eher Ludwinus – aber auf dem Weg nach Hause mehrfach damit Waldtiere erlegt hatte, mischte sich das vertrocknete vorhandene Blut mit dem Blut der Tiere, die zur Ernährung der Ritter und ihres Anhangs dienten. Niemand hatte die Lanze jemals abgewaschen. Sie war unrein und diente nur noch zum Aderlass des stinkenden Misthaufens. Wegen ihrer undurchdringlichen Patina begann sie nie zu rosten. An dieser ursprünglich als rein defensiv gedachten Stange befand sich also das Blut und der Schmutz von tausend Jahren. Keiner sah die Notwendigkeit, keiner die Möglichkeit und niemand den Vorteil einer aufwändigen Säuberung. Verdeckt und verborgen unter dieser Kruste befand sich das getrocknete Blut Jesu.

Und wie entsetzlich endet diese Geschichte mithilfe der entfremdeten Verteidigungswaffe. Entsetzlich wie das Lied der Nibelungen grausam. Eines Abends gab es Streit und Wut im Hause. Der Vater rennt auf den Hof, stürzt über die herumliegende Lanze und bricht sich ein Bein, fällt in den Misthaufen und ertrinkt, der Sohn Wilhelmus d.

J. will den Vater herausziehen, hebt und dreht den Spieß um, bekommt von der ungeschickt herbeieilenden Mutter, die zu ihrem Mann eilen will, einen Rempler, sodass er so unglücklich in die Lanze fällt, dass sie ihm das Herz durchbohrt und einen halben Meter hinten aus seiner Brust herausrasselt, genau in dem Moment, wo die unglückliche Witwe von Wilhelmus d. Ä., die Herrin Alveradis die Jüngere ihn von hinten blind vor Entsetzen umfasst, um ihn aus der Gefahr herauszuziehen. Die Spitze fährt mit Wucht in ihren Mund, durchtrennt eine Schlagader und kommt hinten aus dem Nacken heraus. Beide fallen auf die Mutter, die im Misthaufen bäuchlings jammernd auf ihrem Mann liegt und ihn zu bewegen versucht, sodass ihr gemeinsames Gewicht den Körper ihres Mannes erst recht in die Mistbrühe hineindrückt. Glucksend zuckt die Bäuerin im Sterben auf der Leiche ihres Mannes und unter den mittlerweile schwer lastenden toten Körpern der anderen. Sie alle starben durch dieses Unglück mit derselben heiligen Lanze.

Zum selben Zeitpunkt am selben Ort. Zeuge des Ganzen war Cornelius Weber, der Totengräber, der ein paar Tage lang beschäftigt war und noch einige Schnäpse mehr trank als sonst. Er saß an jenem Freitag um drei Uhr nachmittags geplagt von seelischen Schmerzen vor dem Hexenhaus im strömenden Regen, es gewitterte gehörig und ein Blitz zuckte in den Kirchturm von Helrode. Es war ihm, als würde eine alte wirre Welt an ihren eigenen Gesetzen zugrunde gehen. Und in der Kirche riss zur selben Stunde der Vorhang am Letter vor dem Altar.

Nichts von dem, was wir tun,

ist auf ewig verloren.

Verloren auf ewig ist nur,

was zu tun wir versäumten.

Heinz-Theo Frings

2017